# グレイヴディッガー

高野和明

角川文庫 17265

# 目次

# プロローグ

事件は未解決のまま終わろうとしていた。

警視庁人事一課監察係の剣崎《けんざき》主任は、本庁舎十一階にある自分のデスクにつき、苛立《いらだ》ちを抑《おさ》えながら報告書の作成にかかっていた。パソコンのキーボードを叩く指は、ミスタイプを繰り返した。

「馬鹿げた事件だったな」

部下の西川《にしかわ》が、誰にともなく言うのが聞こえた。剣崎より十歳も年上の西川は、普段からこちらの気に障《さわ》るようなことを平気で言ってのける。それも上目遣いの一瞥《いちべつ》を投げながら。おそらく故意にやっているのだろう。

机を並べているもう一人の部下、小坂《こさか》が、童顔に眉を寄せて頷《うなず》いた。「うちが扱う事案じゃなかったんですよ、きっと」

剣崎は二人の部下を眺めた。時代劇に出てくる悪代官のような顔つきの西川と、ベビーフェイスの小坂。これに上場企業の勤め人といった風貌の剣崎を加えた三人組は、とても刑事には見えない。彼らのいるこの部署が、警察官らしくない捜査員をわざわざ集めているかのようだ。そんな想像があながち否定できないのは、剣崎が率いる人事一課監察係の捜査班が、警察内部の犯罪を摘発するという特殊な任務をおびているからだった。一班が三人編成なので、机を並べているこの三名が最小の捜査ユニットである。今回、彼らが担当することになった事件は、過去に類例のない異常な事件だった。

変死体の盗難——

剣崎は、パソコンのモニターから顔を上げ、窓の外に広がる東京の夜景に目を向けた。一千万人を超える人口がひしめく大都会。この中に、死体を盗み出した何者かが、息をひそめて暮らしている。

誰が、何のために？

近年、目立って増えてきた無動機型の殺人、いわば殺人のための殺人は、小動物の虐殺といった前兆を伴うケースが多い。猟奇殺人鬼は、来るべき殺戮《さつりく》の前に、兎や猫などの小型哺乳類を相手にリハーサルを繰り返す。剣崎が懸念《けねん》しているのは、今回の変死体の盗難が、そうした凶悪事件の前兆ではないのかということだった。そうでも考えなければ説明がつかない。もしも犯行が警察官によるものだとしたら、今のうちに将来への禍根《かこん》は摘み取っておかなくてはならない。

剣崎はパソコンのモニターから顔を上げ、二人の部下に言った。「最後にもう一度、事件の流れを確認しておきたい」

西川が、面倒くさそうに剣崎を見た。

「楽して稼ごうと思うなよ」剣崎は、四十過ぎの西川にぴしゃりと言った。「今回の事案を我々の手から放していいものか、最終確認をしよう。俺たちは事実関係を遡《さかのぼ》っていった。今度は時系列順に事実を並べて、不審な点がなかったかを再検討しよう」

西川は、「何てこった」と言わんばかりに首を振った。一同の間に、いつものざらついた空気が流れる。この険悪なムードの中で話を先に進めるのは、最年少の小坂の役回りだった。

「じゃあ、自分から」と小坂が言い出したので、これも一種のチームワークかも知れないと、剣崎は口の端を歪めて笑みを作った。

「そもそもの発端は、昨年の六月、調布北署管内のことですね」

剣崎は頷き、調布の所轄署で聞き込んだ一年三ヵ月前の事件を頭に思い描いた。

植物公園近くの夜の路上で、覚醒剤の密売が行なわれていた。売人は二十七歳の野崎浩《のざきこう》平《へい》、客のほうは権藤武司《ごんどうたけし》という四十七歳の労務者だった。以前から取り引きを重ねてきた二人だったが、この夜は何かの原因で口論となった。ここから、たまたま現場を通りかかった計十一名の通行人によって、事件の一部始終が目撃されることとなった。

二人はしばらくの間、口汚く罵《ののし》り合っていたが、やがて野崎が尻ポケットに忍ばせていた折りたたみナイフを取り出し、目の前の権藤を刺した。周りの目撃者にとっては、信じ難い光景だったに違いない。逆上した様子で凶行に及んだ野崎は、犯行後になって初めて目撃者の存在に気づいたらしく、ぐったりとした権藤を慌てた様子で乗用車に押し込むと、そのまま走り去った。

通報を受けた警察は、目撃者たちの証言から二人の似顔絵を作成し、二週間にわたる聞き込みの末、野崎と権藤の二人を割り出した。シャブの売人はすぐさま署に呼ばれ、目撃証人たちによる面通しを経て、権藤武司に対する傷害、および略取《りゃくしゅ》誘拐罪で逮捕された。ただしこの時、捜査陣は功を焦《あせ》って、野崎につけ入る隙《すき》を与えてしまった。自供を得られぬまま、権藤の死体が発見されていない段階で逮捕状を執行してしまったのである。当然のことながら、野崎は犯行を全面否認した。結局、権藤の死亡が確認されなかったので、捜査側は殺人罪での立件を見送らざるを得なかった。

「第一審は、現在進行中」と、小坂が続けた。「ここから話は二週間前に移ります。弁護側が審理の引き延ばしにかかっていたのが、検察側にとっては逆に幸いした結果となりました」

「権藤の遺体発見だな？」

「ええ」

うんざりした様子の西川を一瞥してから、剣崎は小坂の話に耳を傾けた。

年が明けて今年の九月、奥多摩の林の中にある『今生沼《こんじょうぬま》』と呼ばれる小さな湖で、変死体が引き上げられた。水質調査のために役所が雇った潜水夫が、水深五メートルの湖底で、防水シートにくるまれた大きな包みを発見したのである。ボートに引き上げて中を見たところ、そこには中年男性の全裸の他殺体があった。全身に打撲傷があり、胸部には刃物による刺し傷が残っていた。

死体の状況から、死後間もないと判断されて、警視庁捜査一課と奥多摩署の合同捜査本部の設置が検討された。ところが、ここから事件は思いもよらぬ展開を遂げる。指紋照合の結果、真新しい遺体が一年三ヵ月前に殺されたはずの権藤武司であると断定されたのだ。野崎というシャブの売人に殺されたのではなかったのか。さらに、困惑する捜査陣に追い討ちをかけるような事態が起こった。司法解剖を待つ一夜の間に、医科大学の法医学教室から遺体が消えたのである。剣崎たちに捜査命令が下ったのは、この時点であった。

「遺体の保管場所を知っていた者は、警察関係者を除いてはいなかった。そうだな？」

「はい」と小坂が頷いた。「監察室長も、そう考えて我々に出動命令を――」

そこへ西川が、椅子の上で重そうに体を起こして言った。「そこで話がおかしくなるんだ。遺体の所在なら、医科大学の関係者も知ってたんだぜ」

「だがあの大学では、過去も、それから今に至るまで、遺体が盗まれるようなことはなかった。大学関係者に変質者がいたなら、同様の犯行が繰り返されていたんじゃないか？」

「今回が初犯だったんじゃないのか」と西川は言った。「それに遺体発見の事実は、マスコミには知らされていた。あの近辺で事件性の強い変死体が出れば、解剖は例外なくあの大学で行なわれる。そうした事情に通じている奴なら、簡単に遺体の保管場所には気づくだろう」

「つまり」と剣崎は、皮肉な口調で訊いた。「我々に出動を命じた室長の判断が誤りだったと？」

西川は表情を変えずに答えた。「念のための措置だったんだろうよ。俺たちの仕事は、警察の中に犯人を見つけるんじゃなくて、警察官の仕業じゃないと確認することだったんだ」

「それなら、真犯人はどこの誰なんだ？　何のためにこんなことをしたんだ？」

「そいつは監察係の考えることじゃない。警察内部の犯行ではないと分かれば、あとは所轄の連中に任せるだけだ」

西川の言い分は、おそらく正しいのだろう。しかし剣崎は、素直に頷こうとはせず、腹立ちまぎれに言ってやった。「やったのは公安部の連中とは考えられないか？」

「何？」と西川が、顔をしかめて訊き返した。

「盗難現場の鍵は、見事に開けられていた」剣崎は、自分の目で見た医科大学の出入口と、遺体保管庫の状況を思い浮かべた。「ピンタンブラー錠だ。ピッキングに慣れた奴なら、一分もかからずに開ける」

「犯人は窃盗の常習犯じゃないのか？」

「その可能性は強い。だが、公安部の刑事だってピッキングの腕は持っているんだろう？」

それを聞いた西川が、呆《あき》れたような薄笑いを浮かべて立ち上がった。この男は、監察係に異動する前は公安部に在籍していたのだ。「捜査は終わったんだ。俺は帰らせてもらう」

「待てよ」

剣崎は止めたが、相手は聞く耳を持たなかった。「主任のお伽話《とぎばなし》につきあってる暇はない」と言い捨てて、そのまま部屋を出て行った。

次に顔を合わせた時、西川にどんな罰を与えてやろうかと思案しながら、剣崎はあらためて監察係のオフィスを眺めた。

この部署への配置替えは、剣崎自身が望んだことだった。警察官の犯罪を摘発する以上に、正義を貫徹する仕事はないからである。強制権力の囲いの中にいる悪人どもを、情け容赦なく叩き潰す──それこそが剣崎の本懐だった。仲間からどんなに恨まれようとも、検挙した警察官の家庭が崩壊しようとも、剣崎は意に介さなかった。犯罪行為が行なわれた以上、警察手帳を持つ者だけが許されるという甘えた論理は通用しない。

剣崎にとって唯一の誤算は、この監察係が、日頃から仲の悪い刑事・公安両部の対立の最前線であることとだった。本来は公安部員によって固められていた部署だったのだが、十年ほど前から刑事部の捜査員も異動するようになった。その結果、犬猿の仲の両部員が、まさに呉越同舟《ごえつどうしゅう》となって事件解決に当たるという特殊なセクションになってしまったのである。剣崎は窃盗から知能犯捜査を経てきた刑事部員、西川と小坂の二名は公安部出身だった。

「刑事部から来られた主任には分からないでしょうが」と、上司二人の諍《いさか》いから目を逸《そ》らしていた小坂が、おずおずと口を開いた。「公安部でも、秘密工作に従事するのは一部の者だけです。全員が全員、鍵開けだの盗聴だのをやってるわけじゃありませんよ」

自分の話を真に受けているのかと剣崎は心の中で笑いながら、それでも言ってみた。

「今回の遺体盗難が、その一部の者の犯行だとしたら?」

「さすがに死体を盗み出したりはしません」

「やけに自信がありそうだな。お前も、公安の秘密部隊にいたのか?」

「いえ」と小坂は言葉を濁し、すぐに言った。「権藤武司という男の遺体が盗まれた件に関しては、やはり警察内部の犯行と考えるのは無理がありますよ。西川さんの言ったとおり、変質者がたまたま盗みに入ったんじゃないですか」

剣崎は、部下の言葉を認める代わりに言った。「室長に捜査の続行を進言するには、傍《ぼう》証《しょう》がないか?」

「ええ」小坂は頷いたが、しかし、と言葉を継いだ。「あと一つだけ考えることがあるとすれば、あの死体そのものです」

剣崎は小坂の顔を見た。部下の表情には、かすかな恐怖の色が浮かんでいた。

「あの死体、か」

「そうです」

剣崎は机の上のファイルから、死体観察の際に撮影されたカラー写真を取り出した。権藤武司の亡骸《なきがら》。胸のあたりに刺し傷を残した、中年男性の死体写真。それはまったくの怪異だった。一年三ヵ月前に殺されたはずの男が、あろうことか生前と同じ姿で発見されたのだ。

剣崎たちが遺体発見現場となった今生沼のほとりに出向いた時、そこには老境にさしかかった白髪の大学教授がいた。どんより曇った空の下、鉛色の水面を眺めながら、老教授は剣崎たちに訊いたものだった。「刑事さんたちは、死体にはいくつか種類があるのをご存知ですか」

「死体の種類？」

当惑して訊き返した剣崎に、教授は小さく頷いた。「通常の死体は、腐乱した後、白骨化していきますね」

剣崎はようやく質問の趣旨を呑み込めた。警察学校で受けた講義を思い出し、答えた。

「その他には、ミイラと屍蠟《しろう》」

「他には?」

教授がなおも訊くので、剣崎は返答に窮《きゅう》した。その時、西川は、意地悪く剣崎を見つめていたはずだ。

「分かりませんが」

「ミイラや屍蠟は、死後も原形を保つので、永久死体と呼ばれています。ミイラは極度の乾燥状態、屍蠟は空気を遮断した水分の多い環境で形成されます。後者の場合、環境がもたらす化学的変化で、死体の脂肪分が蠟に変わるんですな」

剣崎は頷いた。

「ところが、ミイラでも屍蠟でもない、第三種永久死体というのがあるんです」

初めて聞く専門用語だった。「第三種永久死体?」

「ええ。死んだ時の状態そのままに、死体が保存される」

驚きと懐疑で顔を見合わせた三人の刑事たちに、老教授は淡々と説明を続けた。「人工的に作られた第三種永久死体の例としては、皆さんご存知のホルマリン漬けの遺体があります。一方、自然環境で作られるものもある。今から五十年ほど前、ドイツの沼地で発見された少女の遺体は、死後間もないと思われて警察が調査を進めたんですが、その装束から、千年前の死体であることが分かりました。姦通罪による処刑であることが、『ゲルマニア』という古文書に記載されていたのです」

小坂が驚きもあらわに言った。「そんなことがあるんですか？」

「世界で数例ですがね。ドイツの少女の場合、同時に処刑された男も沼地に沈められていたんですが、そちらは白骨化していました。わずか数メートルの自然環境の差が、死体の運命を変えたんです」

「それで今回の件ですが」剣崎は、逸《はや》る気持ちを抑えながら訊いた。「この沼で引き上げられた死体というのは――」

「防水シートにくるまれた死体は、ほぼ完全に密封されていました。しかも投棄された湖底のすぐそばには湧水口があって、摂氏五度の地下水を絶えることなく吹きつけていたんです。いわば、自然環境が作り上げた冷蔵保管庫ですな。この写真を見てください」

教授は、死体観察の写真を一同の前に差し出した。死体左脇部分の接写画像だった。

「白く筋《すじ》状に浮かんでいるのが肋骨です。つまり、ここだけ腐敗が進み、白骨化していたんです。おそらく防水シートのこの部分だけに日光が当たって温度を上げ、腐敗を促進させていたのではないでしょうか」

「ということは、つまり――」

教授は頷いた。「この沼の底にあった遺体は、第三種永久死体と断じてもよいかと考えます」

この時ばかりは、さすがの西川も、驚きを隠そうとせずに死体写真を見つめていた。

剣崎は顔を上げ、沼に目を向けた。権藤武司という死者は、冷たい水の底で、殺された時の姿そのままに発見されるのを待っていたのだ。その時、剣崎は、死者の意思のようなものをはっきりと感じた。背中に貼りついた、とらえどころのない恐怖とともに。

当時の慄然《りつぜん》たる思いは、職場で部下と話しているこの時も、剣崎の胸から消えてはいなかった。

「殺された権藤という男の素性《すじよう》だが」と剣崎は言った。「前科が四犯だったか？」

「そうです。覚醒剤所持と同使用罪、それに窃盗。典型的な薬物累犯《るいはん》者ですね」

別名、人間の屑《くず》だと剣崎は思った。社会の底辺で生きていた覚醒剤中毒者。殺されたところで何の文句があるのかと、剣崎は心の中で死者を鞭打《むちう》った。そうでもしなければ、体にまとわりついた恐怖は消えないような気がした。「奴の遺体が第三種永久死体となっていたことが、盗難と関係あるんだろうか？」

「こういう考えはどうでしょう。遺体を盗んだ者にとって、権藤の亡骸が腐敗せずに発見されたことは計算外だった。死体のどこかに、刺殺事件の隠された真相を物語る何かがあったんです。そこで司法解剖の前に盗み出した」

「そうなると、野崎というシャブの売人に共犯がいたことになるな」

「そうなんです。問題はそこなんです。野崎はすでに挙げられている訳ですし、調布北署の調査では、共犯がいた可能性はゼロです」

剣崎は少し考えてみて、やはりその線はないだろうと結論した。「無理があるな」

「はい」残念そうに言った小坂は、手帳を出して続けた。「あと、死体に関心を示すような異常心理について調べました。ネクロフィリアといって、死体と性行為をしたがる異常性欲の持ち主がいるそうです。ですが、権藤は男ですから、その線も薄いですね」

「だろうな」気分が滅入るのを感じながら、剣崎はパソコンのキーボードに手をかけた。動機すらも摑《つか》めない奇怪な事件だったが、検討すべきことはすべて検討した。監察係としては、やるだけのことはやったのだ。「少なくとも、医科大学の遺体盗難現場には、警察官の関与を疑わせるものはなかった。そうだな？」

「ええ。物証らしいものは何も」

剣崎は、キーボードを叩き始めた。小坂はおとなしく、上司が文字を打ち込むのを待っていた。

「被害者の権藤と、それに加害者の野崎には、どちらも警察官の係累《けいるい》はいなかった」

「そうです」

ふたたび剣崎は、文字列をパソコンに打ち込んだ。入力文字を確定させてから、しばらく画面を眺めた。問題はなさそうだった。この一件から、監察係が手を引く時が来たようだった。

剣崎は報告書の結論部分を入力した。

『以上のような理由から、本事案が警察官による犯行である可能性は低いと言わざるを得ない。したがって本件は、通常の窃盗事件として、警視庁奥多摩警察署刑事課の調査を待つべきであると思料する。警視庁人事一課監察係主任　警部補　剣崎智史』

こうして、監察係による遺体消失事件の調査は終結した。

# 第一部　提供者

# 1

鏡の中で、悪党面《あくとうづら》がこちらを見返していた。後ろに撫でつけられた黒々とした髪、狭い額、そして平行線を描いた細い眉とまぶた。

八神俊彦《やがみとしひこ》は自分の顔を眺めながら、いつからこんな面構えになったんだろうとため息をついた。

年月って奴かも知れない、と八神は考えた。中学一年の時に、近所の文房具屋で消しゴムをくすねてから、こつこつと積み重ねてきた悪事が自分の顔を変えたのだ。あれから二十年、まだ三十二なのに十歳は年嵩《としかさ》に見える。悪党とプロ野球選手に老けた顔が多いのは、どちらも気苦労が絶えないせいだろう。

八神はユニットバスの洗面台から離れ、六畳の洋間に戻った。このワンルームマンションに入居して三ヵ月、金もないので家財道具も満足には揃っていない。フローリングの床の上に直《じか》に敷かれた布団に寝転び、枕元のFAX用紙を手に取った。

それは入院案内書だった。

『六郷総合病院』。京浜急行本線、六郷土手《ろくごうどて》駅より徒歩十分。

明日からの入院を考えると、悪党の顔にも自然と笑みが浮かんだ。生まれ変わる絶好のチャンスだった。願わくは、明後日に迫った手術が、自分の薄汚れた人生に区切りをつける転機になってほしかった。

そろそろ入院の準備でも、と体を起こしたところで、携帯電話が鳴り始めた。着信表示を見た八神の胸は、さらに高鳴った。六郷総合病院の担当医、岡田涼子《おかだりょうこ》からだった。

「はい、八神」

受信すると、医師という職業にはミスマッチな、可愛い声が聞こえてきた。「岡田です。いよいよ明日ですね。よろしくお願いします」

「こちらこそ」と八神は、日頃は使わない丁寧な言葉遣いをした。

「体調はいかがですか？」

「万全だ。精力を持てあまして鼻血が出そうだ」

岡田涼子は軽く笑った。電話の向こうの美女の笑顔を想像して、八神は気を良くした。

「明日の九時までに行けばいいんだな？」

「ええ。スタッフ一同、お待ちしてます」

「それで」と、八神は少し真剣な顔になった。「俺が助ける相手については、詳しく教えてもらえないのか？」

「移植が済んだ段階で、性別や年齢などはお教えできますよ」

「若い姐《ねえ》ちゃんならいいんだが」

冗談めかして鎌《かま》をかけたが、相手は乗ってこなかった。「入院中の面会規則などは、今、お教えしておきましょうか？」

「いや、いい。誰も面会なんかには来ない」

「お友達とかにお知らせしてないんですか？」

「こういうことは悪事と同じで、こっそりとやるもんさ」

女医はまた笑った。八神は、コメディアンの充実感を味わった。

「じゃあ、明日、病院でお待ちしてます」

「よろしく」

電話が切れると、八神は浮かれた気分で入院支度を始めた。ボストンバッグに着替えなどを詰めながら、ツキはこっちにあると考えた。生き方を改めようとしている悪党を、神は寛大な態度で迎え入れてくれるらしい。そうでなければ、丸顔の可愛い女医が担当医につくなどあり得ないだろう。

支度を終えると、残る準備は金策だけとなった。四日間の入院費用は無料だが、財布の中身をせめて倍にしておかないと、小遣いが不足する。腕時計を見ると、午後三時半。ちょうどいい頃合いだ。借金を申し込む相手には、午後四時の約束を取りつけてある。黒革のコートを着込み、携帯電話をポケットに押し込んで、『島中』と表札の出た部屋を出た。

八神が向かったのは、自分が借りた部屋だった。四ヵ月前に知り合った島中圭二《しまなかけいじ》という男と、住居をすり替えていたのだ。万が一、警察がどちらかの住まいを訪ねて来ても、部屋主は留守だと言ってしまえば、お互いの身が守れる。少なくとも、相手に警告の電話を入れる時間は稼げるのだった。それは悪党二人が知恵を絞った末の苦肉の策だった。

最寄り駅の王子から、京浜東北線に乗ること六分、八神は赤羽駅で降りた。東京二十三区の北の端だ。

『ララ・ガーデン』と表示の出たアーケード街を歩き、終点の手前で横道に入る。角から二軒目のコーポが、自分が島中のために名義人になった住居だった。

八神は足を止め、三階の窓を見上げた。

物干し竿に、青いパンツが一枚、風にそよいでいる。

問題なしのサインだ。

八神は安心して建物の中に入った。階段を上がり、三階の真ん中の部屋に向かう。『八神』と表札の出た部屋の前に立ち、扉を叩いたが、返事はなかった。

来るのが早過ぎたかと思いながらノブを回してみると、鍵はかかっていなかった。

「島中、入るぞ」と声をかけて扉を開ける。

玄関を入ってすぐ横にある浴室から、ガス式の風呂釜が湯を沸かす音が聞こえていた。

入浴中か、と気づいて八神は笑ってしまった。念入りな入浴も、島中の重要な仕事だった。奴にとっては、まさに体が資本なのだ。

「俺だ。待たせてもらうぞ」と風呂場の磨りガラスに言って、八神は奥の洋間に入り込んだ。

オーデコロンの香り漂う六畳間。そのうち二畳分を、カバーケースのついた大型ハンガーが占拠している。

島中の奴はいくら貸すだろう。何着あるか分からない洋服の列を眺めながら、八神は値踏みをした。二週間前に来た時よりも、ドレッサーの前に置かれている装飾品は増えているようだった。羽振りはいいらしい。おそらく島中は、暇を持てあました金満マダムを、また一人捕まえたのだろう。

八神は床に座り込み、テレビのスイッチを入れた。『奥様お買い得情報』が流れ始めた。

「皮下脂肪との戦い、それは現代人の永遠のテーマです」

「そこで、この『脂肪バスター』。たった二分の運動で、贅肉《ぜいにく》がみるみる減少！」

そんな馬鹿な、と笑いながら、八神は煙草に火をつけた。手探りでテーブルの上の灰皿を探すと、指先がざらついた液体に触れた。何かと思って目を移すと、中指の先が、半乾きの血で濡れていた。

煙草をくわえたまま、八神は動きを止めた。灰皿の周辺に、黒く変色しかかった血痕が点々と落ちているのが見えた。

鼻血だ、と八神は即座に考えた。おそらくこの部屋に、滅多にお目にかかれないような肉体美の女がやって来たのだろう。それを見た島中が、鼻血を——

よく見ると血の滴《しずく》は、テーブルからカーペットへ、そして浴室へと点々と続いていた。

八神は不意に、自分がまだ島中の姿を見ていないこと、そして風呂場からは何の物音も聞こえてこないことに気づいた。息を止め、そっと浴室に顔を向けて耳を澄ます。その時、

「衝撃のお値段です!」とテレビのアナウンサーが叫んだ。

慌ててテレビのボリュームを落とす。壁の向こうから、一定の間隔で、ボコッ、ボコッと湯が沸騰《ふっとう》しているような低い響きが聞こえてきた。

八神は腰を上げた。風呂場に向かいながら、落ち着けと自分に言い聞かせた。島中の奴が、風呂を沸かしているのを忘れて、うっかり煙草でも買いに出たのだろう。

浴室の前まで来た八神は、誰が見ているわけでもないのに、わざとさりげない素振《そぶ》りで扉を開けた。

途端に、むっとするような熱気が押し寄せた。立ちこめている湯気を透かして浴槽に目を移すと、グツグツと煮えたぎる赤い液体が、一人の男を呑み込んでいた。

「あっ」と思わず声が出た。一歩後退してから、八神は風呂場に駆け込み、コックをひねってガスの火を消した。

生肉が煮える強烈な臭気が漂っていた。浴槽の中では、高熱で対流を起こしている真っ赤な湯の中に、全裸の男が突っ伏していた。頭までが水面下に潜《もぐ》り、後頭部の黒い髪が海藻のように揺れている。死んでいるのは明らかだった。

何が何だか分からなくなった。熱気の中で、場違いな寒気だけが足の爪先から駆け上がってきていた。

八神は必死になって、頭に浮かんだ断片的な思考をかき集めようとした。これまで幾度となく悪事に手を染めてきたが、死体と対面するような羽目に陥るのは初めてだった。しばらく呆然としてから、ようやく八神は、死んでいるのが誰かを確かめなくてはならないと気づいた。

風呂場の外に目を向け、洗濯機の横にビニール製の手袋を見つけた。それを両手にはめ、煮えたぎった浴槽の中に指先を突っ込み、鎖を引っ張って栓を引き抜いた。鮮血で赤く染まった熱湯が排水口から流れ出て、ゆっくりと死者の姿をあらわにしていった。

八神は両手で、死体の頭を持ち上げた。その顔貌《がんぼう》は、醜悪なまでに変形していたが――まぶたを閉じていてくれたことに八神は感謝したが、灰褐色に変色した舌の突端は見てしまった――死んでいるのは島中に間違いなかった。

殺《や》られた。

頭に浮かんだのはそれだった。

込んで――

　しかし、誰が殺ったのか？

　玄関の鍵が開いていたことを考えると、島中の顔見知りの線が強かった。だが、ピッキングの可能性もある。いずれにせよ犯人は、部屋に上がり込み、島中に刃物を突きつけ、脅しではないことを思い知らせるために体の一部を傷つけた。それからこの風呂場に連れ込んで――

　浴槽が空になり、死者の全身が現れた。左胸に大きな刺し傷が見える。こいつが致命傷だろう。ところが遺体には、その他に奇妙な特徴が残されていた。左右の手の親指が、それぞれ反対側の足の親指と革紐で結びつけられているのだ。島中は、体の前で両腕を交差させる形で死んでいるのである。

　意味がよく分からなかった。他にも異常な点はないかと視線を走らせると、右太股《ふともも》の内側に、刃物で切りつけられたような切り傷があるのが見つかった。それは一見、×印のようだった。だがよく見ると、二本の線の一方が明らかに長かった。犯人が刻みつけたのは、×ではなく、十字の印かも知れない。

　拷問《ごうもん》の一種だろうかと考えてはみたものの、どうにも腑《ふ》に落ちなかった。短絡的かも知れないが、変質者の仕業とするのがもっとも納得のいく解答だった。島中は、頭のおかしな女に手を出し、痴話喧嘩《ちわげんか》の末に一巻の終わりを迎えたのではないのか。

　しかし――

一抹の不安が頭から離れなかった。八神は、ふらつく足で風呂場から出て、吐き気を抑えるために流し台で水を飲んだ。

本当に島中は女に殺されたのか？　この部屋は、自分の名義で借りたのだ。島中を襲った人間は、実は八神という男を狙ったのではないのか？

八神は六畳間に戻り、何か手掛かりはないかとあたりを見回した。

FAX兼用の電話機や、システム手帳。どちらの中身にも、犯人を割り出すような情報はなかった。あとは携帯電話と、島中が持ち歩いていたB5サイズのノートパソコンだ。

その二つの品は、部屋の隅にあるディパックの中から見つかった。

まずは携帯電話。しかし留守番電話のメッセージは残っておらず、登録番号を呼び出してみたものの、八神にとっては会ったこともない複数の女の名前が出てきただけだった。

残るはノートパソコンだが、と八神はディパックの中を見つめた。パソコンに取り付ける周辺機器も入っていたが、そもそも八神はコンピューターの操作方法を知らなかった。

この部屋を出て、誰かに訊くしかない。

その時、電話の呼出音が響き始めた。八神は飛び上がらんばかりに驚いて島中の携帯電話に目を向けたが、鳴っているのはその機械ではなかった。八神はポケットを探って、自分の電話機を出した。電源を切ろうとしたが、着信表示に『峰岸雅也《みねぎしまさや》』と出ているのを見て思いとどまった。慌てて受信すると、聞き慣れた若い男の声が聞こえてきた。

「もしもし、八神さんですか？　峰岸です」骨髄移植コーディネーターが、明るい声で言った。「岡田先生から先程お電話をいただきました。万事順調らしいですね」

「順調？」と、住人が他殺体となっている部屋の中で、八神は訊き返した。

「どうしました？　何か問題でも？」

「いや、大丈夫だ」と、八神は口ごもりながら取り繕《つくろ》った。

「ならいいんです。明後日《あさって》の移植手術も、順調にいくと思いますよ」入院手続きの一切を取り仕切ってくれたコーディネーターは、朗《ほが》らかな口調で言った。

このままでは大変なことになると、八神は焦りを感じ始めた。「ちょっと訊きたいが、俺が骨髄をやる白血病患者というのは、どんな塩梅《あんばい》なんだ？」

「現在は移植準備の最終段階で、無菌室に入ってます」

「体の具合は？」

「前にも説明したかと思いますが、大量の抗癌剤投与と放射線治療で、骨の髄が空になってます。八神さんの骨髄を受け入れるためです」

「それで」と、八神は声をひそめた。「もしも俺が、病院にたどり着けないようなことになったら――」

峰岸はすぐに訊き返した。「何ですって？」

「万が一の話だ。俺が六郷総合病院に行きそこねたらどうなる？」

「間違いなく、患者さんの命に関わります」移植コーディネーターは、断乎《だんこ》とした口調で言った。「最終同意の時に、詳しく説明したはずですが」

「そうだったな。思い出した」

「まさか八神さん――」と峰岸が言いかけた時、玄関からノックの音が響いた。

八神はぎょっとして顔を上げた。峰岸の声が耳元から聞こえていたが、その言葉は頭に入ってこなかった。

玄関に目を向けたまま、八神は考えた。誰かが来た。しかし、誰が？

間隔を空けた重々しいノックの音が、ふたたび響いた。

八神は無意識のうちに島中のディパックを背負い、逃走の準備を始めていた。

「八神さん、聞いてるんですか？」

責めるような峰岸の声に、八神は上の空で答えた。「ああ。心配するな。間違いなく病院に行くから、大船に乗った気持ちでいてくれ。じゃあ」

「あ、もしもし？」と峰岸が言うのも構わずに、八神は電源ごと電話を切った。

扉の外に立つ者は何者なのか。島中を殺した奴が戻って来たのか。だが、わざわざ扉を叩くだろうか。

まさか警察が、と考えた途端、八神はのっぴきならない状況に追い込まれているのを知った。この部屋の主は自分なのだ。指紋は至る所についている。死体が発見されれば、警察は部屋の名義人の行方を追うに違いない。

ここに至って、八神の頭は否応《いやおう》なしにフル回転をし始めた。金を借りに来ただけだという釈明は、おそらく通用しないだろう。そうなれば、どうして部屋の借り主が入れ替わっているのかと追及される。過去に八神が犯してきた悪事が露見するのも時間の問題だ。最悪の場合、島中殺しの濡れ衣を着せられて、逮捕される可能性もある。入院を目前にして、警察に捕まるわけにはいかなかった。絶対に逃げ切らなくてはならない。

三度目のノックの音が響いた。

戸口を見つめた八神は、部屋の鍵をかけ忘れているのに気づいた。焦燥感というよりは、身の毛もよだつような緊張感が八神を襲った。落ち着け、と自分に言い聞かせた。万が一の場合の逃走ルートは、島中と打ち合わせてある。ベランダからずらかればいいのだ。しかしその前に、靴を履かなければならなかった。

八神は足音を忍ばせて、玄関へと向かった。風呂場の前を通り過ぎる時、短いつき合いだったなと、島中の死体に別れを告げた。それから気配を殺し、細心の注意を払って靴を履いた。薄い扉の向こうからは、何の物音も聞こえていなかった。

靴紐は無事に結び終えた。もしかしたら来客は、すでに立ち去ったのかも知れない。しかし油断は禁物だった。とりあえず内側から鍵をかけてから、覗《のぞ》き窓を見てみようと思いついた。

八神はドアノブに手を伸ばした。

同時に、すっと扉が開いた。

八神は息を呑んで立ち尽くした。

目の前に、サラリーマン風の中年男が立っていた。その男は、八神を見ても表情を変えなかった。

「何だ、あんたは？」八神は、とっさに凄《すご》んで見せた。「勝手に開けるんじゃねえ」

それからすぐにドアノブを摑んで閉めようとしたが、中年男が無表情なまま、扉を摑み返した。

相手の茫洋《ぼうよう》とした目を見た八神は、こいつはまともじゃないと瞬時に悟った。何かに取り憑《つ》かれている目だ。そして、同じような目の持ち主が、中年男の後ろに、さらに二人もいることに気がついた。学生風の若い男と、インテリヤクザのような眼鏡の男。この二人も、まったく表情を変えずにこちらを見つめていた。以前、事情聴取に来た刑事たちも、確かこんな目をしていた。

八神は強引にドアを閉めようとした。そこへ後ろの二人が加勢に割って入った。もはや考えている時間はなかった。八神は中年男の顔面に拳《こぶし》を叩き込み、身を翻《ひるがえ》して六畳間へと駆け出した。背後で、部屋に駆け上がる複数の足音が響いた。

ベランダに出た八神は、壁面に取り付けられた非常用の梯子《はしご》で階下に降りようとした。ところが避難用ハッチの上には、植木鉢がいくつも並べられていた。島中の馬鹿め、と心の中で罵りながら、八神は階上へと梯子を登り始めた。そこへ、下から伸びた手が、ズボンの裾《すそ》にからみついた。とっさに両足をばたつかせ、追いすがろうとした学生風の男を蹴り落とす。八神は肩を使って、四階ベランダのハッチを押し上げた。

這い上がってみると、四階の部屋のガラス戸には鍵がかけられていた。八神はすぐさま体当たりで仕切りを突き破り、隣のベランダに出た。

部屋の中で、主婦らしい女が、目を見開いて突っ立っていた。八神はとっさに微笑を浮かべ、窓を開けようとしたが、悪党の作り笑顔は逆効果だった。女が驚いた顔のままで、さっと鍵をかけた。

締め出された八神は、背後を振り返った。隣のベランダの床下から細い手が伸び、眼鏡の男が頭を出したところだった。

反対側へ逃げようにも、もう部屋はない。しかし、隣のビルの屋上が見えた。こちらのコーポとの間隔は一・五メートル。八神は、ベランダの縁によじ登り、二本の足で立ち上がった。落下の恐怖を頭から振り払い、八神は両手の反動を使って隣のビルの屋上へと身を躍らせた。

着地の時に、軽く足を挫《くじ》いた。しかしまだ走れた。飛び移った屋上に、階下への出入口がないのを見てとった八神は、反対側へと一気に駆け抜けた。

　ビルのすぐ下、屋上に隣接する位置に、アーケードの屋根があった。商店街を覆う長い天井が、八神の目前、左右四百メートルにわたって伸びている。そこに設置された細い通路を見つけた八神は、アーケードの屋根に飛び移り、鉄枠を摑んで通路に這い上がった。

　駅の方向に走り出したが、男たちの足音はすぐ後ろに迫っていた。このままでは追いつかれる。八神はその場に急停止し、腰をかがめて先頭の男に体当たりを食らわせた。眼鏡の男が後方に突き飛ばされ、後ろの中年男もあおりを食って倒れたが、最後尾の学生風の男が、転倒した仲間を踏みつけにしながら突進して来た。

　身を翻そうとした八神は、相手がナイフを引き抜いたのを見て思いとどまった。刃物を突きつけられて、八神は逆上した。衝撃吸収材の入ったパソコン用ディパックを楯《たて》に、突き出されたナイフを防ぐと、相手の後ろ髪を摑んで通路の手すりに顔面を叩きつけた。そこへ、残りの二人が同時に立ち上がった。

　気をとられた隙に、押さえられていた学生風の男が、体を起こして反撃に出た。ナイフで切りかかられた八神は、相手の側頭部を狙って、力任せにディパックを払った。

　まさになぎ倒される形で男が通路の柵に倒れかかり、そのまま鉄棒の前転をするかのように回転してから宙に舞った。男は、アーケードの天井にはめ込まれた白いパネルを突き破り、十二メートル下の路上へと落下していった。

地上から悲鳴が巻き起こった。

「正当防衛だ！」と叫んでから、八神は無我夢中で駆け出した。商店街の中ほどの所で、地上への昇降梯子を見つけた。肩越しに振り返ると、残りの二人との差は開いていなかった。

八神は梯子を摑んで、一目散に降り始めた。ところが段は、二階の高さで尽きていた。仕方なく末端にぶら下がってから、残りは一気に飛び降りた。頭上に目をやると、なぜか男たちは追って来てはいなかった。

「人が落ちた！」

アーケードの奥から、口々に叫ぶ声が聞こえていた。八神は野次馬たちの群れをかき分けて走り出しながら、赤羽駅へ行くのは危険だと思い当たった。駅前には交番があるし、駅構内には監視カメラがある。

『ララ・ガーデン』の入口に出てから、大通りに沿って左に曲がった。一分も走らないうちに、後方からタクシーが来るのが見つかった。歩道に視線を走らせたが、男たちの姿は見えなかった。

八神は手を挙げ、停車したタクシーに乗り込んだ。

「どちらまで？」運転手が訊いた。

王子にあるアパートへ戻ろうかと考えたが、それは避けたほうが無難だと判断した。

「とりあえず南に行ってくれ」

「南？　明治通りに出ればいいですか？」

「任せた。早く車を出してくれ」

「はい」と運転手が言って、タクシーが動き出した。

後方を振り返ったが、追っ手はいなかった。ほっと息をつき、八神は携帯電話を出した。登録してある番号にかけると、先方はすぐに出た。

「はい、六郷総合病院、内科の医局です」

聞き慣れた声を聞いて、八神は緊張がほぐれるのを感じた。「岡田先生か？　八神だ」

「どうしました？」と女医は訊いた。

「ちょっと予定を変更したい。今夜から入院というわけにはいかないか？」

「今夜ですか？」岡田涼子は戸惑ったようだった。「ベッドが空いてるか確かめてみないと」

「部屋が空いてなければ、待合室で寝てもいい。俺が行ったら、受け入れてくれるか」

「何とかやりようはあると思いますけど。どうしたんですか？」

今の状況を話すのは得策ではないと八神は考えた。「夜逃げしたんだ」

「八神さん」電話の向こうで、女医が眉を吊り上げたのが分かった。岡田涼子は、初対面の時から悪党面の八神を怖れないめずらしい女だった。「昼間に夜逃げするなんて不可能でしょ? こんな時に、変な冗談は言わないでください」

「悪かった。とにかくこれからそっちに行く」

「何時くらいになります?」

八神は腕時計を見た。四時二十分。「六時までには」

「分かりました。お待ちしてます」

電話を切ってから、八神はもう一つの番号を呼び出した。骨髄移植コーディネーターの峰岸だ。「もしもし、八神だが」

電話に出た峰岸は、すぐに訊いた。「さっきはどうしたんです? 慌てた様子でしたけど」

「何でもない。心配は無用だ」

「ならいいんですが。今、車で移動中なので、あとで折り返し――」

八神は遮《さえぎ》った。「すぐに済むから聞いてくれ。今夜のうちに病院に入ることになった」

峰岸の声が、また心配そうになった。「どうしてですか?」

「念のためだ。着のみ着のままで行くが、大丈夫か?」

「ええ。下着から何から、病院には揃ってますよ」

「分かった。六時くらいには病院に着く」

「こちらが別件を抱えているんで、お会いするのは明日になってしまいますが」

「岡田先生には話をつけた。あとは自分でやる」

「分かりました。よろしくお願いします」

八神は電話を切ると、運転手に告げた。「六郷にある総合病院まで行ってくれ」

「六郷って言いますと？」

「大田区の六郷だ。蒲田の先、東京の南の端だ」

「はい」と、大口の客を捕まえた運転手が声を弾ませた。ここは東京の北の端、これから都内を縦断するのだ。

尾行がないのをもう一度確認してから、八神は表情を硬くして考えた。何としても病院にたどり着かなければならない。さもなければ、八神の骨髄を待っている白血病患者が死ぬ。

2

時代は変わった、と古寺《ふるでら》巡査長は危機感を覚えていた。彼が警視庁巡査を拝命してから三十年、その最後の五年間に、国内犯罪は急速に凶悪化した。

今、機捜車の運転席に沈んだ古寺の腰には、手錠、無線の受令機、特殊警棒の他に、六連発回転式拳銃の重みが加わっている。三十九年ぶりに改定された国家公安委員会規則の『拳銃取り扱い規範』が明日から施行されるため、日付を越えて二十四時間の勤務をこなす機動捜査隊員には、本日からの銃の常時携帯が指示されたのだった。

今後、緊急事態に遭遇した警察官は、予告や威嚇《いかく》射撃なしに被疑者に向けて発砲することができる。犯罪大国のアメリカ同様、日本にも警察官が市民に銃を向ける時代がやって来たのだ。

通り魔事件の頻発《ひんぱつ》、暴走族の凶悪化、とりわけ発砲をためらった警察官が殉職《じゅんしょく》する事件が後を絶たない状況を考えれば、やむを得ない処置と言えた。そして古寺の気をさらに重くさせているのは、愚痴をこぼそうにも、相棒の新入り隊員が病気で欠勤していることだった。

俺の若い頃は、と第二機動捜査隊の最年長隊員は考えた。三十九度までの熱なら這ってでも職場に来たもんだ。時代は変わったのだ。

古寺は、練馬区東大泉の住宅街で緊急走行の速度を落とした。細い路地を三度曲がった所で、ようやく殺人事件の現場に到着した。機捜車は、野次馬をかき分ける制服警官に導かれて、非常線ロープの内側に入った。

すでに所轄署からの捜査用車両と、古寺と同じ班の機捜車が五台、臨場していた。現場は、木造二階建ての住宅。両隣よりも一回り大きい邸宅だった。

『機捜』の腕章をつけ、車から降りると、二名の機捜隊員が来た。森田《もりた》と井口《いぐち》だった。「どんなだ？」古寺は二人を見下ろして尋ねた。最年長の古寺は、身長でも若い者には負けていなかった。

「被害者は田上信子《たがみのぶこ》、五十四歳です」井口が報告した。「貸しビル業を営む資産家で、この家に独り住まいでした」

古寺は、被害者宅に目を向けた。鑑識作業が終わるまでは、家の中には入れない。しかし初動捜査を開始するためには、必要最低限の情報は得ておかなくてはならない。「第一発見者は？」

「被害者の義理の妹です。四時の約束で訪ねて来たものの応答がなく、不審に思って家の中に入ったそうです」

機捜車の中で、中年女性が涙ながらに捜査員と話しているのが見えた。第一発見者に違いない。「玄関の鍵は開いていた？」

「はい」

「顔見知りか、押し込み強盗か」と言ってから、古寺は基幹系無線で聞いた事件の第一報を思い出した。「そう言や、現場は風呂場だそうだな？」

「そうです」と森田が言った。「後頭部には鈍器で殴られた痕があり、浴槽の湯は沸騰していました」

古寺は顔をしかめた。「気絶したまま茹《ゆ》でられた？」

「そのようです。あと、遺体には妙な細工がありました」

「どんな？」

「両手両足の親指が結びつけられてました。被害者が意識を回復したとしても、浴槽から出るのは無理だったでしょう。それから、うなじのあたりに、刃物で切りつけたと見られる十字の形をした切り傷が残っていました」

古寺は舌打ちし、自分でも意識しないままに、上着の裾に隠した拳銃に手をやっていた。

「異常者が相手か？」

「その線は強いですね。あるいは怨恨《えんこん》か」

そこへ、被害者の田上信子邸から鑑識課員が出て来て、古寺たちに言った。「居間と台所なら入っても構わんよ」

「では、失礼して」と古寺は、二名の後輩捜査員とともに邸宅の敷地に足を踏み入れた。

門から玄関までは踏み石が続いていた。風雅な住居だった。被害者は貸しビル業を営む資産家ということだったが、金貸しのようなことをやっていたのだろうか。だとするなら、殺害の動機が金銭トラブルということも考えられる。

玄関で靴を脱ぎ、廊下左側にある居間に入ると、そこには贅《ぜい》を尽くしたインテリアが待ち受けていた。革張りのソファ、毛皮の敷物、蛍光灯を排した凝った照明器具。

この家に、五十過ぎの婦人が一人暮らし。いくら金があったとしても、寂しい人生だったのではないかと古寺は考えた。

庭に面したガラス戸が開いていたので、古寺はそちらに歩み寄った。庭の向こうはブロック塀だが、乗り越えるのは簡単そうだった。

「侵入経路は？」と古寺は、テーブルの上に証拠品を並べている鑑識課員に訊いた。

「まだ特定できてません」

「そいつを見ていいか？」古寺は、証拠品袋に入れられた品々を指さした。

「どうぞ」

古寺はテーブルを見下ろした。透明な袋の中に、預金通帳や印鑑などが入れられていた。犯人の動機は物盗りではなさそうだった。赤い表紙の手帳があったので、この家を訪ねる予定の者がいなかったかとページをめくってみた。

『11月30日金曜日』の欄には、何の予定も書かれていなかった。巻末のアドレス欄を見ると、数十人の知人の連絡先が書き込まれていた。この者たち一人一人に当たらなくてはならないが、それは二機捜の隊員たちではなく、本庁と所轄署の専従捜査員の仕事になるだろう。

手帳を袋に戻そうとした古寺は、固い手触りを感じて手を止めた。裏表紙を開くと、そこにはプラスチック製の一枚のカードが挟み込まれていた。『ドナーカード』と書かれている。その横にある『骨髄移植』という文字を目にして、古寺は眉をしかめた。犯人への憎悪と被害者への同情が一度に湧き上がった。殺された婦人は、金満家ではなく篤志家《とくしか》だったのだろう。

その時、上着のポケットの中で、携帯電話が振動した。

「はい、古寺」

電話を受信すると、分駐所にいる副隊長の声が聞こえた。「すまないが、赤羽に向かってくれないか」

訳が分からず、古寺は訊き返した。「赤羽？」

「風呂場の死体が、もう一体出たんだ。現場の様子が似てる」

「何ですって？　浴槽で茹でられていたんですか？」

「そうだ。ただし、赤羽のほうは湯は抜かれていた」

古寺は、ドアの外の廊下に目をやった。「まだ、こっちの仏さんと対面してないんですが」

「鑑識に無理を言って見せてもらえ。それから赤羽に行って関連を調べるんだ」

「了解」

古寺は電話を切ると、早足で浴室に向かった。練馬と赤羽で相次いで発見された変死体——

連続猟奇殺人事件の発生か。

「運ちゃんよ」タクシーの後部座席で、落ち着きを取り戻した八神は口を開いた。「誰かこの車を尾《つ》けてないか？」

五十過ぎの運転手はルームミラーを一瞥して言った。「ぞろぞろ来てますよ」

「何？」驚いた八神は、後ろを振り返った。

「道が混んでますからね」運転手は笑った。「どれか一台って言われても、区別はつきませんや」

八神はようやく、乗っているタクシーがやけにのろのろ進んでいるのに気づいた。料金メーターを見ると、千円を超えている。財布の中の残高を思い出した八神は、慌てて訊いた。「今、どの辺だ？」

「環七を曲がって、北本通りから明治通りに向かってます」

歩道の電柱に目を凝らすと、『北区神谷《かみや》』と表示が出ていた。八神は舌打ちした。赤羽から、まだ一キロも走っていない。一万円に満たない全財産を考えると、このまま入院するという計画は早くも頓挫《とんざ》したようだった。目的地まで行って料金を踏み倒すという計画が頭に浮かんだが、警察沙汰になれば厄介なことになる。追っ手なら振り切ったのだ。ここは電車を使うほうが賢明だろう。

「降ろしてくれ」

「ええ？　まだ東京の北の端ですよ。南の端まで行くんじゃなかったんですか？」

「自分が貧乏なのを思い出した」

しかし運転手は、大口の客を放したがらなかった。「入院するとかおっしゃってましたが、大丈夫なんですか？」

「俺は元気だ。とにかく降ろせ」

運転手は渋々、車を歩道寄りに止めた。

料金を払って下車してから、八神は財布の残りを確かめた。七千六百円。電車賃には十分だが、最寄り駅が分からなかった。この界隈《かいわい》に引っ越してからまだ三ヵ月で、土地勘がなかったのだ。

通行人に道を訊こうかと歩き出したが、すぐに思いとどまった。駅構内の監視カメラを考えると、殺人のあった現場付近から鉄道を利用するのは、後々不利になりそうな気がした。

念のために足を止めて、周囲を見回した。通りに沿った歩道には、とりたてて怪しい人影は見つからない。

ふたたび歩き出しながら、八神は考えた。島中は誰に殺されたのか。自分を追い回したあの三人組は何者だったのか。もしも奴らが刑事なら、警察手帳を見せて名乗ったはずだ。

少なくとも、ナイフで襲いかかるなんぞはあり得ない。するとやはり、島中を殺した連中が何かの理由で現場に戻って来たのだろうか。

そこで八神は、ある推測を思い浮かべて背筋を寒くさせた。あいつらは、殺す相手を間違えたことに気づいて、もう一度、部屋の名義人である八神を殺すために舞い戻って来たのではないのか。

大通りを歩いているのが、急に危険なことに思われた。やはり電車に乗るべきかと足を速めたものの、車道の向こうに交番を見つけて立ち止まった。

制服警官が、耳に差し込んだイヤホンに手を当てて、何かに聴き入っていた。

神経性の下痢を起こしそうだった。あのお巡りは、一体、何を聴いているのか？

横道を入った所に公園があったので、交番から死角になっているのを確かめてから、八神はベンチに腰を下ろした。

日暮れ時で、あたりは暗くなり始めていた。

八神は煙草に火をつけ、ゆっくり煙を吐き出しながら、過去の記憶を探った。命を狙われるようなやばい橋を、何度渡ったか。

苦い悔恨とともに思い浮かんだのは、芸能プロのオーディションと称して、十代の女の子たちを集めた時のことだった。その方面の雑誌に広告を打っただけで、意外にも二百人を超える応募者があった。オーディション料は一人三千円。貸し会議室のレンタル料金を差し引いても、六十万近いぼろ儲けとなった。

しかし、偽オーディションに引っかかった女子高生たちが、こちらの命を狙うとは思えない。よくよく考えて、本当にやばい橋を渡ったのは、過去に二回だと八神は結論づけた。

そのうちの一回は、声色詐欺《こわいろさぎ》だった。二年前、テレビのニュースを見ていた八神は、自分の声がある政治家に似ていることに気づいた。そこで、本屋に行って『国会便覧』という冊子を見つけだし、その政治家の事務所を調べて電話をかけた。

「私だが」と八神は声色を使った。「友人のために、至急、五十万ほど用意してもらいたい」

電話に出た男が疑う素振りを見せなかったので、八神はその友人とやらになりすまして事務所に行った。すると、本当に現金五十万円が手渡されたのだった。この時は、八神のほうが狐につままれたような気分だった。大物政治家にとっては、五十万など小遣い程度のはした金なのだろう。

残る一回は、虫の好かない暴力団幹部の住民票を取得した時だ。本人になりすまして区役所に転出・転入届を出し、転居に伴う新しい国民健康保険証を入手して、それを身分証明書代わりに金を借りまくったのだ。五百万ほど儲けたところで手を引いたが、あれがばれたのだろうか。金融機関の監視カメラに八神の顔が写ったのは間違いないのだ。

しかし、どうにも釈然としなかった。自分を追い回した三人組は、眼鏡の男を除いてはヤクザには見えなかった。するとやはり、島中は自分が蒔《ま》いた種で殺されたのか。三人組は、八神に現場を押さえられたと思って襲ってきたのだろうか。

煙草を足でもみ消し、デイパックから島中の携帯電話を出した。電話機に六郷総合病院の女医と、骨髄移植コーディネーターの番号を登録し、とりあえず前者にかけた。

「八神さん？」電話に出てきた岡田涼子は、第一声から訝《いぶか》るような口調だった。「どうしたんですか。こっちに向かってるんでしょ？」

「ああ。心配は無用だ。その前にコンピューターの使い方を教えてほしいんだが」

「パソコンなんか始めたら、人生のトラブルが倍に増えますよ」

「平気だ。トラブルには慣れてる。ノートパソコンの使い方は分かるか？」

すると女医は、すかさず訊いた。「OSはマック？　それともウィンドウズ？」

その問いかけからして、八神には意味不明だった。「黒いB5サイズの機械だ。キーボードの横だけちょっと出っ張ってる」

「多分、ウィンドウズだわ。あいにく、医者はマック・ユーザーが多いの」

「ようするに分からないってことか？」

「電話じゃ、どうにもならないですね。コーディネーターの峰岸さんなら、どっちも分かるはずですけど」

「分かった。かけてみる」

電話を切ろうとした八神を、涼子が止めた。「ちょっと待って。今、どこにいるんですか？」

「北区神谷町だ。ちゃんとそちらに行くから、心配しないでくれ」

「八神さんを信じてますからね」と、悪党には重い一言を残して女医は電話を切った。

八神はすぐに峰岸にかけた。すると、峰岸自身の声で吹き込まれた留守番電話のメッセージが流れてきた。「現在、医療施設にいるため、携帯電話を使うことができません――」

電話を切った八神は、仕方がない、と腰を上げた。島中殺しの真相を探るのは後回しだ。全速力で東京都を縦断し、病院に駆け込むしかない。骨髄移植の件は誰にも言っていないので、行き先を気取《けど》られる心配はない。パソコンの中身を探るのは、十分に安全と思われる病院に身を潜《ひそ》めてからだ。

残る問題は交通手段だった。殺人現場からもう少し遠ざからなければ、監視カメラのある鉄道の駅には入れない。

徒歩で動くしかないと決め、八神は横道に入ろうとした。そして足を止めた。

彼が目指す隅田川方向に、『水上バスのりば　300m』と看板が出ていた。

3

「アーケードの屋根から転落死？」

第二の現場に到着した古寺は、意外な情報を耳にして、コーポの入口で足止めを食った。中澤《なかざわ》という所轄署の刑事は、大柄な古寺に見下ろされ、委縮《いしゅく》しながら答えた。「そうなんです。事件の第一報は、若い男の転落死でした」

二十歳前後の男が商店街に落下した――その一一〇番通報の直後、同じ赤羽署管内から、コーポのベランダを不審な四人の男たちが走り去ったとの別の通報があった。ここから捜査陣は、まるでビデオテープの逆回転のように、時系列をさかのぼっていった。転落死したのは、不審な四人の男のうちの一人ではないのか。では、彼らはどこから出て来たのか。ベランダの非常用昇降口をたどって行くと、コーポ三階の一室にたどり着いた。部屋の中には少量の血痕、そして風呂場の浴槽に、胸を刺された男の他殺体が残されていた。

「どういうことだ？」中澤刑事とともに、三階への階段を上がりながら、古寺は言った。

「四人の男ってのが犯人なのか？」

「通報した主婦によりますと、逃げる一人を、残りの三人が追っていたようなんですが」

「転落死した若い男は、どっちだ？」

「追いかけていたほうではないかと」

「身元は？」

「不明です。身分証の類は所持していませんでした」

追われていたのが犯人だとしたら、と古寺は考えてみた。被害者の知人三名が、犯人を追いかけたのだろうか。しかし、生き残った二人が、風呂場での殺人を通報しないというのはおかしい。では逆に、三人組が犯人で、もう一人を殺そうとして追いかけたのか。逃げた一人は、三人組に捕まって、すでに殺されたのだろうか。

三〇二号室の前に来た古寺は、表札を見て中澤に訊いた。「部屋の主は八神か？」

「そうです」

古寺は、旧《ふる》い記憶を探ってから言った。「下の名前は、まさか俊彦じゃないだろうな？」

すると中澤は驚いたようだった。「それです。八神俊彦」

古寺は額を手で叩いた。「何てこった」

「知り合いなんですか？」

「俺が少年課にいた時、同じ名前の坊やの相手をしたことがある。今じゃ、いい齢《とし》になっていたはずだが」

「元非行少年ですか」

「ああ。筋金入りのワルだった」

古寺は両手にビニールの手袋をはめ、部屋に入った。中では十名を超える鑑識課員たちが、指紋を採ったり、粘着ローラーをカーペットに走らせたりと、忙しく動き回っていた。

「申し訳ないが、ちょっと見させてもらうよ」

声をかけると、奥から顔見知りの鑑識課員が出て来た。「古寺さんか。これを見てくれないか。妙なんだ」

古寺と中澤は、鑑識課員が手にした財布や郵便物を見た。

「この部屋の契約者は八神という男だが、生活していたのは別の人間のようなんだ。これによると、島中圭二というホストらしい」

古寺は眉を寄せ、「仏さんを見せてもらおう」と言って、風呂場に入り込んだ。

浴槽を見るなり、これは連続殺人だと直感した。死体を詳しく検《あらた》めたわけではない。練馬の一戸建ての風呂場で感じたのと同じ空気が、この赤羽の現場にも残っていた。犯人の残した気配のようなもの。獣《けだもの》特有の雰囲気。

古寺は、大柄な体をかがめて全裸死体の下肢部を覗き込んだ。両手両足の親指を結びつけた革紐、そして大腿部に残された刃物による十字の切り傷。すべては練馬の現場の被害者と一致していた。

同一犯の仕業に間違いなかった。管理官の到着を待って、二件の猟奇殺人に対する合同捜査本部の設置を進言しなくてはならない。

最後に古寺は、人さし指で遺体の額を突き上げ、死後硬直の始まっている頭部を起こした。被害者の顔を見るなり、古寺は渋い表情を浮かべた。「嬉しいやら、悲しいやら」

中澤が言った。「嬉しい話から聞きましょうか」

「こいつは八神じゃない。島中とかいうホストのほうだろう。八神の奴はまだ生きている」

「断定していいんですか？　遺体はかなり変貌してますが」

「八神なら一目で分かる。あんな悪党面は、そうはいないからな」古寺は言って、死体から手を放した。

「悲しい話は何ですか？」

古寺はため息をついて言った。「八神俊彦を手配する。奴が重要参考人だ」

遠くから、パトカーのサイレンの音が聞こえていた。

八神は周囲に油断のない視線を走らせながら、隅田川の岸辺に出た。コンクリートで固められた川岸に、水上バスの発着場があった。川底から伸びた四本の頑丈そうな支柱が、縦二十メートル、横四メートルほどの分厚い板を支えている。しかし、そこへ出るための通路は、金属製の柵で遮られていた。付近を見渡しても、案内板のようなものは見当たらない。

その時、環状七号線の通る橋の上を、二台のパトカーが走って行くのが見えた。

焦りを感じながら背後の階段に引き返し、ようやく小さな小屋を見つけた。映画館の切符売り場だけを切り取ったかのような小さな建物だ。中には初老の係員が一人で座っていた。

「水上バスに乗りたいんだが」と言うと、係員は「どちらまで?」と訊いてきた。

八神は、小屋の壁の時刻表を見た。ところがそこには、複数のルートが煩雑《はんざつ》に並べられていて、すぐには理解できなかった。

「今日は、両国行きしか残ってないよ」

「両国?」と、頭の中で素早くルートを検索した。現在いる東京の北部から、かなり東に逸れたコースをたどることになる。隅田川の流域は馴染みのない土地だったが、両国からJR線に乗れば、二回の乗り換えで六郷までたどり着けるのではないかと考えた。それに、島中のコーポからの距離も十分だ。そこまで行けば、駅の監視カメラを気にする必要もあるまい。

「両国まではいくらかかる?」

「千円」

「船が出るのは、いつ?」

「四時五十分。あと十五分だね」

「よし、決めた」

八神が財布を出すと、係員は手で制した。「料金は船に乗ってから払ってください。時間が来たら、私が乗り場まで案内するからね」

「分かった」

八神は、しばらくその場にとどまって、案内板を見つめていた。『東京水辺ライン』というのが、この交通機関の正式名称らしい。八神が現在いるのが『神谷発着場』で、両国に到着するのは午後六時だと分かった。

病院に着くのは七時前になる。予定より一時間遅れるが、仕方がない。人目を避けて逃げ回るのも、あと二時間ちょっとだった。

八神は岸辺に戻り、木製のベンチに腰を下ろした。目の前の隅田川は、波一つ立てずにのんびりと流れている。水鳥が数羽、穏やかな水流に身を任せていた。間近に見ると川幅は意外に広く、垂直に切り立ったコンクリートの対岸までは百五十メートルほどもあった。暮れかかる景色を漫然と眺めていた八神は、やがて川の向こうに学校のような施設を見つけた。フェンスの向こうに、ジャージ姿の女子高生らしき姿が見え隠れしている。

俺が騙《だま》したのも、あんな子供たちだった――

八神の胸に、忘れようとしても忘れられない記憶が蘇《よみがえ》った。

夢を叩き潰された子供たちの目――

八神は苦い悔恨とともに、過去の悪事を思い返した。

話を持ちかけてきたのは、自称映画プロデューサーだった。いわゆる業界ゴロだ。そいつが手っ取り早く稼ぐ手段があると言うので、八神はその話に乗った。オーディション雑誌に広告を打ち、『Vシネマのヒロイン募集』と銘うって、芸能界にデビューしたい子供たちを集めたのだ。対象者は中学生と高校生のみ。オーディション料は一人三千円。年齢も料金も低めに設定したのは、彼女たちが詐欺に気づいたとしても、泣き寝入りするだろうと考えてのことだった。

芸能プロの看板を出した業界ゴロのマンションには、二百通を超える履歴書が送られてきた。目を通した八神は、少し驚いた。応募者のうちの半数が、父子家庭や母子家庭の子供たちだったのだ。本人には責任のない不幸に見舞われてしまった少女たちが、自力で夢を実現させようと応募してきたのだろうか。貼付された写真が、どれも楽しげに笑っているだけに、何か痛々しい感じがした。それに加え、一人一人の顔を見るかぎり、素人の八神でさえも芸能界へのデビューは無理だろうと思わざるを得なかった。

やがてオーディションの日が来た。一時間五千円の貸し会議室が会場となった。現金三千円を支払った二百名の女の子たちは、さぞかし期待に胸をふくらませていたことだろう。ディレクター役の八神は、業界ゴロと二人で、十人ずつを相手に『一次選考』の面接を行なった。その結果、百五十人以上が一度に落とされた。

『二次選考』では、さらに四十人が落とされた。

残った十名から二人ずつを別室に呼んで、『三次選考』が行なわれた。八神がでっち上げた台本に従って、訳の分からない演技をさせたのだった。演じる女の子たちは、みんな必死だった。しかし演技力は学芸会なみだった。演劇の訓練を受けていた者など、一人もいなかったのだ。

業界ゴロは、「考えが甘い」と彼女たちに説教までした。そして一人ずつを別室に呼んで、『該当者なし』の選考結果を告げたのだった。

十名の女の子のうち、涙ぐんだのは三人だった。他の七人は、呆然とするか、消え入りそうな笑みを浮かべたかのどちらかだった。小遣いの三千円を巻き上げられ、挙げ句に夢を叩き壊された少女たち。まだ十代だというのに、君たちには何の価値もないよと知らされてしまった子供たち。

いつから加害者になったんだろうと八神は考えた。自分もかつては、本人に責任のない不幸に苦しめられる被害者だった。それが今や、自分の意思で他人を傷つける加害者に変わっている。

女の子たちが肩を落として帰ったあと、八神と業界ゴロは六十万の金を山分けにした。その時、詐欺の相棒は呆《あき》れたような口調で言った。どいつもこいつもブスばかりだったな、と。

それを聞くや、八神は業界ゴロを袋叩きにした。金は全額持ち去った。突如としてボランティア精神に目覚めた八神は、騙し取った金を恵まれない子供たちに寄付しようと考えた。しかし、一日延ばしにしているうちに、日々の生活費で消えてしまった。骨髄移植のドナー登録について知ったのは、そんな時だった。

「船が来たよ」

顔を上げると、案内所にいた係員が発着場に立ち、金属製の柵をどけているところだった。

八神は腰を上げた。隅田川の上流から、近代的な屋形船といった風情《ふぜい》の平べったい船体が近づいて来た。舷側《げんそく》には『こすもす』と書かれている。幅七メートル、長さ三十メートルほどの大きな船は、発着場の前で一度停船し、そのまま真横に動いて接岸した。

八神は、船へのタラップを渡りながら、子供だったらいいのになと考えた。自分の骨髄で助かる白血病患者は、小さな女の子であってほしかった。病の完治を医者から告げられて、大喜びしているその子と母親の姿が目に浮かんだ。命の危機は去り、明るいだけの未来に胸をときめかせている女の子の笑顔。

船に乗り込むと、若い女性乗務員が微笑んで八神を迎えた。「ようこそ、水辺ラインへ」

「料金はここで払うのか？」

「そちらのカウンターでお願いします」と、乗務員は、船の前部を占める客室を指さした。

八神は自動ドアを抜けて客室に入った。左手に狭いカウンターがあり、別の女性乗務員が待っていた。八神は両国までの運賃を払い、並んだシートの最後列に腰を下ろした。

これは日常の足に使う交通機関ではなく、観光目的の船だと、八神はようやく気づいた。

船体の左右は見晴らしのいい全面ガラス張りで、窓側には三人掛けのシートが、そして中央部のフロアには四人掛けのシートが十数列並んでいる。二百名近い定員数なのだろうが、しかし驚いたことに、八神の他に客は四人しかいなかった。

船はゆっくりと発着場を離れ、隅田川の下流を目指して進み始めた。人の駆け足ほどの速度だ。船内には、録音テープによる観光ガイドの音声が断続的に流れていた。

しばらくの間、八神は、川の両側に続くコンクリートの壁を眺めていた。すでに日没を過ぎたせいか、護岸工事で固められた岸辺は、果てしなく続く黒いスクリーンと化していた。やがて八神は、気になって船内の天井を見渡した。監視カメラの類は見つからなかった。念のために席を立ち、自動ドアを抜けて後部甲板に出た。

生ぬるい風が頬に当たった。ベンチの並んだ甲板は、屋根はついているものの、左右の舷側と後部は素通しだった。エンジンの低いうなりの中、スクリューに巻き上げられたしぶきが、川面《かわも》を乱しているのが見える。

ここにも監視カメラは見つからなかった。安心した八神は、いったんトイレに入って用を足し、客室に戻って元のシートに腰を落ち着けた。

五分ほど経った頃、窓の外、前方右手の暗闇に、オレンジ色の電球に照らし出された発着場が見えてきた。四人の男たちが、シルエットとなって浮かび上がっている。一人が懐中電灯を振って合図しているところを見ると、発着場に詰めている係員のようだった。

「荒川遊園発着場に停船いたします」との短いアナウンスがあり、船がゆっくりと接岸した。

窓の向こうに、タラップを渡って来る三人の乗客が見えた。幸いなことに男たちは、赤羽で自分を追い回した連中ではなかった。

緊張を解いた八神は、このまま両国まで行けば安心だろうと考えた。二時間以内に病院にたどり着けるだろう。

船がふたたび動き始めた。時刻は午後五時十分を回った。

泡がはじけるような音に目を上げると、通路を挟んで隣の席に座った中年男が、缶ビールの蓋を開けたところだった。八神の視線に気づいたのか、グレーのスーツを着込んだその男がこちらを見た。

八神は目で会釈した。

相手も会釈を返した。そして微笑みながら、まだ開けていないもう一本の缶ビールを差し出した。「よろしかったら、どうぞ」

「いいのか？」

「ええ。一人では飲みきれませんから」

ありがたかった。「申し訳ない」と言って、八神はお相伴《しょうばん》にあずかろうと手を伸ばした。

それから言った。「いや、やっぱり遠慮しておく」

「どうしてですか？」

「ダイエット中でね」

中年の紳士は小さく笑って、差し出した缶ビールを折り畳みのテーブルに戻した。

八神は周囲の風景に目をやる素振りで、悪覚面の自分に気安く話しかけてきた男を観察した。男は、一度は開けたビールに、口をつけようとはしていなかった。八神に差し出した缶も、手つかずのまま放置されている。

そこへ、女性の声でアナウンスが響いた。「お客様に夜景を楽しんでいただくため、客室内の照明を暗くさせていただきます」

天井の明かりが消え、船内が急に暗くなった。八神は、デイパックを肩にかけて立ち上がった。

敵を見くびっていたのかも知れないと考えた。赤羽でタクシーに乗った時から、何者かに尾けられていたのだろうか。その男は、八神が水上バスに乗り込んだのを確認して、次の発着場に仲間を呼んだのだろうか。疑心暗鬼かも知れないが、場合が場合だ。用心に越したことはない。

後部甲板に出ると、フリーター風の男がベンチに座って煙草を吸っていた。日没後だというのに、その男はサングラスをかけていた。八神は男の前を通り過ぎ、水しぶきの上がる最後尾に立った。

その時、かすかな刺激臭が鼻をついた。薬品の臭いを目で追った八神は、男のスラックスのポケットから、白いガーゼがのぞいているのを見つけた。

二名の客室乗務員が、若い女だったのを八神は思い出した。有事の際には自力救済しかない。横を見ると、船の喫水線《きっすいせん》が低いためだろう、目の下数十センチのところに隅田川の黒い水面が見えた。

しかし、十一月の末に、濁った川に飛び込むのは気が進まなかった。八神は先制攻撃に賭けることにした。今、後部甲板にいるのは、フリーター風の男だけだ。こいつが何者だろうが、とりあえずぶん殴って、トイレに連れ込むのだ。人違いなら、文句を言われないようにさらにぶん殴って気絶させればいい。

八神は船の最後尾を離れ、男に向かって歩き出した。

と、そこへ、客室の自動ドアが開いて、二人の乗客が出て来るのが見えた。先程ビールを勧めた中年男と、もう一人は、これといって特徴のない三十過ぎの男だった。

二人がこちらに近づく前に、八神はフリーター風の男の前にたどり着いていた。

相手が目を上げた。サングラスの陰で、眉が上がってきょとんとしたような表情を作った。しかし、男の右手が別の意思を持っているかのようにズボンのポケットに伸びたのを、八神は見逃さなかった。

八神は素早く相手の腕を摑んだ。男の手にはガーゼが握られていた。八神は両手で男の肘《ひじ》をねじ上げ、白い布を相手の鼻先に突きつけた。

気化した薬品が鼻孔から流れ込み、瞬時に八神も朦朧《もうろう》となった。しかし同時に、サングラスの男の全身が脱力して、その場に崩れ落ちた。

それを見た二人の男が、一直線にこちらに駆けて来た。八神はふらつく足で船縁《ふなべり》へと逃げ出した。今のこの状態で、二人を相手にするのは無理だった。格闘よりも水泳を選んだ八神は、ベンチを踏み台にして川に飛び込もうとした。

そこへ背後から二本の腕が伸び、宙に浮かんだ八神の右足首を掴んだ。舷側から逆さ吊りにされるような格好で、八神の頭が水面下に突っ込んだ。

あたりは音の洪水だった。水中を駆け巡るスクリュー音が、両耳の聴覚を奪った。八神は必死に息を吐きだそうとしたが、大量の水が容赦なく鼻から流れ込んできた。

このままでは死ぬ。パニックに陥りかけた時、重みに堪えかねたのか、足首を掴んでいた二本の腕の一本が離れた。八神は自由になっているもう片方の足で、まだ食らいついている相手の指先を蹴り上げた。

不意に足の圧迫が消え去り、全身が川の中に沈み込んだ。頭のすぐ左側を、轟音《ごうおん》とともにスクリューが通り過ぎて行くのが分かった。それからすぐに、空気をため込んだディパックが浮輪代わりとなって、全身が水面に引き上げられた。

浮上した八神は、激しく咳き込んで肺の中の水を吐き出しながら、遠ざかって行く水上バスの後部甲板を見つめた。

八神を襲った二人の男は、何事もなかったかのように、ゆっくりと舷側から離れた。その向こうから、女性乗務員が出て来るのが見えた。二人の男は笑いながら、まるで酔っ払いの介抱《かいほう》をするかのようにサングラスの男を抱き起こし、そのまま客室へと戻って行った。

八神は立ち泳ぎをしながら、息が落ち着くのを待った。隅田川の真っ黒い水は、異臭はしなかったが、気のせいかぬるぬるしている感じだった。それから周囲を見回し、近いほうの左側の岸を目指した。距離は約五十メートル。

泳ぎついたコンクリートの護岸には、金属製の梯子が取りつけられていた。八神はそれを摑み、高さ二メートルほどの壁面をよじ登って地上に這い上がった。

その場に座り込み、ぜいぜいと喘《あえ》ぎながら、八神はあたりを窺《うかが》った。そこは隅田川のほとりに作られた遊歩道のようだった。暗がりの中、舗装された広い道が前後に伸びている。しかし人の姿はなかった。舗道からさらに土手を上がった上方には、高速道路の高架が見えていた。

八神は必死に頭を働かせようとした。地名で言うと、ここはどこになるのだろう。見当はつかなかったが、岸辺にとどまるのはまずいということだけは分かった。正体不明の敵は、少なくともプロだ。このあたり一帯に、すぐに次の網を掛けるだろう。

急がなければと八神は立ち上がった。衣服が水を含んだせいで、体が異常に重たかった。

しかし気が張っているせいか、寒さは感じなかった。

何としてでも生き延びて、六郷総合病院にたどり着かなくてはならない。自分の命は、今、もう一人の命を背負っているのだ。

八神は、ふらつく足で、暗闇の中を走り始めた。

4

午後六時を前にして、練馬区大泉警察署二階の大会議室では、特別合同捜査本部の設置作業が急ピッチで進められていた。総務課員たちの手によって、八十名の専従捜査員を座らせるだけの机とパイプ椅子が並べられ、電話やファクシミリの敷設《ふせつ》と並行して、捜査資料を収納するための段ボール箱などが次々に運び込まれた。

会議室の奥、まだ何も書かれていないホワイトボードの前では、捜査本部のトップ四名が今後の捜査方針を検討していた。

「二つの遺体の、死亡推定時刻が出ました」

報告を行なっているのは、まだ青年と言ってもいい風貌の越智《おち》警視だった。役職は管理官、これは捜査本部長と副本部長の補佐役であり、現場の陣頭指揮を執《と》る前線の責任者でもある。年齢が三十にも満たないのは、彼がキャリアであるからだった。所属は警視庁捜査一課で、同課内の強行犯捜査五、六係の担当であったが、今回は他の係を増援しての大規模な捜査体制がとられることがすでに決定していた。「田上信子の死亡推定時刻は午後三時半前後、島中圭二と推定される男性は、四時から四時半に殺害されたと思われます」

「意外と短い間隔だな。練馬、赤羽の順か」特別捜査本部の長を務める警視庁刑事部長、河村《かわむら》警視監が言った。恰幅《かっぷく》のいい体を濃紺の制服に包んでいる。「物盗りの線は？」

「消えました。被害者の財布、貴金属、預金通帳等は、すべて現場に残されてました」

捜査副本部長に就任した警視庁捜査一課長、梅村《うめむら》が訊いた。「被害者二名の関係は？」

「現在のところ、確認されてません。両者のアドレス帳には互いの氏名が記載されていませんでした」

「無差別殺人でしょうか」と、同じく捜査副本部長に就いた大泉署署長、古堺《こざかい》が口を開いた。

「可能性は高いな」河村が暗然とした様子で言った。「動機に関しては、まだ何も浮かんでないんだろう？」

「はい」と越智は答えた。事件発生から、まだ二時間しか経っていなかった。被害者の司法解剖はおろか、地取り捜査も遺留品捜査も、手掛かりらしきものは何も摑んでいない。この場で追及すべきことは、ただ一点だった。「犯行の態様《たいよう》を考えますと、変質者による快楽殺人を視野に入れておいたほうがいいのではないでしょうか」

「科警研の心理研究官を呼ぶか？」

河村が渋面を作って言ったので、越智は少し慌てた。「すでに、部長名義で依頼を出してありますが」

警察庁科学警察研究所への鑑定依頼は、警視庁刑事部長名義で出さなくてはならないのだ。越智は、自分が先走ったことを少し反省した。心理研究官《プロファイラー》が担当するプロファイリングという捜査手法は、まだ正式には導入されておらず、現場の捜査員の間には実効性を疑問視する向きも多いのである。

「良かろう」と河村は言った。「ただし、現場が掻き回されることがあってはならんぞ」

「はい。あと、犯行の間隔について、一つだけ妙なことがあります」越智は一同の前に、東京都の地図を広げた。練馬と赤羽の二つの現場には、被害者の死亡推定時刻が書き込まれていた。「二件の犯行は、長く見積もっても六十分の間隔で起こっています。ところが第一の現場から最寄り駅までは距離があり、鉄道を使っての移動というのは無理があります」

「すると、犯人の移動手段は車か？」梅村副本部長が訊いた。

「ところが、本日が月末のいわゆる五十日《ごとおび》、しかも週末が重なっていますので、都内はどこもひどい渋滞です。交通管制センターに問い合わせたところ、この二つの地点を小一時間で動くのは無理だろうということでした」

「では、バイクか？」

「そうですね。あと、もう一つ考えられるのは、複数犯か」

河村が顔を上げ、越智を見た。「複数犯の線は強いと思うか？」

「何とも言えませんが、複数犯による猟奇殺人というのは、ちょっと考えにくいんじゃないでしょうか」

「カルト集団はどうだ？　マンソン・ファミリーのような」

「あり得ます。ですが、組織的な犯行なら、二件の殺害を同時に行なったのではないでしょうか。捜査の攪乱《かくらん》という点では、そのほうが効果的です」

河村は小さく唸《うな》って考え込んだ。

古堺副本部長が口を開いた。「単独犯だとすると、バイクで移動したことになりますが、そうなるとNシステムにはかかりませんね」

Nシステムというのは、警察が秘密裏に幹線道路に設置している車両監視用カメラである。車体前面のナンバーを自動的に読み取り、警察内部のデータベースに記録保存するのだ。これにより、ある特定の個人の移動状況を、過去までさかのぼって割り出すことができるのである。問題は、この国民監視システムが、車両前面のナンバープレートを読み取ることにあった。犯人がバイクで移動したとなると、前面にプレートがないために監視の対象外になってしまうのである。

「バイクだとするなら、我々の裏をかいているんだろうか」と河村が言った。「いずれにせよ、バイクを重点警戒だ。第五方面本部長に、その旨伝えてくれ」

「はい」と越智は頷いた。

「最後に残った大問題だが」河村が、地図上の赤羽の現場を指さした。「殺害現場から走り去った四人の男たちというのは、何者なんだ？」

「それなんですが」越智は、手元の大学ノートを開きながら言った。「アーケードから転落した若い男につきましては、まだ身元が判明してません。一つだけ確かなのは、部屋の名義人である八神俊彦という男ではない、ということです」

「どうして分かった？」

「指紋が違いました」

「指紋？」と、意外そうに河村が訊き返した。

「犯歴照会にかけたところ、八神俊彦には五件の前科前歴がありました。未成年の時に犯した窃盗と恐喝が三件、それから成人後の軽微な詐欺罪で、起訴猶予と略式起訴」

「八神俊彦を参考人手配だ」

「すでに致しました」

「しかし、どういうことなんでしょう」と梅村副本部長が言った。「目撃情報では、逃げる一名を、他の三名が追いかけていたとか」

「目撃者に顔写真を見せたところ、逃げていた一名というのが八神であると確認されました」

「あくまで推測だが」と河村が言った。「一連の殺人が、八神の犯行だとしよう。二件目の島中殺しの際に、部屋を訪れた島中の知人三名に現場を押さえられた。それで追跡劇が始まったのではないかな」

「その三名、アーケードから転落した男を除けば現在二名ですが、どうしてその後、警察に通報しなかったんでしょうか」

「殺されたのはホストだ。知人の中に暴力団関係者が含まれていたとしてもおかしくはない。ヤクザ連中が、自分の仲間を殺した八神を追いかけ、あとは口を拭《ぬぐ》ったんじゃないのか」言ってから河村は、気楽な口調でつけ加えた。「まあ、これは一つの可能性だ。とにかく、八神が最重要の参考人であることは間違いない。発見に全力を挙げろ」

「はい」

「では、我々は本庁へ行ってくる」河村、梅村、古堺の三名の幹部が立ち上がった。彼らはこれから、警邏《けいら》部長および第五方面本部長とともに、広域緊急配備計画の見直しをする予定になっていた。「あとは頼んだ」

一礼した越智は、彼らを送り出すと、捜査本部奥の机に戻った。

窓の外は、とっくに日が暮れていた。パイプ椅子に腰を下ろしながら、無差別殺人だろうかと越智は考えた。頭に思い浮かんだのは、アメリカ連邦警察が定義した凶悪犯罪者の分類規定だった。

殺人衝動の冷却期間を置きながら、三ヵ所以上の場所で殺人を繰り返すのが連続殺人犯。

一ヵ所にとどまって四名以上の人間を殺すのが大量殺人犯。殺人衝動の冷却期間を置かず、
二ヵ所以上の場所で次々に人を殺していくのが興奮持続殺人犯。

今回の犯人に当てはまるのは、三番目の分類、無差別の興奮持続型だろうと越智は考えた。犠牲者の血に餓えた何者かが、衝動のおもむくままに、大都市東京で殺戮を繰り返しているのではないのか。だとするなら、凶行は終息したわけではない。犯人の興奮が持続するかぎり、第三、第四の犠牲者が出るのは時間の問題だ。東京の夜は始まったばかりだった。明日の朝までに、一体何人の市民の命が奪われるのか。

越智が暗然とした時、目の前の電話が鳴り始めた。刑事たちが出払っているので、越智は自ら受話器を取った。「はい、捜査本部」

「管理官ですか。古寺です」

「どうですか、その後?」越智はベテランの機捜隊員に訊いた。

「まだ、赤羽の現場にいます。ちょっと引っかかることがありまして」

「何です?」

「練馬と赤羽の二つの現場で、骨髄移植のドナーカードが見つかりました。どちらも被害者名義になってます」

「骨髄移植？」と訊き返しながら、越智は素早く手元に大学ノートを引き寄せた。

「そうなんです。田上信子、それから島中圭二の両名が、ドナー登録をしていたようなんです」

越智は眉をひそめた。「骨髄移植というのは、確か、白血病の治療の？」

「私も良く分からないんですが」と、古寺も困惑しているようだった。「二名の被害者の、唯一の共通項です」

無差別に見えた犯行は、実は骨髄ドナーを狙ったものだったのだろうか。越智は考えたが、そんなことをして何になるという疑問がすぐに浮かんだ。

「偶然でしょうか？」古寺が訊いてきた。

「骨髄移植について聞き込み先を洗い出してみます。古寺さんは、そのまま現場に残っていてください」

「了解」

電話を切ってから、越智は壁の時計を見上げた。午後六時五分。聞き込み先を探そうにも、関係者たちがすでに帰宅している怖れがあった。とりあえず厚生労働省に連絡をとってみようと考えながら、越智は呟《つぶや》いた。「骨髄移植？」

八神は一つの選択を迫られていた。濡れ鼠《ねずみ》のまま逃避行を続けるか、それとも敵に発見される危険を冒してコインランドリーに駆け込むか。

大量の水を含んだシャツとズボン、そして黒の革のコートは、急速に八神の体温を奪いにかかっていた。

このままではまずい。骨髄ドナーとなった最終同意の時、女医とコーディネーターの二人が、風邪だけはひくなと厳命していたのだ。

コインランドリーを探すしかないと八神は結論を出した。風邪をひいてしまえば、たとえ病院にたどり着いたとしても、骨髄移植の失敗の可能性が高まる。ウィルスに感染した骨髄を、白血病患者に移植するわけにはいかないのだ。乾燥機で衣服を乾かすのに三十分間は足止めを食らうだろうが仕方がない。敵が現れたら、洗濯機でも投げつけて応戦するしかない。

隅田川を離れ、大きな鉄橋のたもとから車道に上がると、そこには『水神大橋』と表示が出ていた。八神は川沿いに下ることは避け、東に進路を変えた。

商店街を探して足を速めると、片側三車線の広い通りに出た。隅田川と並行して南下する道だ。南に向かった八神は、すぐに救いの神を発見した。目当てのコインランドリーではなく、安売りの衣料店だった。店先には、千円の正札の付けられたジャンパーが並べられていた。

「いらっしゃい──」全身ずぶ濡れの客を迎えた初老の店員は、すぐに歓迎の言葉を呑み込んだ。

「隅田川に落っこちた」と八神は言ったが、それでも店員が不審そうなので、つけたした。

「カルガモ親子の頭を撫でようとしたんだ」

「隅田川にカルガモ親子が？」

店員が疑義を呈したが、八神は無視した。紳士服売り場に直行し、できるだけ安い衣料とタオルを選んで、店員に訊いた。「全部でいくらだ？」

「えー、願いましては」と店員は、目に見えない算盤《そろばん》を指先で弾《はじ》き始めた。「三千七百円也」

八神は手早く代金を払い、試着室へと駆け込んだ。

タオルで全身を拭き、下着を含めた六点の新しい服を着込むと、前髪が額に下りたのも手伝って別人になったようだった。

意外な変装の効果に、八神はほくそ笑んだ。黒いサテン風のジャンパーに、合成皮革のズボン。エレキギターさえあれば、不良中年のロックシンガーだ。

カーテンを開けて試着室を出てから、脱いだ服一式を、先ほどの店員の両手に載せた。

「こいつは処分してくれ」

「はい」と、店員は汚物でも見るように顔をしかめた。

八神は店を出て、注意深く周囲を見回した。街灯の光の列が続く大通りは、まばらに車が通るだけだった。歩道を行き交う通行人も数えるほどしかいない。道の片側には高層団地が立ち並び、生活雑貨店などが並んだショッピングモールもあったが、目当ての本屋はなかった。

しばらく歩くと、コンビニエンスストアが見つかった。八神は店内に入り、ようやく地図を見つけた。

売っていたのは、東京都全図と墨田区区分図の二種類だった。両方を手に取り、レジへ行って煙草も買い込んだ。それから外に出て、店内から漏れる明かりで地図を眺めた。先程の『水神大橋』の位置から探るに、墨田区の北部に上陸したようだった。今現在の地点は、南北を貫く隅田川と東武伊勢崎線に挟まれた細長い一角だ。

とりあえず南に向かって歩き出しながら、敵は今、どうしているのだろうと考えた。船上で襲いかかった三人は、おそらく次の発着場まで行ったことだろう。その他に、赤羽で追い回した男たちが二名残っている。敵は総勢五名か、それともそれ以上か。

逃走ルートを考えた八神は、二つの最寄り駅と、都心に向かう隅田川の鉄橋は危険だと判断した。自分が追う側なら、真っ先にそこはマークする。逆に言えば、無数に張りめぐらされた路地を伝って行けば、敵の目に触れることなく南に向かうのは可能だと思われた。向こうが何人いるにせよ、路地の一本一本を監視することなどできないからだ。しかし、現実にそれを実行するには思い切りが必要だった。今、こうして歩いている間にも、さっきの三人組が行く手に立ちふさがるのではないかという薄気味悪さを感じていたのである。それに加えて、六郷総合病院を目指すには、いつかは隅田川の鉄橋を渡って西に向かわなくてはならないという問題があった。延々と南下を続ければ、江東区を通り過ぎた時点で、東京湾に行く手を阻まれてしまう。どこで進路を変えるか、落ち着いて考えたほうがいいと八神は判断した。

進行方向左手に、和食のファミリーレストランがあった。急に空腹を覚えた。少し迷ってから、八神はその店の階段を上った。二階の店内に入ると、案内係が来るのを待つ素振りで、奥の調理場に目を向けた。万が一の際は、そこの裏口から逃げられると考えて、八神は食事をとることに決めた。

「その席でいいか？」

やって来た案内係に、調理場に一番近い席を指さし、八神は自分からテーブルに着いた。念のため店内を見回したが、不審な男たちは見つからなかった。テーブルの三分の一ほどを埋めた客たちは、全員が家族連れで、奥の座敷からは、歓声をあげながら走り回る子供たちの足音が聞こえている。この界隈の労働者たちの家族だろう。一人当たり千五百円ほどの晩餐《ばんさん》で、ささやかな贅沢《ぜいたく》を楽しんでいるのだ。

彼らに対するかすかな羨望《せんぼう》を頭から締め出し、八神はウェイターを呼んで料理を注文した。それからディパックを開けて中身を確かめた。

島中のノートパソコンと周辺機器、それに二台の携帯電話は、かなり水にやられているようだった。電話機の液晶モニターが消えていたので、八神はバッテリーを取り出し、接点の水分を紙ナプキンで拭った。以前、携帯電話を便所に落とした時、陰干しで水を抜くのに半日ほどかかったのを思い出した。女医とコーディネーターに連絡を入れようと考えていたが、しばらくは控えたほうが良さそうだった。

次に八神は、全財産の確認にかかった。持ち金は千五百円。頼んだばかりの天ぷらそばの代金を支払えば、残りは千円足らず。

今後の交通費にはいくらかかるのか。運ばれてきたそばを食べながら、八神は墨田区の地図を広げ、逃走ルートの確定作業に入った。

現在位置から南に約四キロの所に浅草があった。そこまで行けば土地勘は取り戻せる。都内有数の繁華街であることを考えれば、人混みに紛《まぎ》れるのも容易だろう。浅草から地下鉄に乗り、上野で京浜東北線に、さらに品川で京浜急行本線に乗り換えれば、あとはひたすら六郷土手駅を目指して南下するだけだ。

しかしこの計画も、浅草まで無事にたどり着けることを前提にしていた。そのためには、敵が待ち伏せているかも知れない隅田川の鉄橋を渡らなければならない。橋を渡りきれるかどうかが勝負の分かれ目だ。

天ぷらそばを平らげた八神は、荷物をまとめて立ち上がり、レジに行って金を払った。

店を出てから、あたりに視線を走らせたが、怪しい男たちはいなかった。その代わり八神は、目の前に積み上げられた放置自転車の山を見つけた。

散歩の予定がサイクリングに変更となった。

5

大学教授は、自宅とは別に仕事場をもうけていた。中野にあるマンションの一室。専門は西洋宗教史で、机の上に置いた旧式のワープロ専用機に向かい、一般読者を想定した新書の書き下ろし原稿を執筆していた。

電話が鳴った。編集者からだろうと思いながら受話器を取ると、聞いたことのない女の声が言った。「京葉大学の井澤《いざわ》先生でしょうか？」

教授は丁寧な口調で答えた。「はい、そうですが」

「こちら、警察庁科学警察研究所の後藤《ごとう》と申します」

「は、警察？」井澤は驚いて訊き返した。

「ええ。法科学第一部の心理第二研究室という部署で、犯罪心理を研究している者なんですが」

「専門が違うようですね」教授は穏やかに言ってみた。自分が犯罪に巻き込まれたのではないことを祈りながら。「こちらは歴史を勉強しておりまして」

「それで、ちょっとお尋ねしたいことがあるんです」と後藤は言った。「今、お時間は？」

「いいですよ」

「では——」と先方は、学者らしい冷静な口調で、奇怪な話を語り始めた。人間の両手足の親指を縛って、沸騰した湯に浸けるという殺人事件が起こったと仮定する。その場合、西洋宗教史の専門家としては、何か心当たりはあるかと。

最初は目を丸くして聞いていた教授も、やがて相手のリサーチ能力に気づいて感嘆の声を漏らした。「私の専門分野に当たりをつけたわけですね」

「ええ。そのような話を聞いた覚えがあったものですから」

「それは正解でした。お伺《うかが》いした殺害手口は、魔女狩りの際に行なわれていた拷問の一種です」

「でしたら」と心理学者は、興奮した口調で言った。「被害者の体に、バツ印のような切り傷をつけるという手口はどうでしょう？　それも魔女狩りの拷問で行なわれていたんでしょうか？」

「バツ印ですって？」教授は、背後に人が立っているような気味の悪さを感じて振り返った。もちろん、そこには誰もいなかった。「それは、十字の形ではないんでしょうか」

「十字かも知れません。長短、二本の線が、直角に交わっている図形です」

「先程のお話ですが、親指が結びつけられていた両手足というのは、左右反対でしょうか。つまり、両手を交差させるようにして殺されたのでは」

「そのとおりです」

「まさか」と教授は少しの間言いよどんだ。「そのような事件が、現実に起こったのですか」

「内密にお願いいたします」先方は間接的に肯定した。「お心当たりがあるんですね？」

「はい」と受話器に向かって頷いた教授は、一つの英単語を口にした。それから、数百年前のある事件をかいつまんで話した。

後藤は驚いたようだった。「今回の事件は、模倣犯だったんですね」

「おそらく」

「二度手間で申し訳ありませんが、警視庁の捜査員をそちらに差し向けて構いませんでしょうか。今のお話を、さらに詳しく聞かせていただければと思いまして」

「どうぞ。十時までででしたら、こちらの仕事場におります」教授はもう一度、自分の背後を振り返ってから言った。「それにしても、大変なことになりましたね」


「機捜二三九」

車載無線機から、呼び出しの声が聞こえていた。殺人現場となったコーポの前で、同僚から地取り捜査の進捗《しんちょく》状況を聞いていた古寺は、慌てて車に戻った。

「はい、機捜二三九」

「越智です」

「管理官ですか」指揮系統が混乱しているのかと古寺は考えた。分駐所の副隊長ではなく、管理官自らが連絡してくるとは。

「古寺さんには、特捜本部付の予備班に入ってもらうことになりました。今後はこちらの指揮下に入ってください」

「了解」答えた古寺は、相手が越智で良かったと思った。この若い管理官は、キャリア特有の嫌みがない上に、自分に経験が足りないことを隠そうとしない男だった。現場の捜査員の意見によく耳を傾けるし、エリートにありがちな、犯罪捜査をゲームか何かのように捉える不謹慎な態度を見せることもない。

「そちらの捜査状況はどうですか？」

「有力な情報はありません。ところで、先程の骨髄ドナーの話はどうなりましたか？」

「その前に、古寺さんは世界史の知識はありますか？」

「は？　世界史？」古寺は面食らった。「古代ローマ帝国とか、あの類ですか？」

「もう少しあとの、中世暗黒時代ですが」

キャリア警察官と機捜隊員が、一体何の話をしているのかと、古寺は笑ってしまいそうになった。「まったく無知です」

「了解」と、管理官は重々しい口調のままで言った。「じゃあ古寺さんは、骨髄移植コーディネーターの所へ聞き込みに行ってください。これから先方の携帯電話の番号を言います」

古寺は手帳を出し、峰岸雅也というコーディネーターの名前と電話番号をメモした。

「こんな時間に、よく捕まりましたね」

「明日にドナーの入院を控えて、動き回ってるそうです。先方には話をつけてありますので、至急、会ってみてください」

「了解」

古寺は、無線連絡を終えると、携帯電話で峰岸という男にコンタクトをとった。相手は律義そうな声で、仕事で立ち寄っている世田谷区内の病院でなら会えると言った。

古寺がそれに応じると、峰岸は訊いた。「刑事さんは、携帯電話を使われますよね？」

「ええ」

「でしたら、病院の駐車場でお会いしましょう。医療機器の誤作動の怖れがあるので」

それを聞いて、こいつはプロだと古寺は感心した。

古寺は機捜車のエンジンをかけて、赤羽の現場を離れた。いつも横にいる相棒が病欠の上、予備班に組み込まれたせいか、不思議な解放感があった。

それにしても、とハンドルを握りながら考えた。管理官はなぜ世界史の話などを持ち出したのだろう。いずれ理由は分かるのだろうが、詳しく聞いておけばよかったと後悔した。

古寺は手掛かりを欲していた。二件の殺人が、八神俊彦の犯行だとは思いたくはなかった。記憶の中に残る八神という非行少年は、ワルには違いなかったが凶悪犯罪者ではなかった。ましてや猟奇殺人を犯すような異常者でもなかった。あの野郎には、間違いなく人間の心があったはずだ。自分がどうしてそう思ってしまうのかと考えて、八神の得難い資質を思い出した。奴には一風変わったユーモアのセンスがあった。人間と、人間の姿をした獣とを分ける境目は、ユーモア感覚の有無だ。

それから十分ほどの間、緊急走行を続けて、古寺は目的地に着いた。

指定された大学病院の駐車場では、病棟の窓から漏れる明かりの前に、きちんとネクタイを締めた三十過ぎの男が立っていた。骨髄移植のコーディネーターは、陰影の目立つ彫りの深い顔だちだった。機捜車の上の回転灯を見て、すぐにこちらに気づいたようだった。誠実そうな顔をわずかに和《なご》ませ、軽く会釈した。

「警視庁の古寺です」

車から降りて警察手帳を見せると、相手は警察官の巨体に気圧《けお》された様子だったが、すぐに名乗った。「峰岸です」

「お忙しいところをすみません。骨髄移植について、緊急に学ぶ必要がありまして」

「何か事件でも？」と、峰岸のバタ臭い顔は不安そうになった。

「まあ、形式的な捜査です」古寺ははぐらかし、質問に入った。「骨髄移植というのは、白血病を治すために行なわれるんですよね？」

「そうです。ですけど、白血病だけとは限りません。再生不良性貧血や免疫不全症といった症例にも適用されます」

「移植手術というのは、大掛かりな手術になるんですか？」

「いえいえ」と峰岸は、専門家に特有の笑みを浮かべた。よくある素人の誤解を正そうというのだろう。「手術という言葉が物々しい感じを与えますが、ドナーや患者さんの体を切ったりはしません。ドナーの方には、全身麻酔で眠っていただいて、その間に太い注射針を刺します。腰の骨の中にある骨髄液を採るためです。それを今度は、患者さんの体に点滴で入れます。これで移植は完了です」

「意外と簡単なんですね」

「ええ。骨髄移植の最大の困難は、手術自体じゃなくて、ＨＬＡの適合するドナーを見つけることにあるんです」

「ＨＬＡというのは？」

「血液型の一種です」

「私はＡ型ですが」と古寺は、わざと言ってみた。

峰岸は微笑んだ。「それは赤血球の血液型ですよね。骨髄移植の場合は、白血球のほうが問題になるんです。これが万単位のバリエーションがありまして、患者さんとドナーが一致しないと、移植が難しくなるんです」

「数万人に一人というわけですか」

「そうです。兄弟がいれば四分の一の確率で一致するんですが、それ以外ですと見つけるのが難しくなってきます。詳しいことを申し上げますが」と、古寺の表情を窺ってから、「遺伝子の中に、A、B、DRと分けられた三つの領域があります。それぞれ両親から受け継ぎますので、Aが二つ、Bも二つという具合に、計六個の種類に分けられます。ところが、この六個のA、B、DRは、さらに数十種類に分かれているんです。Aの1とかAの2とかいう具合にね。骨髄移植の場合、それらがすべて一致するドナーを探すことになるんです」

「一致しないで移植を行なうと、どうなるんですか？」

「免疫的なトラブルが起こって、患者さんが危なくなります。A、B、DRのうち、少なくとも二つの領域が一致しないかぎり移植は行なわれません」

「なるほど」と、古寺は、さりげなく事件の話題に近づいた。「よく聞く骨髄移植のドナー登録ですが、そのHLAの型を登録するわけですね？」

「そうなんです。人の命を救う、究極のボランティアです」移植コーディネーターは、控えめな態度の中にも誇りをにじませて言った。「では、登録をする方々というのは、善意の一般市民というわけですね？」

古寺はますますこの男に好感を持った。

「ええ」と峰岸は、熱心な口調で続けた。「登録自体は、献血と同じ要領で採血するだけですから簡単です。そのあと、ＨＬＡの型が照合されて、合致する患者さんがいればさらに詳しい確認作業に入ります。移植が決まれば、ドナーの方の健康診断を経て、最終合意まで進みます。ですが、我々としましては、ドナーの方にいかなる無理強いもしません。健康な方から骨髄を採取するわけですから、拒否する権利は最後までドナーのほうにあるわけです。それに移植手術には四日間くらいの入院が必要になります。役所や会社勤めの方には、勤務先から手当が支給される場合もあるのですが、自営業の方には多少の経済的負担を強いることになってしまうんです」

「警察官なら、その点は大丈夫ですね」

「ええ」と峰岸は微笑を浮かべた。「よろしかったら刑事さんもいかがですか？」

「そうですね、いずれ」と、なかばその気になりながら、古寺は事件の話に戻った。「登録されたドナーのリストというのは、公表されているんですか」

「いえ、一般には機密扱いです。ＨＬＡの型が漏れたりしますと、白血病の患者さんに骨髄を売りつけるようなことが起こりかねませんからね」

「一般には、とおっしゃいましたが?」

「各国の骨髄移植事業者とネットワークを組んでおりますので、そちらのほうではデータのやりとりはあります。もちろん、国内の関連施設とも」

古寺は、少し間を置いて、事件について考えてみた。二人の骨髄ドナーが殺されたのは偶然だろうか。偶然ではないとすれば、犯人は事前に被害者が骨髄登録をしていたことを知っていたことになる。「リストが外に漏れるようなことはないんでしょうか」

「そのようなことは起こっていません」峰岸は、やや心外そうに言った。

では犯人は、リストを入手できる内部の者か。

「もう一つ言っておきますと、ドナーリストは二つのデータに分割されて保存されます。一つはドナーの身元が特定できる住所・氏名とIDナンバー、もう一つは、IDナンバーとHLA型です。これは、HLA型からすぐに氏名を特定できないようにするための措置です」

しかし、その二つを一度に入手すれば、と考えて、古寺は別の可能性に気づいた。コンピューター管理された情報は、常にハッキングの危険にさらされている。防衛庁を含め、官公庁のほとんどのサイトがハッキングの被害を受けている現状を踏まえれば、ドナー登録者の名簿がそちらから盗み出されたとも考えられる。至急、その可能性を、本庁のハイテク犯罪対策センターに問い合わせなければならない。「最後に一つ、患者さんの側からすれば、ドナーが誰か、分かるんでしょうか？」

「いえ、どちらにも相手のことは伏せます。移植の際にも別々の病院が用意されますので、顔を合わせることもありません。ただし移植後に、相手の性別や年齢など、簡単な情報はお伝えします」

「そうですか」

黙り込んだ古寺に、峰岸が心配そうに訊いた。「ドナー登録者が、何か問題になっているんでしょうか？」

「いえ」

古寺は首を振ったが、峰岸はなおも言った。「まさかとは思いますが、今、ラジオのニュースで流れている大事件と関係したことですか？」

「ラジオで？」

「都内で連続殺人が起こったとか」

古寺は、相手の顔を見つめたまま考えた。まだ、ドナーが狙われているというのは推測に過ぎない。偶然の可能性のほうが大きいと考えるべきだろう。だが、その推測が当たっているとしたら、ドナーの保護も視野に入れておいたほうがいいのではないだろうか。

「ドナーリストを警察に提供していただくというのは可能でしょうか」

峰岸は険しい顔になった。「やはり関係があるんですね？」

「今のところは何とも言えません」

「名簿の提供につきましては、私の一存では決めかねます。上の者に訊いていただかないと」それから峰岸は、腕時計に目を走らせた。「もう夜も遅いですから、決定は明日になると思います」

「ちなみに、ドナー登録者というのは、何人くらいいるんですか？」

「都内だけでも数万人は」

古寺は渋い顔で頷いた。保護はおろか、警告を与えるのも不可能な人数だ。

「以上でよろしいでしょうか」と峰岸が言った。慌てた口振りだった。「至急、電話をかける必要がありまして」

相手の態度の急変に、古寺は職業上の関心をそそられた。「差し支えなければ、どちらに？」

「移植のために、現在病院に向かっているドナーがいるんです。念のため、用心するように伝えませんと」

「その方によろしくお伝えください」古寺は言った。そして、なるべくさりげない口調でつけ加えた。「夜道を歩く際には、十分気をつけるようにと」

圧倒的に人手が足りなかった。

公用車のハンドルを握りながら、越智管理官は、人員の補充はうまくいっているだろうかと考えた。

二件の猟奇殺人に対し、初動捜査に当たる捜査員は、機動鑑識を含めて百六十名。各地で検問を実施する緊急配備の人員を加えれば三百名近い大部隊だ。それでも、事態の緊急性を考えると十分とは言えなかった。殺人鬼が大都市を跳梁《ちょうりょう》しているというのに、二名の被害者の交友関係すら掴みきれていないのだ。

目的地の中野区内にあるマンションに着くまで、越智は車載無線機の音声に耳を澄ませていたが、現場にいる捜査員たちはまだ有力な物証も情報も掴んでいないようだった。

環状七号線沿いの、警察学校のすぐそばで車を止め、越智は足早に十一階建てのマンションに駆け込んだ。科警研の心理研究官から教えられた大学教授の仕事場である。越智は七階に上がり、西洋宗教史を専門とする学者の部屋のドアを叩いた。

「警視庁の越智です」

扉越しに言うと、すぐに玄関が開いた。痩身の五十過ぎの男が顔を出した。眼鏡の奥の細い双眸《そうぼう》は、長い間大量の書物を渉猟《しょうりょう》してきたことを物語っていた。「京葉大学の井澤です。ようこそいらっしゃいました」

越智は学者の仕事場に足を踏み入れた。中は十畳ほどのワンルームマンションで、壁面はおろか、台所までが書棚で占拠されていた。

「どうぞ、こちらへ」

誘われるままに奥に入ると、パソコンや電話の置かれた事務机と、来客を迎えるための折り畳み式の椅子が並んでいた。

「薄暗くて申し訳ない」井澤教授は言った。「このほうが、仕事がはかどるもので」

越智は、壁の白色電球だけで照らし出された室内を見回した。燭台《しょくだい》のロウソクの炎が灯る中世ヨーロッパの図書館も、こんな雰囲気だったのだろうか。

逸《はや》る気持ちを抑えながら、越智は切りだした。「科警研の後藤から、簡単な報告は受けて参りました。お伝えした殺害手口は、魔女狩りに起因するものと考えてよろしいのですね」

「非常に類似しております」と、井澤は落ち着いた口調で言った。

「では、本題に入る前に、魔女狩りに関して包括的なご説明を受けたいのですが」

「全貌をお聞かせするとなると、一晩あっても足りませんが」

「そうですね」と越智は、考えてから言った。「では、こちらからお訊きします。背景からお伺いしますが、ヨーロッパの中世暗黒時代というのは、宗教改革の前ですよね」

「ええ。ですが魔女狩りの最盛期は、暗黒時代が終わった後の、ルネッサンス期ですよ」

越智にとっては、早くも意外な話が飛び出した。「ほう?」

「あのマルティン・ルターでさえ、魔女狩りには積極的でした」そして井澤は、公務で訪れた警察官が時間に追われているのを察したのか、きびきびした口調に切り替えた。「簡単に申しましょう。そもそもヨーロッパには、キリスト教が成立するはるか前から、魔女崇拝がありました。土着の民間伝承です。日本で言えば、河童とか天狗とか、そうした類のことですね。後にキリスト教カトリックが支配するようになっても、そうした伝承は生き残りました」

「お伽話のようなものですか」

「そうです」と井澤は頷いた。「一方で宗教改革ですが、カトリック教会が力をつけ、権力を持つとともに、組織としては腐敗していきました。それを正そうとする動きが、十二世紀前半から起こり始めたんです。カトリック教会側としては、組織防衛の観点から、そうした運動を排斥《はいせき》する必要があった。そこで始まったのが異端審問です。教義に反する者を、キリスト教の名において処罰し始めたんですね」

「宗教の教義に過ぎないものに、法的な抑止力《よくしりょく》を持たせたということですか」

「ええ。ですが、近代法成立のはるか前のことですから、現在の高みから批判するのは妥当ではありません。社会の仕組みは格段に良くなっているんです」

「失礼しました」と越智は、教授の批判を受け入れた。「事実だけを伺いましょう」

教授も笑みを浮かべ、続けた。「当初は、教会の権威に楯突《たてつ》く者たちが裁かれていたんですが、やがて処罰の対象が、民衆の間にも広がっていきました。悪しき儀式を行なって悪魔を呼び出したのではないかとか、他人に不幸が起こるように呪《まじな》いを行なったのではないかとか、あらゆる疑いをかけて市民を処刑し始めたんです。その段階から、魔女裁判は燎原《りょうげん》の火となって西ヨーロッパ全土を焼き尽くしていきました。しかも裁判自体が、狡猾《こうかつ》な論理に支配されていました。厳しい拷問で虚偽の自白をしてしまえば魔女とされ、一方で口を噤《つぐ》み続ければ、拷問に耐えきれるのは魔女しかいないというわけです。最盛期には複数の村が全滅するようなことまで起こりました。当時の記録によると、立ち並んだ無数の処刑台が、まるで林のように見えたという証言まであります」

越智は、教授の話を、自分の担当する事件とすり合わせてみた。「魔女とされていたのは、女性だけだったんでしょうか。男が処刑されるといったようなことは――」

「もちろんありました。魔女と言いますのは、男女を問わず、カトリック教会の教義に背《そむ》いた者たちを指します。ただ女性の仕事の中に、薬草を使ったりといった魔術を思わせるものがあったので、魔女にされやすいという傾向はあったようです。結局、魔女狩りの嵐が吹き荒れたのは、十四世紀から十七世紀の間、処刑された人数は定かではありませんが、十万人を超えていたという説もあります」

「魔女狩りがそこまでエスカレートした原因は何だったんでしょうか」

「理由は様々だと思いますが――最初に申し上げたように、教会の権威に逆らう者を根絶やしにしようとしたわけですが、処刑した人間の財産を没収するという実利もありました。

さらに言えば、異端審問官の中には、猟奇や異常な性欲に取り憑かれて拷問を行なった者もいたでしょう。また、不安定な世相と民衆の魔女妄想が結びついた集団ヒステリーであるとも言えます。しかし、私が考えるに、魔女狩りの原動力というものは、人間の持つ支配欲に一元化できるのではないでしょうか」

「支配欲」越智は呟いた。それは国を治める政治家にも凶悪犯罪者にも共通する資質だった。彼らだけではない。人々は皆、自分とは違う意見を持つ者たちに敵意を感じ、攻撃し、排斥《はいせき》しようとする。魔女狩りの土壌は、社会から消え去ったわけではない。

「具体的な話に入りたいのですが」越智は個人的な知的好奇心を抑え、事件の手掛かりを得ようと身を乗り出した。「魔女の処刑方法です」

「処刑につきましては、それほどバリエーションがあったわけではありません。火あぶりが一般的です。魔女を処刑台にくくりつけ、足元から弱い火力で攻め続けるんです」そして井澤は、凄惨な状況を目に浮かべたのか、顔をしかめて言った。「被害者たちの多くは、あまりの苦痛に耐えかねて、もっと火を強くしてくれと懇願《こんがん》したそうです」

越智は頷き、先を急いだ。「両手足の親指を縛るという手口は？」

「それは処刑ではなく、異端審問で使われた拷問の手法です。手口の多様さでは、こちらは無数にあると言っていい。両手足を縛って水槽の中に入れるというのは、水攻めの一種です。浮かんできたら魔女とされましたから、沈んだまま溺死する以外に疑いを晴らす手段はなかった」

「熱湯が使われることもあったんですね？」

「そうです」

「体の一部を、刃物で傷つけるというのは」

「ありました。どの拷問方法も、まずは裸にするのが基本です。魔女には、体のどこかに徴《しるし》があるとされていましたから、全身の毛を剃った上で、くまなく調べられました。その際、ほくろなどが魔女の徴とされただけでなく、針や刃物でわざわざ傷をつけたりしたようですね」

越智は、心理研究官から聞かされた奇怪な物語に話題を移そうとしたが、その前に、予備知識がまだ足りないと考えた。犯人はまだ捕まっておらず、第三の犯行に別の手口が使われるということも考えられたからだ。「参考までに、他の拷問の手法を教えていただけますか？」

「私が見て、もっとも恐ろしい拷問の方法は」と、井澤は顔をしかめながら言った。「両手を縛って、高い所から突き落とすというものです。足には別の重りがつけられてましたから、空中で宙吊りになった犠牲者の体は、上下に引き伸ばされて全関節が脱臼《だっきゅう》するのです。三度も繰り返せば、ほとんどの者が絶命したと伝えられています」

悲鳴が、犠牲者の断末魔の叫びが、耳元から聞こえてくるようだった。「他には？」

「万力《まんりき》のような形の、スペイン・ブーツという金属製の長靴を履かせて足の骨を砕く、一面に針を取り付けた椅子に座らせる、鉄梃《かなてこ》を使って筋肉を引きちぎる、それ以外も多数ありますが、ようするに人間が思いつくかぎりの残虐な暴力が振るわれたということです」

そして教授は、不快そうなのではなく、悲しそうな目になって言った。「すべては人間がやったことです。自分たちだけが正しいと信じてね」

頷いた越智は、声を落として訊いた。「魔女狩りのようなことは、現在では行なわれていないんでしょうか？　そのような儀式を行なっている宗教集団などは――」

「ありません」教授は言下に否定した。「魔女狩りは十七世紀に終わったんです。歴史上、唯一それを行なった教団、つまりキリスト教カトリックは、後の公会議で、自分たちの過《あやま》ちを明確に認めて謝罪しました。魔女狩りなどを行なう集団は、もはやありません」

「カルトと呼ばれるような連中も含めて、ですか？」

「聞いたことはないですね」

「分かりました。では、最後に、科警研の者にお聞かせになった、イギリスの話をお伺いしたいのですが」

井澤は頷いた。口の中を潤《うるお》すためか、喉《のど》をごくりと鳴らせてから語り始めた。「当時のヨーロッパで、イングランドだけが、例外的に魔女狩りの被害を免《まぬか》れていたんです。犠牲者は、数百人程度に抑えられました。大陸とは違って、拷問を受けつけない法体系を持っていたことが理由に挙げられますが、もう一つ、歴史の闇に埋もれた奇怪な話があるのです。『グレイヴディッガー』の伝説です」

その聞き慣れない単語は、しかし確かな重量感をもって耳の奥で反響した。「グレイヴディッガー？」

「ええ。英語で、『墓掘人』の意味です。魔女迫害の機運がイングランドに及んだ頃、異端審問官たちが何者かによって虐殺されるという事件が起こりました。魔女裁判と同じ拷問の方法を使ってね。それに怖れをなした異端審問官たちが、魔女狩りを自粛《じしゅく》したのではないかというのです。今となっては事件の真相は分かりません。しかし当時の人々は、拷問によって殺された男が墓の中から蘇り、自分を殺した者たちに復讐をしたのではないかと噂しました。そして、この蘇った死者を、『グレイヴディッガー』と呼んだのです」

「グレイヴディッガー、蘇る死者」繰り返して言った越智は、不意に口を噤んだ。何かが頭に引っかかった。

蘇る死者――

死体に関する奇妙な事件を小耳に挟んだ覚えがあった。確か、警視庁管内での事件だったはずだ。変死体の盗難だったような気がするが、詳細は思い出せなかった。大学教授のこの仕事場に来てからというもの、魔界に迷い込んだかのようで、思考力が麻痺している感じだった。

越智は話の流れを思い出し、疑問点を口にした。「我々が現在追っている事件ですが、犯人がグレイヴディッガーの手口を模倣しているという根拠は何でしょうか。同じ手口を、異端審問官たちも拷問に使っていたわけでしょう？」

「腕を交差させて縛る方法、それに犠牲者の体に刻み込まれた十字のマークが、グレイヴディッガーの殺戮を物語る特徴なんです。どちらも、意味するものは十字架です。グレイヴディッガーは異端審問官たちを殺すに当たって、キリスト者である記号を、魔女の徴の代わりに残したのです」

教授は立ち上がり、並んだ書架の一つに歩み寄った。中から一冊の本を抜き出し、ページを開いて越智の前に差し出した。それは、英国で発刊された古書らしい。アルファベットが並んだ本文の横に、版画と思《おぼ》しき挿し絵が印刷されている。

夜の墓地に佇《たたず》む、マントを羽織った黒い人影。頭部を覆ったフードの陰では、二つの目だけが妖しく炯《ひか》っている。左右に垂らした両腕には、弓矢と戦闘用斧《バトルアックス》。

線画の下には、『The Gravedigger』とあった。

越智は、その絵を目に焼きつけた。まるでそれが、指名手配犯の顔写真であるかのように。今、都内に出没している連続殺人犯は、この蘇る死者の犯行を真似ている。大都市東京に、伝説上の大量殺戮者が蘇ったのだ。

「どうもありがとうございました。参考になりました」と腰を浮かせかけた越智を、教授は「最後に一つ」と言って止めた。

「今、申し上げた話の他に、グレイヴディッガーに特徴的な、奇怪な処刑方法がありました。異端審問の拷問でも行なわれなかった独自の手口です」

「どんな？」

「これも伝説の範疇《はんちゅう》なのでしょうが」と前置きしてから、教授は声をひそめた。「地獄の業火《ごうか》で、異端審問官たちを焼き殺した。その炎は、地上で使われる火とは違って、目には見えなかったそうです」

越智は眉を寄せた。「目に見えない炎？」

「そうです。犠牲者たちは、その炎によって、自分の身に何が起こったのか分からぬままに焼死していった」

腕に巻いた小さな時計は、暗闇の中では見づらかった。

夜の帳《とばり》が下り、街灯が点々と続く細い路地を歩きながら、春川早苗《はるかわさなえ》は目を細めて文字盤を読みとった。

時刻は七時を過ぎていた。

早苗は少し心配になった。大切な友達からメールが来ることになっていた。遅れずに返事を出すことができるだろうか。

早足になった早苗は、電子メールで結ばれた仲間たちのことを考えた。孤独だった早苗を、暖かい笑顔で迎えてくれた大事な人たち。リーダーは、みんなから呼ばれているように、まるで魔法使いだった。ささくれ立った心を癒《いや》してくれる、優しい指導者。

細い道の向こうに、アパートに続く最後の曲がり角が見えてきた。早苗はもう一度時計を見た。大丈夫、このまま行けば、いつもと同じ時間に帰宅できる。

しかし早苗は、急に歩調をゆるめた。かすかな足音を聞いたような気がした。それも自分のすぐ後ろで。

爪先立ちになってヒールの足音を消し、耳を澄ます。すると背後から、靴底が路面をこするような音が確かに聞こえてきた。

『ひったくりや痴漢に注意』と書かれた看板の前を通り過ぎたばかりだった。この界隈の住宅地は、夕食の準備の頃になると、急に人通りが絶えるのだ。

神経を研《と》ぎ澄ました早苗の耳に、衣擦《きぬず》れのような音までが聞こえてきた。わずかな距離をおいてぴったりと追《つ》いて来ている。

駆け出そうか、と早苗は思った。しかし、アパートまで逃げ切れるだろうか。怖がっては駄目だ、と自分に言い聞かせながら、早苗はバッグの中に防犯ブザーを忍ばせていたのを思い出した。次の角を曲がった時に、ブザーを取り出そう。それから振り向いて相手を確認しよう。

早苗はすくみそうになる両足を何とか動かして、T字路の角まで来た。それから手をバッグの中に入れ、ブザーの紐を握りしめて振り返った。

異形《いぎょう》の男が立っていた。その姿を見た驚きで、早苗は手を止めてしまった。男は、フード付きのマントを羽織っているようだった。だが、早苗が凍りつくほどの恐怖を感じたのは、真っ黒いマントのせいではなかった。フードの陰に見える男の顔、それは鈍く光る銀色の仮面だった。仮面舞踏会とか、謝肉祭といった言葉が頭に浮かんだが、男の顔を覆った物はもっと物騒な何か、中世ヨーロッパの騎士たちが身につけていた面鎧《めんよろい》を思い起こさせた。

男がゆっくりとこちらに近づいて来た。喉の奥が詰まって、悲鳴を上げることもできなかった。早苗は意志の力を振り絞って、防犯ブザーの紐を引き抜いた。

ところが、ブザーがバッグの中にあるせいか、警告音は思いのほか小さかった。慌てて中から取り出そうとした時、二メートル前方まで迫った男が、マントの下から両腕を出した。

早苗は目を見張った。男の両手には凶器が握られていた。矢をつがえたボウガンが、一直線に早苗の胴体を狙っていた。

「質問に答えろ」

面鎧の下から、まるで抑揚《よくよう》のない、平坦な声が聞こえた。それは地獄の亡者が発するような声音《こわね》だった。

早苗は必死に首を縦に振った。もしも反対の動作をすれば、その瞬間に矢が発射されると感じたからだ。

男は引き続いて一つの問いを発した。

しかし早苗には、答えることができなかった。


その甲高い音は瞬時に途絶えた。何事かと思う間もなかった。

塾帰りの子供に食べさせる夕飯の支度をしていた主婦は、鍋の火を止めて、自分が何を聞いたのかを確認しようとした。

悲鳴ではなかったか？

聞き耳を立てると、警告ブザーのような音がかすかに聞こえてきた。

何だろう？

主婦は、エプロンで両手を拭きながら、居間を通り抜けてベランダに出た。

二階の高さから路上を見下ろすと、街灯の下で若い女が踊り狂っていた。まるで彼女にしか聞こえない音楽に身をゆだねるように、両手を激しく振り回し、体をくるくると回転させている。

近頃の若い子たちは――とお決まりのフレーズが浮かんだ。しかし、嫌悪に眉をひそめた主婦の顔は、すぐに驚愕の表情に変わった。

女の体の前後に突き出た棒は、アクセサリーではなく、彼女に突き刺さっている矢ではないのか。しかし、苦痛に耐えかねているにしては様子がおかしい。どうしてあんなに激しく動き回っているのか。

目を凝らした主婦は、その瞬間から、この世のものとは思えない光景を目の当たりにした。

若い女の全身に、ゆらゆらと立ち上る陽炎《かげろう》のようなものがまとわりついていた。それは熱気をはらんでいるらしく、背景が歪んで見える。その透明なヴェールに閉じ込められているのか、女が大きく口を開けているというのに、絶叫は聞こえていなかった。代わりに響いていた警告ブザーの音が、音程を失って歪み始めた。

ビニール地のバッグが、ひとりでに破れた。中から化粧品などと一緒に、防犯ブザーがこぼれ落ちた。小さな機械は、地面で跳ね返って、音を出すのをやめた。急に静まり返った路上で、女の体を貫いた金属製の矢が、高熱に溶かされるようにひしゃげ始めた。

この人は、焼かれているのだ。突然、主婦は気づいて、両手で口を覆った。この人は、目に見えない炎に焼かれているのだ。

若い女の長い髪が、熱気にあおられて頭上に舞い上がった。同時に、白かったはずの顔の肌が赤く腫《は》れ上がったかと思う間もなく、体液をにじませながら黒く炭化していった。

そして、焼け焦げの走った着衣がぼろぼろと崩れ去り、すでに焼けただれている女の全身をさらけ出した。

「ただいま」

塾帰りの子供の声が背後で響いた。

「来ちゃ、だめ！」動くことはできなかったが、叫ぶことはできた。「玄関の鍵を閉めて、台所にいなさい！」

「どうして？」

子供が口を尖《とが》らせる口調で言ったが、母親は容赦しなかった。「言うとおりにしなさい！」

母親の後ろで、小さな足音が走り去った。子供に指示していた短い間に、路上の女の体は、その場に崩れ落ちていた。彼女の顔貌は真っ黒いミイラと化し、両腕を抱えた胎児のような格好になって全身を収縮させていった。

主婦はベランダの手すりを摑んだまま、その場にへたり込んだ。自分の見たものが信じられなかった。しかし、街灯の光に照らし出された一角には、間違いなくさっきまでは生きていた人間の亡骸が横たわっていた。

主婦が室内に入って窓の鍵とカーテンを閉め、一一〇番通報をするのに、さらに数分の時間がかかった。

積み上げられた放置自転車の中から一台を選び出す時、八神はリサイクルだと自分に言い聞かせた。これは盗みではない。使われなくなった自転車を、ふたたび人間の役に立たせるのだ。

6

そしてリサイクルはうまくいった。技術は中学生の時に身につけていた。スポークを折ることなく前輪の鍵をねじ曲げた八神は、買い物籠《かご》のついたその自転車で、サイクリングを始めたのだった。

入り組んだ路地を選んで浅草に向かう。しかしすぐに道に迷った。多少の危険は覚悟の上で幹線道路に出て、閉店間際の電気屋を見つけると、ショーウインドウの明かりで地図を確認しようとした。

そこへ、注意を促すチャイムが小さく聞こえた。

八神は顔を上げた。

ウインドウの中に並んだテレビに、ニュース速報が表示された。

『東京都内で連続殺人事件発生。犯人は逃走中』

画面を見つめながら、島中の事件だろうかと考えた。連続殺人事件ということは、被害者は複数だ。島中以外にも、誰か殺されたのだろうか。

いずれにせよ、状況はますます悪くなっているようだった。逃走中の犯人を追って、街中にお巡りがあふれ出す。それに、島中殺しの嫌疑《けんぎ》が自分にかかっているとすれば、その罪状は単純な殺人ではなく大量殺人だ。

追い立てられるような焦りを感じて、八神はペダルを踏み込んだ。一刻も早く病院に駆け込まなくてはならない。絶対に捕まるわけにはいかない。

向島界隈に出た八神は、隅田川にかかる鉄橋の一つ、桜橋に向かった。それを越えれば、浅草のある台東区だ。

しかし橋を遠目に見て、すぐにハンドルを左に切った。橋のたもとで、二人の労務者風の男たちが話し込んでいたのだった。見張り役に雇うには格好の連中だ。用心に越したことはない。

隅田川と並行して南下してから、次の言問橋《ことといばし》に出た。佇んでいる人の姿はなかったが、対岸に人影が見え隠れしていた。ホームレスだろうか。

ここもやり過ごし、三番目の吾妻橋に近づいた。地下鉄の浅草駅に行くには、この橋を渡るのがもっとも近道だ。だが、すぐ横に大手ビールメーカーがあるせいか、橋の手前の交差点をひっきりなしに人が行き交っていた。その上、勤め人風の男女が数名、人待ち顔で立っている。

手鏡で化粧を直している女がいきなり襲いかかってくる悪夢を想定して、八神は顔を伏せたままこの橋も通過した。

これで予定の三つの橋はすべて通り過ぎてしまった。遠回りになるが、次の駒形橋から浅草に回りこむしかない。そう決めた時、八神の脳裏に悪くない作戦が浮かんだ。駒形橋を渡って一キロほど直進すれば、浅草を通り抜けて上野駅まで直接たどり着ける。地下鉄を使う必要はないのだ。

駒形橋のたもとで自転車を止めると、通行人の数はまばらな上、足を止めている者もいなかった。八神は百五十メートルほど離れた対岸に目を凝らした。人の姿はなかった。大丈夫だと判断して、橋に自転車を乗り入れた。

三分の一ほど進むと、対岸に人影が現れた。女だ。こちらに背を向け、人を探すように左右を見回している。敵の出現か。八神は、その小さなシルエットに視線を据えた。

自転車を漕ぎ進めるにしたがって、女の風体《ふうてい》が見えてきた。事務員風の中年女性だ。たとえ八神を監視する役回りだとしても、自転車で走り抜ければ振り切ることができるのではないか。

橋の三分の二まで来た所で、急に女が振り返った。不安ともとれる女の表情は、険しく凍りついていた。八神は緊張を覚えたが、相手の視線はこちらを通り過ぎて、川沿いの道に戻った。だが、安心はできなかった。女は明らかに誰かを探している。服を替えた八神に気づかなかっただけかも知れない。

橋を渡りきるまであと十五メートルという段階で、八神は女の周囲に人影がないことを確認した。それから猛然とペダルを踏み込んだ。

普段の運動不足がたたって、両足の筋肉が悲鳴を上げた。それでも八神は全力で加速し、一気に女の横をすり抜けた。

「あっ」と叫ぶ声が後ろから聞こえた。八神はぎょっとして振り返った。女のもとにスーツを着込んだ男が駆け寄り、花束を差し出して言った。「誕生日、おめでとう！」

「ありがとう！」

女は爪先立ちになって喜びを表現しながら、胸に抱えた花束と男の顔を見比べていた。

安堵《あんど》の笑みを浮かべた八神は、こういう状況ではどんな女もきれいに見えるものだと驚いていた。

「ちょっと」と不意に話しかけられた。

反射的にブレーキをかけてから、一瞬の油断をつかれたことに気づいた。八神の目の前に、二名の制服警官が立っていた。

「この自転車はあんたのか？」年長のほうの警官が、すでに疑う口調で八神に尋ねた。

「そうだ」八神は早くも、複数の逃走手段を頭に描き始めていた。しかし質疑応答だけで切り抜けられれば、それに越したことはない。「ライトなら、ちゃんと点《つ》けてるぜ」

若いほうの警官が後輪側に回った。泥よけカバーに貼られた防犯登録証を見ているらしい。

「どこへ向かってるんだ？」正面の警官が訊いた。

「浅草六区」

「どんな用事で？」

「オールナイトの映画を観に行こうと思ってね」

「映画のタイトルは？」

警官は執拗《しつよう》だった。八神はとっさに、前に観た映画の題名をひねり出した。「『のび太の大冒険』だ」

「浅草六区で『ドラえもん』のオールナイト？　誰が観に来るんだ？」

人を騙すのが、いつからこんなに下手になったのかと、八神は自分を叱った。そこへ背後の若い警官が、呆れたような口ぶりで問いかけた。「ちょっと、八神さん」

「何だ？」と振り返った瞬間、八神は実に多くのことを学んだ。八神という名前がすでに手配されている。人相風体も出回っている。そして今、自分はあっさりと罠《わな》にかかり、私が八神であると白状してしまった。

「八神俊彦だな？」二人の警官の手が腰の警棒に伸びた。「これから任意同行を求めるが、抵抗するようなら公務執行妨害罪で——」

八神は抵抗した。両手でハンドルを摑み、持ち上げた自転車を正面の警官めがけて振り回した。相手が尻餅《しりもち》をついて道を空けたので、八神は着地した自転車に体重をかけ、全速力で駆け出した。

「止まれ！」

叫ぶ声とともに、背後から若いほうの警官の手が伸びたが、肩を摑まれる前に振り切った。八神は自転車に飛び乗り、浅草方面に向かって逃走を開始した。

沿道で様子を見守っていたヤクザ者が、八神に喝采《かっさい》を贈った。「頑張れ！」

まるでツール・ド・フランスだと思いながら、八神は懸命にペダルを漕いだ。肩越しに振り返ると、意外なことに二人の警官は追って来てはいなかった。しかし、八神を取り逃がした地点にとどまって、肩口につけた無線マイクに向かって何事か語りかけていた。

八神は全力で走り続け、人波の向こうに警官たちの姿が見えなくなったのを確認してから、車道を渡って西に方向を変えた。そのまま一ブロック走ってから、角を曲がり、もとの浅草通りに戻った。

裏をかいたつもりだった。このまま広い歩道を一直線に走り抜ければ上野駅だ。八神は周囲の注意を引かないように、わざと速度を落とした。

と、そこへサイレンが響いてきた。目を上げると、前方から覆面パトカーがこちらに向かって来るところだった。

八神は顔を伏せた。車道を走るパトカーは猛スピードですれ違って行ったが、安堵する間もなく、背後で急ブレーキの音が響いた。

自転車を漕ぎ続けながら、八神は振り向いた。覆面パトカーの助手席から顔を出した男が、手にしたマイクに向かって叫んだ。

「黒いジャンパーの人、自転車を止めなさい！」

車両に搭載された拡声器から、大声が響きわたった。行き交う通行人が、何事かとこちらに目を向けた。八神は自転車のライトを消し、ペダルにかかる抵抗を軽くしてから、フルスピードで走り始めた。

背後のサイレンの音がいったん遠ざかり、ふたたび猛スピードで追いすがって来た。敵はUターンをして、三車線を挟んだ反対側の車道を走っているのだ。

このままでは追いつかれる。必死にペダルを踏み込む八神の前方に、大きな交差点が迫って来た。信号は赤だった。交差する六車線の大通りには、絶え間なく車両が通行している。歩道に沿って右に曲がるべきかと焦った時、前方を遮る車の列が一瞬途絶えた。今なら突っ切れる。ハンドルを前に戻した八神の目に、交差点の向こうの仏具店の看板が目に入った。運が悪ければお陀仏《だぶつ》だ。しかし八神は、仏のご加護を信じて交差点に突入した。

その瞬間、死角になっていた右側から、ダンプトラックが突っ込んで来た。轟音が耳元に迫り、急に八神の視界がスローモーションに変わった。激突の衝撃が思い浮かんだ刹那《せつな》、吹き飛ばされそうな風圧が、すぐ後ろを通過して行った。

やった、と思った直後、衝突の大音響が響き渡った。驚いて振り返ると、交差点の真ん中で、フロント部を潰された覆面パトカーとダンプトラックが停車していた。

八神はほくそ笑み、すぐに逃走を再開した。ところが次の交差点を渡ってすぐ、右手に交番が見えた。立ち番をしている制服警官が、イヤホンに手を当て、無線に聴き入っている。警官の口から、「八神」と言う声が漏れた。

八神は機敏に動いた。まだこちらに気づいていない警官の左足に、自転車ごと体当たりをかました。

叫び声を上げて警官が倒れた。八神も自転車から投げ出された。激しい衝突を物語るかのように、前輪が波をうって歪んでいる。すぐに起き上がって駆け出したが、背後から鋭いホイッスルの音が聞こえてきた。路上に倒れたままの警官が、付近の仲間を呼び寄せているのだ。

八神は新堀通りまで一気に駆け抜け、通りかかったタクシーをつかまえた。素早く乗り込み、荒い息をつきながら訊いた。「隣駅の御徒町《おかちまち》まで、初乗り運賃で行けるか？」

「はい、行けますよ」

「頼んだ」

運転手が車を出した。

八神は後ろを振り返り、追っ手がいないのを確認した。それからディパックを肩から下ろし、サテンのジャンパーを脱いだ。服装を変えるには、ジャンパーを脱ぎ捨てるしかない。ところが、服の裏地を見た八神は、まだ天が味方してくれていることを知った。一枚千円のそのジャンパーは、黒と赤のリバーシブルだった。

服装がだんだん派手になっていくが、仕方がない。シャツ一枚では、骨髄移植を前に風邪をひいてしまうかも知れないのだ。

赤く変わったジャンパーを着込んでシートに体をあずけた。束《つか》の間《ま》の休息だと思った矢先、タクシーの無線機から営業所の連絡が聞こえてきた。

「浅草通り、上野駅の手前で大きな忘れ物。黒のバッグ。忘れたお客さんは、三十過ぎの男性」

「止めてくれ」八神は瞬時に言った。

運転手がはっとしたように、ルームミラーの中で怯《おび》えた目を向けた。

悪党をなめるんじゃねえと、八神は運転手を睨んだ。今の無線連絡は、警察とつるんだタクシー会社の暗号通信だった。解読すれば、年齢三十過ぎの黒い服を着た重要事件の被疑者が、浅草通りの上野駅の手前でタクシーを逃走手段に使った可能性がある、ということになるのだ。

「早く止めろ!」

八神が言うと、運転手は車を路側帯に寄せ、ブレーキを踏んだ。

「動くんじゃねえぞ」

どう転んでも、自分は悪事を行なうしかないのかと気落ちしながら、八神は後部座席から身を乗り出し、無線機とマイクをつなぐコードを引き抜いた。それから助手席に置いてあった運転手の私物と思われる携帯電話を取り上げ、バッテリーを抜いて自分のポケットにしまった。

「お客さん？」運転手が、か細い声で言った。

「何だ？」

中年の運転手は、喘ぐように口をぱくぱくさせて言葉を継いだ。「どんなに厳しくても、人生はやり直せるんですよ。あたしだってリストラに遭ってから、タクシーの運転手になったんだ。ここは一つ、おとなしく警察に自首したら」

「自首なんかしたら、それこそ人生がやり直せなくなるんだ。俺は今、人助けの最中でな。分かってくれ」

「はい」何も分かってないのだろうが、運転手は頷いた。

車を降りかけた八神は、思い直して財布を出し、乏《とぼ》しい所持金の中から初乗り運賃を払った。

運転手は怯えたまま、四十円のお釣りを渡して訊いた。「領収書は？」

「いや、いい」八神は路上に降り、言った。「しばらくの間、ここから動かないでくれ。いいな？」

「はい」

「あんたも頑張るんだぞ」

「妻子がいますから」

八神は周囲を見回した。警察官の姿は見えなかったが、遠くからサイレンの音が聞こえていた。

繁華街に隠れようと考えた。週末の人混みにまぎれるしか逃げ道はない。

歩き出してから振り返ってみたが、運転手は言いつけを守っていると見えて、タクシーが動き出す気配はなかった。

八神は、上野と御徒町を結ぶ一大商店街、アメヤ横丁に足を向けた。

文京区白山の路上で、若い女性の焼死体発見――

その第一報が車載無線機から流れた時、古寺は二四六号線の脇道に車を止め、警視庁ハイテク犯罪センターの技官と電話で話していた。骨髄ドナーリスト漏洩《ろうえい》の可能性を追うためだった。無線から聞こえた焼死体発見の報は、浴槽での変死ではなかったので放っておいた。

「ハッキングに関しましては、原則的にどんなサイトへも可能です」と技官は言った。

「コンピューター内の情報を守る術《すべ》はないということか？」

「防御策はいろいろありますが、ハッカーとのイタチごっこなんです。守る方法を強化しても、それを破る者が必ず出て来るんです。現在、流通している各種コンピューター・ソフトは、決して完全ではありません。どこかに抜け道があって、そこを突かれれば簡単に情報が漏洩してしまいます」

犯人が骨髄ドナーのリストを持っていたとしても、移植事業の関係者だけに嫌疑を向けるのは早計のようだった。「あるサイトがハッキングを受けたとしたら、犯人を割り出すのに、どれくらい時間がかかる？」

「ハッキングの手口にもよります。早ければ数日、手の込んだ相手なら、摘発は不可能ということもあり得ます」

「そうか。ありがとう」

電話を切ってすぐ、無線機から越智管理官の声が呼びかけた。「機捜二三九」

「はい、機捜二三九、古寺です」

「文京区の焼死体発見の一報は聞きましたか？」

「ええ、たった今」

「とりあえず、現場に向かってください」

では？」

「了解」と車を出してから、古寺は訊いた。「焼死体なら、一連の事件との関連は薄いのでは？」

「それが――」と、越智にしてはめずらしく歯切れの悪い口調になり、大学教授から聞き込んだイングランドの伝説を話した。

古寺もなかば啞然としながら説明を聞いた。狂気に取り憑かれた異常犯罪者は、いろいろなところから題材を集めてくるものだ。「グレイヴディッガー？」

「そうです。その蘇る死者は、目に見えない炎をも殺戮に使っていたという話なんです」

それで焼死体か、と古寺は納得した。文京区の一件が同一犯によるものだとすれば、犯行手段がますます凶悪化している。古寺が懸念したのは、今、こうしている間にも、犯人が第四の犠牲者を探しているのではないかということだった。

「現場で、過去二件の犯行との関連を調べてください」

「了解」それから古寺は、骨髄移植コーディネーターとの会見の内容と、ドナーリスト漏洩の可能性について報告した。

聞き終えた越智は、すぐに言った。「文京区の被害者がドナーカードを持っていれば、同一犯と見て間違いないですね」

「ええ」と古寺は答え、頭の中で容疑者を一人除外した。世田谷区内の病院で会ったばかりの移植コーディネーターだ。峰岸には、文京区まで移動する時間的余裕はなかったはずだ。

「最後に一つ訊きたいんですが」と越智が言った。「死体にまつわる奇妙な事件を聞いた覚えはないですか？　盗難か何か……二ヵ月くらい前の話だったと思いますが」

古寺は一瞬、虚をつかれたが、記憶の中に引っかかることがあった。「そう言えば、三機捜の管轄で何かあったような覚えが。詳しくは分かりませんが」

「了解、あとはこちらで調べます」と言って、越智は無線連絡を終えた。

文京区内へ緊急走行を続けながら、古寺は思い出した。奥多摩署管内だったと思うが、変死体が消えるという事件があったはずだ。

しかし、と、幽霊話を聞かされた時のような一抹の薄気味悪さを感じながら古寺は考えた。それが蘇る死者の伝説と、何か関係があるのだろうか？

7

変死体盗難事件の捜査終了から二ヵ月が経った。

あれ以来、ツキは落ちたようだ。監察係主任の剣崎警部補は、敗北感に打ちのめされながら、本庁舎十一階にある自分のデスクに向かっていた。

またも捜査は中途半端な終わりを迎えた。剣崎の班に課せられていたのは、警視庁第一方面本部長の行動確認という大きな事案だった。だが、キャリアの警視正をいくら追尾しても、犯罪に手を染めている傍証は得られなかった。

昼も夜もない連続勤務の末、疲労感の向こうに見えてきたのは、自分たちが権力闘争の駒に使われているのではないかという疑念だった。捜査対象となった本部長は、警視総監の地位が確実視されているエリートだった。問題はただ一つ、彼が刑事部出身であることだった。そして、彼の内偵に動いた監察係の指揮権は、公安部と同じく警察庁警備局長が握っているのである。この警備局長は次期警視総監との呼び声も高く、また冷戦構造の崩壊後、発言力を落とす一方の公安部の立て直しを図っている実力者でもあった。

剣崎たちに指令が下ったのは、第一方面本部長が監察係の捜査対象になったという既成事実を作るためではなかったのか。それは間違いなく人事部の記録に残る。公安部の復権を目論む警備局長からすれば、まさに自分の手で、刑事部の失態を作り上げたようなものなのだ。

二ヵ月前と同じく、空振りに終わった捜査の報告書を仕上げながら、剣崎は今後の身の振り方を考えねばと痛感していた。監察係という部署が、刑事・公安両部のパワーゲームに組み込まれているような気がしたのである。

殺人や窃盗などの一般刑事事件を扱う刑事部と、思想犯や海外からの密偵《スパイ》、さらにはカルト集団などを相手にする公安部。前者は市民の安全を、後者は国家の体制を守る。この両者の反目には、にわかには解消しがたい歴史的な背景があった。

戦前の国家警察が、言論弾圧の急先鋒となった恥ずべき歴史から、戦後はアメリカ軍の指示によって地方自治警察へと解体された。首都を管轄する警視庁というのは、あくまで東京都という地方自治体の傘下にある組織なのである。ところが、GHQの占領が終わるや、すぐに警察法が改正されて、警察庁という国家機関が復活した。そして警視庁内にも、二つの指揮系統が存在することとなった。警視庁のトップ、警視総監が掌握する刑事警察と、警察庁警備局長を頂点とする警備・公安警察である。

両者のいがみ合いは、あらゆる局面で噴出する。刑事部がマスコミを賑《にぎ》わす大事件を解決したところで、公安部から見ればしょせんは雑魚《ざこ》を捕まえたに過ぎない。殺人犯を取り逃がしたところで国は滅びないが、反体制の組織をのさばらせれば国家が危機に陥るというわけである。一方の刑事部から見れば、予算の全額が機密扱いで、配属された刑事が警察官名簿から抹消される公安部というのは、陰にこもった不気味な集団なのだった。それに加え、刑事部では厳しく戒《いまし》められている違法捜査も、公安部では黙認されているのだ。

あの連中を、一度は挙げてみたい。正義の実現だけを考えて監察係に来た剣崎にとって、公安部員は最大の仮想敵だった。しかしそれも、最後まで仮想敵のままで終わるだろう。警察内部の汚職摘発を担当するこの部署が公安部と同じ指揮系統に属しているのは、刑事部の不祥事を遠慮会釈なく糾問《きゅうもん》させる一方で、公安部の非合法活動には手を出させないためなのではないのか、そんな気がしたのである。

報告書を作成する剣崎の手は止まっていた。肚《はら》の底がむかついていた。この先、監察係員として仕事を続けていこうとするなら、過剰な正義感とはどこかで折り合いをつけなくてはならない。

電話が鳴った。剣崎は、書きかけの文書をパソコン内部に保存してから受話器を取った。

「はい、人事一課」

「監察係の剣崎主任を」

その声は若かったが、十分に威厳を持っていた。キャリアだなと思いながら、ワンランク下の準キャリアの剣崎は答えた。「私ですが」

「こちら、捜査一課管理官の越智です。緊急を要するので、用件だけ言います。奥多摩署管内で起こった、死体の盗難事件を捜査されていたようですね」

剣崎は、監察係の動きがどこから漏れたのだろうかと訝った。「私からは、何も申し上げられませんが」

「こちらはすでに、奥多摩署警備課から情報を受けております。念のためにお伺いしますが、総監から話は行ってませんか？」

総監？　と、思わず声を出すところだった。「何も聞いてません」

「現在、東京都内で、無差別の連続殺人が進行中です。先に事情をご説明します。いいですね？」

有無を言わさぬ口調だった。剣崎は渋々言った。「どうぞ」

越智は、二件の連続殺人と発生したばかりの焼殺事件について語り、現在も逃走中の犯人が、中世イングランドの伝説を模している可能性について説明した。そして最後に、やや困惑したような口調でつけ加えた。「グレイヴディッガーと呼ばれる伝説上の殺戮者は、蘇った死人だという話なんですが」

そこまで聞いて、剣崎は、ようやくこちらに問い合わせがあった理由を悟った。

「遺体の盗難と、何か関係があるのではないかと思い、お電話した次第です」

馬鹿げていると剣崎は考えたが、権藤武司という男の死体写真が脳裏に浮かんで、背筋に寒気が走った。大量殺戮を行なう蘇った死体。暗い沼の底で、死んだ時の姿そのままに発見を待っていた第三種永久死体。

「よろしかったら捜査本部まで来ていただいて、詳しい報告をお願いしたいんですが」そして越智はつけ加えた。「監察係の協力を仰ぐことに関しましては、すでに公安部長の許可を得てます」

「いいでしょう」と言ってから、念のために相手の言葉の裏を取ったほうがいいだろうと考えた。剣崎は、時間稼ぎのつもりで言った。「部下を差し向けますが、それでよろしいでしょうか。多少のお時間をいただきますが」

「結構です。よろしくお願いします」そして越智は、特別捜査本部が大泉警察署に設置されている旨を伝えて電話を切った。

剣崎は、まず公安部長と連絡を取り、越智の話を確認した。それから二人の部下、西川と小坂のどちらを呼び出そうかと考えた。本日早朝まで第一方面本部長の監視が続いていたこともあり、二人には午後早くに帰宅を許していたのだった。

剣崎は、勤務態度の悪いほうを選び、扱いにくい年上の部下、西川の携帯電話にかけた。ところが電源が切られていて通じなかった。舌打ちしながらポケットベルで呼び出しをかけ、五分経っても応答がないようなら小坂に切り替えようと考えていたところへ、西川から電話がかかってきた。

「携帯が通じなかったぞ」

文句を言うと、西川は悪びれずに答えた。「電車に乗ってたんだ」

「至急、大泉署に行ってもらいたいんだが」

「何の用件で？」

剣崎は、管理官の越智から聞いた話をそのまま伝えた。さすがの西川も面食らったように訊き返した。「グレイヴディッガー？　異端審問官の皆殺し？」

「伝説を真似た犯人が、遺体を盗み出して、それらしく見せているのかも知れん。二ヵ月前に調べただろう？」

「あれか」と、ようやく西川は気づいたようだった。

「先方は説明を求めている。大泉署の本部に行って、刑事部の現場でも見て来い」

「いや、やめとく」と元公安部員は言った。

剣崎は、むっとして言い返した。「上司の命令に従えないと言うのか？」

「そうじゃないが」と西川は、少しの間口ごもった。「捜査協力なら、他にできることがある」

「何だ？」

「今は言えない。大泉署へは、小坂でも差し向けてくれ」

そう言って、西川のほうから電話を切った。

剣崎は、怒りを通り越して呆れていた。西川は、二つの怠慢を犯した。上司の命じた仕事を拒否し、さらにはもっともらしい言い訳を考えることもしなかった。勤務評定にＥランクをつけてやろうと心に決めながら、剣崎は小坂の自宅に電話をかけた。

相手はすぐに出た。「もしもし？」

剣崎は、大泉署への出頭を、ベビーフェイスの部下に命じた。

「何があったんです？」と小坂は訊いた。

「死体が蘇ったんだ」と剣崎は言った。「例の第三種永久死体がな」

ヘッドライトの向こうに、青いビニールシートの囲いが浮かび上がった。

文京区の住宅街、現場に臨場した古寺は、機捜車から降り、非常線をくぐって犯行現場に足を踏み入れた。

立ち番の制服警官に、『機捜』の腕章を見せて、ビニールシートをめくる。囲いの中の路上に、焼死体が横たわっていた。

年齢や性別すらも分からない黒焦げの死体。全身をかがめて両拳を握りしめているような、ボクサー姿勢と呼ばれる特有の外観を保っている。通報者の証言がなければ、それが若い女性だったとは想像もできないだろう。

「まだ入るのは早いよ」囲いの中にいる鑑識課員が古寺をたしなめた。

「練馬、赤羽の二件の犯行との関連を見に来たんだ。被害者の身元とかは分からないか？」

「もう少し待ってくれ」

「それなら」と古寺は、死体観察を行なっている白衣の男に話しかけた。「検視官に一つだけ訊きたいんだが、遺体の表面に、十字の切り傷はなかっただろうか」

「あったとしても、分からないね」検視官はそっけなかった。「この有り様じゃ」

古寺は渋々頷き、いったん外へ出ようとした。

「待ちな」と検視官が言った。「矢が刺さっているのは参考になるか？」

「矢？」と古寺は足を止め、ふたたび遺体に目を向けた。被害者の体の前後に、ロープのようにも見える曲がった金属が垂れ下がっていた。

「熱でひしゃげているが、そいつは金属製の矢だ」

「弓矢で射たれたっていうのか？」

「ああ。ボウガンかも知れない。鑑定を待たなけりゃならんが、もしかしたら火のついた矢を放たれたのかも知れん」

凶器は火矢。

管理官から聞かされた墓掘人伝説を思い出して、古寺は嫌な予感がした。

若い女性の亡骸が運び出されると、鑑識班が非常線の中で作業を開始した。古寺は、臨場している二名の刑事、本庁捜査一課と所轄署刑事課の捜査員と合流して、通報者の主婦のマンションに入った。現場を見渡すことのできる、二階の一室である。

3LDKの住まいのキッチンに、三十代半ばの主婦が待っていた。

「お話を伺いたいんですが、よろしいでしょうか」

古寺が気遣いながら言うと、主婦は蒼白な顔のまま頷いた。「はい」

「では失礼して」と、古寺たち三人の捜査員は、小さなテーブルを囲んで座った。そこへ、隣室に続く引き戸が開いて、小学生くらいの男の子がこちらをのぞき込んだ。顔の半分だけを出して、不安そうに目を光らせている。

「テレビでも見てなさい」

母親が小さい声で言うと、子供はおとなしく引き戸を閉めた。

「お子さんも現場を？」古寺は捜査上の関心ではなく、個人的な心配で尋ねた。

「いえ、あの子は何も見てません」

「それは良かった」

古寺が言うと、主婦はこちらを見上げた。目には感謝の色が浮かんでいた。

それに応えて微笑み、古寺は切り出した。「詳しいお話をお訊きしたいんですが」

「はい」

「被害者は、若い女性ということでしたが？」

「ええ。二十歳過ぎの色白の女の人でした。髪の長い」

「服装は？」

「白のダッフルコートだったと思います」

「写真を見たら、その人だと確認できますか？」

「それはどうでしょうか」と主婦は口を濁した。「私が見た時、かなり苦しんでいらっしゃったようなので」

「苦しんでいた？」捜査一課の刑事が口をはさんだ。「奥さんが窓から外を見た時、すでに火をつけられていたということですか？」

主婦の肩が震えた。古寺は、無神経な訊き方に腹を立てながらも、たしなめることはしなかった。胸騒ぎを覚えながら、主婦の答を待った。

「そうです」と主婦は言った。ふたたびこみ上げてきた恐怖と闘っているようだった。「あの女の人は、体についた火を消そうと必死になっていたんだと思います」

「変ですね」と、一課の刑事は食い下がった。「被害者が燃えていたんだとしたら、炎や煙に取り巻かれて、人相風体などは分からなかったんじゃないでしょうか」

主婦は三人の捜査員の顔を見回した。何かを言おうとしているが、ためらっている様子だった。

古寺は穏やかに促した。「どうぞ、何でもおっしゃってください」

「炎が見えなかったんです」

「え？」と訊き返した一課の刑事の横で、古寺は自分の体温が急降下するのを感じていた。

主婦は、信じてくださいと嘆願するような口調で続けた。「あの人は透明な、つまり、目に見えない炎に焼かれていたんです」

「そんな馬鹿な」

一課の刑事が強い語調で言ったので、古寺は咎《とが》めた。「奥さんのおっしゃることに、いちいち突っ掛かるな。ありのままに話を伺うんだ。いいな？」

刑事はやや憮然としたが、頷いた。「ええ、分かりました」

古寺は、「現場を見てくる」と二人の捜査員にあとを任せ、通報者の部屋を出た。

目に見えない地獄の業火——

越智管理官から聞いた言葉が、耳の奥で反響していた。

路上に下りると、ビニールシートの囲いの隙間から、ストロボの閃光が断続的に光っていた。古寺は中に入り、写真撮影を行なっている鑑識課員に訊いた。「その後、何か？」

「身元だがね、春川早苗、二十三歳。東亜商事のＯＬだ」

「間違いないな？」

「ああ。バッグが焼けて、中身が地面に落ちたんだ」鑑識課員は、路上に散らばった遺留品を足で示した。「財布の中に、社員証が入っていた」

付近を見渡した古寺は、アドレス帳を見つけて訊いた。「見ていいか？」

「どうぞ」

アドレス帳の表面には、指紋採取のためのアルミニウム粉末がついていた。フィルムへの転写は済んでいるはずだが、念のため古寺は、表面をこすらないようにして、手袋をはめた手でアドレス帳をめくった。

探したのは、浴槽で殺されていた二人の被害者の名前、田上信子と島中圭二だった。しかし、二人の名前はなかった。三名の被害者に、関係は見つからない。

次に古寺は、写真撮影と指紋採取が終わるのを待って、女物の財布を拾い上げた。中には、鑑識課員が言ったように、東亜商事の社員証が入っていた。オートマチック車専用の運転免許証もあった。写真を見ると、被害者が可愛らしい顔立ちだったことが分かる。

古寺の心の中で、犯人への敵愾心《てきがいしん》が燃え上がったが、それは同時に戦慄を含んでいた。

あの人は、目に見えない炎に焼かれていたんです——

他に手掛かりはないかと、古寺は必死になって財布の中身を調べた。クレジットカード、キャッシュカード、ドラッグストアのポイントカード、そして——

目当ての品が見つかった。

『ドナーカード』

これで決まりだ、と古寺は確信した。グレイヴディッガーによる一連の犯行は、無差別殺人ではない。骨髄ドナーの狙い打ちだ。

8

アメヤ横丁への道程《みちのり》は遠かった。

タクシーを降りた八神は、オフィスビルが立ち並ぶ人気《ひとけ》のない裏道に入った。そこから、かくれんぼが始まった。

雑居ビルの玄関に侵入して、巡回するパトカーをやり過ごす。一台通り過ぎたらすぐに駆け出し、一区画先のビルにふたたび侵入する。そして次のパトカーが通り過ぎるのを待つ。身を潜める場所は、駐車場の車の陰だったり、ビルの非常階段だったりしたが、とにかくこれを繰り返して、じりじりとアメ横に向かって進んで行ったのだった。

かくして所要時間一時間二十分、腕時計の針が八時三十分を指す頃になって、ようやくアメ横への入口、『Uロード』にたどり着いた。

そこは、静まり返っていたオフィスビル街とは別天地だった。細い道の両脇に飲食店が軒《のき》を連ね、週末を楽しむ会社員や家族連れで賑わっていた。パトロールする巡査がいないかと警戒しながら、八神は雑踏の中を進んで、JR線のガードの反対側に出た。

アメ横は、凄《すさ》まじい人出だった。道幅ほんの数メートルの両側に、ずらりと並ぶ店、店、店。生鮮食料品から貴金属まで、ありとあらゆる商品を並べた店舗を、老いも若きも男も女も、東京都民も地方からの旅行者も、さらには外国人までもが覗いて歩いている。ここにいない人種は、大金持ちくらいのものだろう。

ラッシュ時の電車内のような混雑の中で、八神はようやく安堵のため息を漏らした。これなら警官に見咎《みとが》められる危険はない。万が一発見されたとしても、人混みをかき分けて進めば簡単に逃げられるだろう。

余裕を取り戻した八神は、群衆にまぎれて行きつ戻りつしながら、ひたすら獲物を探した。現在、全財産は百九十円。六郷総合病院への交通費を、何としてもこの地で稼がなければならない。

二十分ほど歩き回ってから、横丁の中ではカモを見つけるのは無理だと気づき、上野駅に戻って、横断歩道を渡って来る人の波を監視した。三度ほど信号が変わったところで、ようやく獲物を見つけた。

ベッコウ縁の眼鏡をかけた、四十代後半の男。スーツを着込んだ真面目そうなその男は、髪を茶色に染めた若い女を連れていた。肌の色つやと、固そうなふくらはぎの線を見れば、女が未成年であるのは間違いなかった。

八神は二人の後を尾けた。ガードをはさんでアメ横とは反対側、『Uロード』へ続く横道を進んだ不釣り合いなカップルは、飲食店街の中にある旅館に入ろうとした。

「おい」

八神は太い声で言って、男の肩を摑んで強引に振り向かせた。啞然とした顔が目の前にあった。教師か役人だろうと当たりをつけながら、八神は素早く相手の上着の中に左手を突っ込んで、札入れを抜き出した。

「あっ」と男が間抜けな声を出した。

「この子が未成年だと知っててやってるのか？」

八神が言うか言わないかのうちに、女の子が駆け出した。一瞬、男の目が逃げる子供の背中に向かったが、すぐに八神に顔を戻した。

「つ、美人局《つつもたせ》か」動揺をあらわにしながら、男が絞め殺されそうな声で言った。

「お前みたいな、善人面した悪党には腹が立つんだ」と悪党面した悪党は言って、札入れの中を探った。

「待て！」と男が手を伸ばしてきたが、その股間に軽く膝蹴りを入れると、すぐに黙り込んだ。と言うよりは苦しんだ。男は両膝を合わせて内股になると、その場で飛び跳ね始めた。八神は相手のネクタイを摑み、物陰に連れ込んだ。まるでカンガルーの調教師だった。

札入れの中を探ると、一万円札と千円札が二枚ずつしかなかった。とりあえずそれをポケットに押し込んでから、八神はカード類を確かめた。そこには、男が役人である証明書が入っていた。外務省発行の身分証。

「稲垣《いながき》さんよ」名前を読み取った八神は、未だ跳躍を繰り返している公僕に言った。「残りの金を出せ。これっぽっちの金で子供を買おうとしたわけじゃあるまい」

「な、何言ってるんだ」脂汗を流しながら稲垣は言った。「前金だって言うから、あの子に渡したんじゃないか」

「何だと？」出し抜かれた形の八神は、ビルの陰から頭を出して雑踏に目をやった。少女の姿はとっくに消えていた。国民が汗水たらして働いて得た金は、税金として国庫に、それから給料として外務省役人の手に、結局は売春の前払い金としてコギャルの懐《ふところ》に入ったのだ。これが富の循環《じゅんかん》って奴だろうか？

「こんなことをして、ただで済むとは思うなよ」稲垣が憎々しげな顔で八神を睨みつけた。

「俺は日本国のために働いているんだ。国家を敵に回すも同然だぞ」

「テメエは国家という組織に属したヤクザだ」八神は決めつけ、外務官僚に説教した。「官僚の幸福のために国民が奉仕すると思ったら大間違いだ。この木《こ》っ端《ぱ》役人め」

その勢いに呑まれたのか、稲垣は空威《からい》張《ば》りを捨てて悲痛な声を出した。「財布を返してくれ」

身分証だけは手の内に残したまま、八神は空の札入れを稲垣の手に握らせた。この男の利用価値を見極め、骨までしゃぶり尽くさなければならない。八神の悪党としての思考回路は復活しつつあった。「俺の言うとおりにすれば、身分証明書は返してやる。ただし、言いつけを守らなければ、お前が未成年の子供を買おうとしたことを職場や家族やマスコミにばらす。いいな？」

稲垣は、色白の顔を絶望的に歪めた。「何をしろって言うんだ？」

八神は頭の中で、複数の計画に順序をつけた。ほとぼりが冷めるまで、鉄道を使うのは控えたほうがいい。駅には間違いなく刑事が張り込んでいるからだ。八神にとって最良の策は、この地にとどまって、やるべきことをやっておくことだった。

「コンピューターの使い方はわかるか？」

すると外務省の役人は訊いた。「ＯＳはマック？　それともウィンドウズ？」

「ウィンドウズだ」八神はうんざりしながら答えた。「これなんだが」

デイパックから出した黒いB5サイズのノートパソコンを見せると、稲垣はほっとしたように言った。「これなら分かる」

「よし」

八神は相手の腕を摑み、淫行の舞台となるはずだった旅館に入った。その宿泊施設を選んだのは、通りに面した壁面に、金属製の非常用梯子が取り付けられていたからだった。チェックインの手続きは稲垣にやらせた。八神は横から口をはさみ、壁面の梯子に近い三階の部屋を取らせた。料金は、二時間使用の休憩扱いで三千八百円だった。

三階の部屋に入ると、八畳の日本間には、すでに夜具が二組並べられていた。コギャルとしけこむ予定だった役人は、恨めしそうに八神を見上げた。

八神も、現在の状況に腹立ちを覚えながら言った。「次はカミさんと来るんだな」

「夫婦円満なら、買春なんかしない」その断乎とした口調には、奇妙な説得力があった。

「生涯の伴侶を選び損ねたな」八神はせせら笑い、稲垣を布団の上に座らせた。それからノートパソコンを開いた。「この機械の中にどんなデータがあるのかを知りたい。住所録でもメールのやりとりでも、何でもだ」

一瞬だけ、稲垣の目が優越感にきらめいた。パソコンも使えないのかという馬鹿にしたような態度だった。ぶん殴ってやろうかと思ったが、疲れていたので無視した。

ノートパソコンに取りついた稲垣を尻目に、八神は二台の携帯電話を出した。水気が抜けたらしく、どちらの液晶表示も元に戻っていた。

自分の電話機を見ると、女医と骨髄移植コーディネーターが、留守番電話にメッセージを残しているのが分かった。聞いてみると、予定の時間になっても病院に現れない八神を心配しての電話だった。八神はまず、六郷総合病院の岡田涼子医師に電話を入れた。

「もしもし」

と言った途端、怒気を含んでいるのに可愛い声が返ってきた。「八神さん！　どこで何をしてるんですか！」

「すまない」八神が素直に謝ると、横の稲垣が意外そうにこちらを見たが、すぐに自分の仕事に戻った。「御徒町の旅館で足止めを食っててな」

「こちらにはいつ来るんですか」

「今夜中ということになっちまうが」

「八神さん？」と、急に口調を改めて、岡田涼子は問いかけた。「声が疲れているようですが、まさか激しい運動をしたんじゃないでしょうね？」

女医は耳が敏《さと》かった。こちらが骨髄移植ドナーとしての禁止事項に触れたのではないかと考えたらしい。

八神は正直に打ち明けた。「ちょっとだけ泳いだ」

「泳いだ？　距離は？」

「大した距離じゃない。五十メートルくらいだ」

しかし女医は納得しなかった。「それだけで、そんなに疲れてるんですか？」

「自転車も漕いだ。その後、少しばかり走った」

「鉄人レースにでも出たの？」

八神も少し心配になってきた。「移植にさしつかえるか？」

「手術は明後日《あさって》ですから、今夜中に病院に来ていただければ大丈夫です。十分な休養が取れますからね。でも、もしも明日の午前中に間に合わなければ、まずくなります。どんなことがあっても、当初の予定どおり、明日の午前九時までには入院してください」

「デッドラインだな」

「まだ十二時間もありますから、十分に間に合うでしょう」岡田涼子は皮肉っぽく言った。「今後、何かあったら、すぐに連絡をください。今夜は当直で、ずっと病院にいますから」

電話は一方的に切られた。

八神は重い気分になりながら、コーディネーターの峰岸雅也にも電話をかけた。

「八神さん！　何度もかけたんですよ」

待ち受けていたように言った峰岸を、八神は早口で遮った。「安心してくれ。ちょっと遅れてるだけだ。それに、俺は誰よりも移植の成功を望んでる」

「それは分かってます」と、ボランティア活動家は理解を示した。「遅れてる原因は何ですか？」

「ちょっとばかり面倒に巻き込まれてな。だが、病院には間違いなく入るから安心しててくれ。それでいいな？」

「はい」と言った峰岸は、話題を変えた。「ところで、こちらの用件ですが、ニュースは見ましたか？」

「ニュース？」自分のことが報道されているのかと、八神は不安に襲われた。

「都内で連続殺人が起こってるんです」

電気屋のテレビで観た、あのニュースだ。「その事件だが、殺されたのはどんな連中だ？」

「報道では無差別ということでした。ビルの持ち主とかOL、それにホストとか」

島中だ、と八神は直感した。浴槽の中で見たおぞましい死体が脳裏に蘇った。あいつは無差別犯に襲われたのか。しかし、そうだとすると、自分を追い回している男たちは何者なのだろう。

「それで」と峰岸は続けた。「さっき、刑事が私の所に来て――」

「何だって？　まさか、俺のことを？」

「違います。相手が訊いたのは骨髄移植についてでした。その時、はっきりとは教えてくれなかったんですが、ドナーの方々が殺されているのではないかと」

八神は絶句した。それで自分が狙われているのか？

「そちらは大丈夫ですか？」と峰岸が訊いた。

しかし変だ、と八神は即座に考えた。ドナーが殺されているのなら、あの島中までがドナー登録をしていたことになる。あいつは、そんなことはおくびにも出さなかった。もちろん八神自身も、登録のことは島中には打ち明けなかったが、それにしても——

「もしもし、八神さん？」と、心配そうに峰岸が問いかけた。

「こっちは大丈夫だ」

「それならいいんですが。もしも身の危険を感じるようなことがあったら、すぐに警察に保護を求めてください」

それができれば世話はないと思った。警察は今、ホスト殺害現場の部屋の主、八神俊彦という男を、必死になって捕まえようとしているのだ。

そこへ、ノートパソコンに向かっていた稲垣が顔を上げ、「できました」と身振りで言った。

八神は頷き、冗談めかして携帯電話に言った。「もしも俺が、その事件に巻き込まれているとしたら——」

「え？」と峰岸が頓狂な声を出した。

「俺が連続殺人の濡れ衣を着せられているとしたら、アリバイを証言してくれるか？」

「もちろんですよ」と峰岸は言った。「何としても、白血病の患者さんを助けないといけませんからね」

「頼んだぜ」八神は、あくまで冗談という声音を変えなかった。「俺の一世一代の人助けを、ふいにしないでくれ」

「了解です」ボランティア活動家は、持ち前の愛想の良さを見せて、電話を切った。

外務省の役人に顔を向けると、相手は複雑な表情で訊いてきた。「移植だの、殺人だの、人助けだのって、何のことだ？」

「お前には関係ない」

触らぬ神に祟《たた》りなしとばかりに稲垣は黙った。

「それで、パソコンの中身は分かったか？」

「あなたが欲しいわ、早く来て」

ぎょっとした八神は、外務省の役人がホモに豹変《ひょうへん》したのかと身構えた。

「メールの内容だ」と、ふてくされたような顔で稲垣は言った。「他人のパソコンをいじるなんて最低だな」

「子供の体を金で買うのと同じくらいにな」八神は言い返し、ノートパソコンのディスプレイを覗き込んだ。画面に浮かんでいるのは、愛人から島中に宛てたメッセージのようだった。

「他にも」と言って、稲垣が次々にメールの内容を見せていった。発信者は違うものの、どれもこれもが同じような内容だった。

「パソコンの持ち主は、女にもてたようだ」しょぼくれた風情の役人は、うらやましそうに言った。「外務省にいれば、さぞかし出世しただろうに」

「これで全部か？」

「この機械に残っているのはな。削除されたメールまでは分からん。それから」と稲垣は、画面上の矢印を動かし、別の文書リストを呼び出した。「ワープロソフトで書かれた文書」

それも読んでみたが、今度は島中から複数の愛人に宛てたラブレターだった。

「お熱いこって」稲垣が言った。

「こんなはずじゃないんだが」

八神が苛立って言うと、稲垣は怯えた口調に戻った。「待った。マイドキュメント・ファイルだけじゃないかも知れない」

訳が分からず、八神は役人の顔を見た。「何だって？」

「別のフォルダも探したほうがいいかも知れない。テキストとかHTMLとか、あるいはこの機械にインストールされているワープロソフトはバイナリファイルだが、拡張子から検索すれば分かるはずだ」

宇宙人との会話もこんなだろうと思いながら、八神は命令した。「やってみてくれ」

パソコンには人を夢中にさせる何かがあるらしく、稲垣は一心不乱に作業に没頭し始めた。画面を睨みながら、キーを叩いたり、キーボードの真ん中にある赤い突起を押したりしてから言った。「一つだけファイルが見つかった。今、開いてみる」

そして、ファイルとやらを開いたらしく、パソコン本体を八神に向けた。「三つの文書が入ってる。二本のEメールと、それからメールに添付された別のデータだ。上から見ていくか？」

「ああ」

稲垣は、最初の文書を画面に呼び出した。

『%…穐—ョグxm仝◎§甑喞ヾぷ？●嫂……』といった意味不明の文字列が並んでいた。

「何だ、こりゃ？」

「文字化けか？」

「文字が化けるか、この野郎」

「ちょっと待ってくれ。変だ」と稲垣は考え込み、機械を自分に向けてキーを叩き始めた。

画面が目まぐるしく変わり、やがて稲垣は言った。「分かった。これは暗号文だ。このパソコンには、暗号解読ソフトが入ってる」

「中身は分かるんだろうな？」

「やってみる」と、稲垣が画面上の矢印を動かし、意味不明の文字列を小さなイラストの上に移動させた。すると、ちゃんとした日本語の文章が表示された。

『エイトマン捕獲の最終確認。11月30日16時15分ジゴロ邸。実行者はジゴロ以下、リーマン、スカラー、スチューデントの四名。フリーターが車両支援。致命傷を与えぬこと。搬送先はフリーターに別途指示。連絡係はビースト。以上。ウイザードからジゴロ』

八神は、きょとんとしてその文書に見入った。何度読み返しても、意味がよく分からなかった。

「このメールは、『ウイザード』から『ジゴロ』に宛てられたもののようだ」と稲垣が解説した。「つまり、このノートパソコンの持ち主が『ジゴロ』だ」

「何だと？　じゃあ、『エイトマン』ってのは？」

「うーむ」と考えてから稲垣は言った。「名前に『八』の字がつく人間では？」

外務省の役人は、まだ八神の名前を知らなかった。

唖然としながらも、八神は画面上のメッセージを解読していった。ジゴロという単語が島中を指しているのなら、中身は簡単に分かる。この指定された日時、すなわち本日の16時に、島中の家に八神が行く予定になっていたのだ。その15分後に、三人の男たちがやって来て、八神に襲いかかった。彼らの風貌は、サラリーマン風、インテリヤクザ風、そして学生風の三人だった。

『スカラー』の意味は何だ？」八神は訊いた。

「学者」と稲垣は答えた。

これで辻褄《つじつま》が合った。島中は、奴らとグルだったのだ。金を借りに来た八神をその場で拉致し、四人がかりで外に連れ出す。そこには車に乗った『フリーター』がいて、『ウィザード』が指示した『搬送先』に八神を連れ込む。その連絡を取り持つのが『ビースト』というわけだ。

隅田川の船上に、フリーター風の男がいたことを八神は思い出した。あの男が、赤羽から逃走した八神を車で追尾し、水上バスに乗り込んだのを見届けてから、次の発着場に仲間を呼んだのではないのか。

八神は、その推測を頭の中で何度も確認してから、島中と知り合った時のことについて考えた。池袋の飲み屋でたまたま隣に座ったのがきっかけだった。話しかけてきたのは島中のほうで、その夜の飲み代は奴が払った。

四ヵ月前のあの時から、島中は八神を拉致誘拐する目的で接近していたのだろうか。しかしその目的は何なのか。メールには、『致命傷を与えぬこと』とあるが。

そこまで考えて、八神は不意に思い当たった。奴らの計画通りにいかなかったことが一点だけある。こちらを拉致する前に、島中が殺されたことだ。

八神は眉をひそめた。以上の推測が正しいのなら、島中を殺害した犯人は、八神を追っている一派とは別の人間ということになる。つまり、逃げる八神を先頭に、島中の一派、そしてさらにその後ろから正体不明の殺人鬼が追いかけて来ていることになるのだ。

「もう一通の文書はどうする？」稲垣が訊いた。

「見せてくれ」

稲垣がキーボードを操作すると、ふたたび意味不明の文字列が浮かび上がった。さっきと同じ要領で解読すると、次のようになった。

『添付文書は、削除することなく保存しておくこと。リストのＩＤナンバーは、氏名と照合済み。ウイザード』

「これだけだ」稲垣が言った。「ちなみにこのメールは、四ヵ月前の発信だ」

「本当か？」四ヵ月前といえば、島中と知り合った頃だ。

「ああ。こいつらのやり方が分かってきたぞ」なぜか稲垣も興奮した口調になっていた。「暗号文でメールをやりとりし、読んだそばから削除していく。記録を残さないためだ。最初に見た文書は昨日の発信だから、パソコンの持ち主が消去する前に、機械があんたの手に渡ったんだ」

「ウイザードというのが、指示を出している人間だな？」

「そうだ。この一味の司令塔だろう」

「ウイザードの意味は？」

「魔術師」と稲垣は答えた。

その単語を頭に刻み込んでから、八神は言った。「この添付文書というのを見せてくれ」

稲垣が手慣れた動きで、三番目の暗号文を解読しようとした。ところが、画面が急に反応しなくなった。

「どうしたんだ？」八神は焦って訊いた。

「文書のデータが大きいんで、時間がかかってるんだ」

それから一分ほどして、ようやく読解可能な文書が画面に現れた。

「何かの名簿だ」ディスプレイを埋め尽くした人名を見て、稲垣が言った。それから名簿全体を上から下へと流しながら、驚きの声を漏らした。「数万件はあるぞ」

八神は流れる画面を止めさせ、名簿を見つめた。いずれもが八神の知らない名前だった。氏名の横には住所と電話番号、それにIDナンバーが記載されていた。「横にまだ、何か書いてあるようだが？」

稲垣が画面上の文字列を横に動かした。すると、『A2　A10　B46　B7801　DR8　DR12（5）』という文字列が出現した。

「これも暗号だろうか」

と、キーボードに手を伸ばした稲垣を、八神は止めた。上下の文字列を比較すると、名簿に記載された人名ごとに、その数字が異なっているのが分かる。

「A、B、DR……」八神は呟きながら、記憶を探った。このアルファベットは、過去に何度も聞かされた説明と一致していた。一年前のドナー登録の時、それから五ヵ月前の三次検査と一ヵ月前の最終同意の時。「この中に、八神って男の名前はあるか？」

名簿があいうえお順ではないので、稲垣は一瞬戸惑ったようだった。しかし、すぐに手が動いて、画面上に『検索』と書かれた四角い枠を出した。『八神』と打ち込んで『実行』を押す。

「あった」

八神は、画面に現れた自分の名前を見つめた。

『八神俊彦』

間違いない。島中が所有していたこの名簿は、骨髄移植のドナーリストだ。

「三人目の被害者も、ドナーカードを携行していました」

越智管理官が、捜査本部に戻って来た三名の上司に報告していた。

「同一犯の犯行と見て間違いありません。犯人は、南に進路を変えたようです」

一同の前には東京二十三区の地図が広げられ、練馬区、北区、文京区の三件の犯行現場がプロットされていた。犯人が東京の北部を東に移動した後、二十三区のほぼ中央で南に下り始めたのが分かる。

「都内を縦断するつもりか」と河村捜査本部長が言った。

「三件の犯行は、いずれも第五方面です。方面本部長は、すでに警邏《けいら》車両の増援を決めました」

「犯人が、ヨーロッパの伝説を模しているという話だったが」河村が言った。「墓掘人、だったか？」

「そうです」

「その伝説の主は、無差別に人を殺したわけではないのだろう」

「ええ。異端審問官だけを狙い討ちにしたようです」それは、越智の頭の中でも引っかかっていた疑問だった。「今回の事件では、骨髄ドナーという他に、被害者の間に共通点は見つかっておりません。犯人は、伝説の手口だけを真似ていると考えたほうがいいのではないでしょうか」

「しかし、どうやってドナー登録者を探し出しているんだろうな？」

「個人情報が漏洩したのでしょうが、現在、登録の窓口となる保健所や、コンピューターハッキングの可能性も含めて捜査中です」

「しかし、どうしてドナーなんだ？　まるで意味がないじゃないか」

「カルトだろうか」と、古堺副本部長が言った。「犯人、もしくは犯行グループは、そうした医療行為に不快感を持っているのでは」

「しかし、そんなことが？」

と梅村副本部長が疑義を呈したところへ、河村が苛立ったように言った。「カルトというのはな、常人では理解しがたい思想を持つからカルトなんだ」

そのやりとりを聞いている越智の脳裏に、神奈川県下で起こった輸血拒否事件が浮かんだ。新興宗教の信者が自分の子供への輸血を拒否し、助かるはずのその子は死んでしまった。だが、その事件には違法性はなかった。未成年者に医療行為を受けさせる権限は、保護者が持っているからだ。宗教とカルトとを分ける境界はどこにあるのだろう。

いずれにせよ、と越智は考えた。今回の犯行がもっと過激な教義を持つカルト集団によるものだとしたら、つまり複数犯による組織的な犯行だとしたら、もはや防御は不可能だ。都内全域が殺戮の場と化すだろう。

「カルト集団について、公安部に問い合わせろ」河村が、梅村副本部長に命令した。「警察庁の警備局長には私が話をつける」

「はい」

刑事・公安両部、全警察力を挙げての戦いになると、越智は気を引き締めた。

「正攻法捜査の他に、要撃捜査を同時進行させる」河村が決然とした口調で言った。前者は被害者の人間関係や遺留品捜査から着実に犯人を割り出していく通常の捜査手法、後者は次の犯行現場の目星をつけ、捜査員があらかじめ張り込んでおく待ち伏せ作戦である。

「人員の補充は大丈夫でしょうか」と越智は訊いた。「機動鑑識を含め、すでに三百五十名を投入しておりますが」

「制服組から登用しろ」

「はい」

「他に、我々が聞いていないことは？」

越智は、三人目の被害者が目に見えない炎によって焼かれたという目撃証言は、今は伏せておいたほうがいいと判断した。それに、奥多摩署管内で起こった遺体盗難事件の報告に、監察係の刑事がこちらに向かっているということも。「参考人の八神俊彦の行方につきましては、現在、浅草と上野の中間地域を捜索中です」

「八神が職質に引っかかった地点は台東区だったな？」

「そうです。焼殺現場の文京区に隣接する地域です」

「何としても奴を探し出せ。特に宿泊施設だ。潜伏を許すな」

「はい」

会議終了を宣言するかわりに、河村は立ち上がった。「公安部と協議してくる。場合によっては、捜査本部を本庁に移さないといかんな」

そして刑事部長は、二人の捜査副本部長を連れて会議室を出て行った。

越智は椅子に座り込んで、一息つこうと思ったが、疲れを癒す間もなく、まだ二十代と思われる童顔の男が入って来るのが見えた。

「本庁人事一課監察係の小坂といいますが」と男は言った。「主任の剣崎から、こちらへ伺うようにと」

「管理官の越智です」越智は広い会議室の反対側へ行って、小坂を迎えた。「遺体盗難の件ですね」

「そうです」

越智は小坂と向かいあって長机の前に腰を下ろし、すでに半分ほどが文字で埋まった大学ノートを広げた。「事件の流れを、かいつまんで聞かせてもらえますか？」

「はい。すでに、うちとしては捜査を打ち切っているんですが」と前置きして、小坂は動機すらも不明の、謎の多い事件の全貌を話した。

昨年の六月、調布市の路上で、覚醒剤売買のトラブルから権藤武司という労務者が刺殺されたこと。目撃証言により、犯人の野崎浩平という男が逮捕され、すでに第一審が始まっていること。そして一年以上の時を経過した後に、奥多摩の沼の底から権藤の遺体が生前と変わらぬ姿で発見されたこと。

「第三種永久死体？」越智にとっては、初めて聞く死体の分類名だった。

「はい。その死体が、司法解剖前に盗み出されたんです」

「解剖前とは言っても、現場での検視は行なわれたんですね？」

「もちろんです。全身に打撲傷、それから胸に刃物による刺し傷がありました。指紋照合の結果からも、死体が権藤であることに間違いはありません」

越智はふと眉を寄せた。「目撃証言では、いきなり胸を刺されたということでしたが、打撲傷はどう説明したらいいんでしょうね？」

小坂も怪訝《けげん》そうな顔つきになった。「それは証人に訊いてみないと分からないですね」

「問題の死体盗難事件ですが、監察係が乗り出したのは、内部の犯行と見たためですか」

「念のための措置だったようです」と小坂は言った。「結局、警察官の関与を疑わせるものは、何も見つかりませんでした」

「そうですか」

越智はしばらく黙り込んで、今回の連続殺人との関連について考えてみた。犯人は、間違いなくイングランドの伝説を真似ている。異端審問官を皆殺しにした蘇る死者。そして、解剖前に盗み出された変死体。

両者を結びつけるのは強引だろうか。あるいは犯人は、グレイヴディッガーの犯行であると印象づけるために、死体を盗み出すという手の込んだ細工を思いついたのだろうか。

「ちょっと俺にやらせてくれ」

骨髄ドナーの名簿を眺めていた八神は、稲垣を押しのけて、ノートパソコンの前に座り込んだ。

「島中という名前を検索するには、どうしたらいいんだ?」

「まず、検索画面を出す」

稲垣は、横から画面を覗き込みながら説明を始めた。言われたとおりに、検索画面に『島中』と打ち込んで実行ボタンを押すと、瞬時に『島中圭二』の項目が出現した。

やはりあいつもドナー登録をしていたのか。画面を睨みながら八神は考えた。同じドナーでありながら、八神を拉致しようとしていた島中の目的は何だったのか。そして、誰に、何のために殺されたのだろうか。

「ノートパソコンの中のデータは、全部見せた」稲垣が言った。

「よくやった」八神は顔を上げ、外務省の役人を誉めてやった。「見事な手際だった」

「外交機密文書に比べれば、こんなのは簡単だ」笑みを浮かべた稲垣は、ベッコウ縁の眼鏡を押し上げ、敷かれた布団を踏んづけて立ち上がった。「これでいいだろう。身分証を返してくれ」

「いや、まだある」

得意満面だった役人の顔が曇った。「何だ?」

八神は容赦なく言った。「ATMのあるコンビニへ行け。キャッシュカードで金を下ろして来い」

「き、貴様」と稲垣は眉を吊り上げたが、不意に表情を緩《ゆる》めると、八神の前に座り込んで言った。「交渉をしよう」

「何だと？」

外交のプロは、ノートパソコンを指さして言った。「この機械には、あんたの知らないことがまだある。身分証を返してくれるなら、それについて教えてやる」

「ほう？」と、八神は値踏みするように稲垣の顔を見つめた。

「悪い取り引きじゃないと思うがね」

「それだけでは情報不足だ。もうちょっと詳しく言ってくれないか」

「いいだろう。私は、この機械の中にあるデータを読み出すために全力を尽くした。それは分かってもらえるな？」

八神が頷くのを見て、稲垣は狡猾な笑みを浮かべた。「しかし、だ。すでに消去されたデータも見てみたいとは思わないかね？」

「その方法があると言うのか？」

稲垣は意地悪く微笑んだ。こちらの無知につけ込んでいるようだった。八神は黙ったまま、携帯電話を取り出した。

稲垣は注意深く、八神の手の動きを見つめていた。

骨髄移植コーディネーターに電話をかけると、相手はすぐに出た。「はい、峰岸です」

「急ぎで訊きたいことがあるんだ。岡田先生の話じゃ、パソコンが使えるそうだな」

「ええ」

「消去されたデータを、復活させる方法はあるか？」

横で聞いていた稲垣が、苦い顔になった。

「あります」と峰岸はすぐに言った。「専用のソフトが必要になりますが、それを使えば、削除されたデータが読み出せるようになります」

「子供騙しだな」と稲垣に言ってから、八神は訊いた。「専用のソフトというのは、すぐに手に入るのか？」

「大きめの電気店に行けば、売ってると思いますよ」

「ありがとう」外務官僚との交渉に勝った八神は、満足の笑みを浮かべて電話を切った。

稲垣は、布団の上でわなないていた。

八神は冷たく言い放った。「金を下ろしてこい」

歯ぎしりしながら稲垣が腰を上げた。そこへノックの音がして、「フロントの者ですが」と言う声が聞こえてきた。

八神も、そして稲垣も、同時にぎょっとして入口を見た。

「開けてくださいませんか？」と、男の声が言った。

警察に違いないと八神は考えた。正体不明の一団については、尾行は撒《ま》いたはずだ。

「身分証を返してくれ」稲垣が泣きそうな声を出した。

「ドアを開けたら返してやる」八神は声をひそめ、荷物一式をディパックに入れながら言った。「ただし、扉を開ける前に、相手の用件を訊くんだ」

稲垣はためらっているようだったが、八神が身分証をちらつかせると、うなだれて入口に向かった。

八神はディパックを両肩に担《かつ》ぎ、部屋の奥へ行った。窓を開けると、すぐ右の壁面に非常用の梯子があった。

戸口の稲垣がこちらを振り返った。八神は頷いて見せた。

「どんなご用件ですか？」

稲垣が言った瞬間、ドアが破られた。警察ではなかった。突入してきた三人の男の中に、一人だけ見覚えのある顔があった。水上バスで缶ビールを勧めた中年男だ。

八神は素早く梯子に手をかけ、窓から壁面に出た。

三人の男たちは、その場にひっくり返った稲垣に群がったが、すぐに別人だと気づいたようだった。顔を上げた一人が、開いている窓に目を向けた。八神に見えたのはそこまでだった。三階から二階まで一気に下り、路上めがけて飛び降りた。

通りを埋め尽くした通行人たちが、何事かとこちらを振り返った。八神は人混みをかき分けながら背後を振り返った。奴らの手口は分かっていた。突入して来た三人の他に、外で待機しているもう一人の人間がいるはずだ。そいつは完全に気配を消し、八神の次の逃走場所まで追尾してから、そこへ仲間を呼び寄せるのだ。

八神は、上野駅を目指して猛然とダッシュした。駅前の通りに出てから方向を百八十度転換し、ガード下の商店街に入って御徒町駅方面に進路を変えた。追っている人間がいたとすれば、こちらが北に向かったと思っただろう。

JR線の線路の下に延びる商店街は、ほとんどが店を閉めていた。雑踏に紛れることはできなかったが、通路が細いせいもあって、尾行の有無は簡単に確認できた。

誰も追っては来ていない。距離を稼ぐチャンスだった。

八神は二度と振り返ることなく、南を目指して足を速めた。

9

被害者の住居は、犯行現場から目と鼻の先にあった。その距離わずか五十メートル。春川早苗は、安全地帯を目前にして焼き殺されたのだ。

古寺は、本庁捜査一課の刑事と、アパートの管理人らとともにその部屋に入った。

六畳と三畳、それにキッチンの2Kの部屋だった。ユニットバスも完備されているので、一人暮らしには十分な住まいだろう。かすかに甘い香りの漂う部屋の中央に立った古寺は、しかし奇妙な感覚にとらわれていた。

最初の犠牲者、田上信子の邸宅と、どことなく雰囲気が似ているのだ。理由を探った古寺は、寂寥《せきりよう》感だろうかと考えた。若い女性の住まいに相応《ふさわ》しく、インテリアは申し分ない。だが、木製のベッドやオーディオセット、衣装ケースといった家具がぽつんと置かれているだけで、生活空間が醸し出すはずの活気のようなものが欠けていた。この部屋は、広告案内で見たウイークリーマンションの部屋と同じだった。調度は揃っているのに、人が根を下ろして生活しているという実感がないのだ。

孤独な都市生活者。そんな言葉を頭に浮かべた古寺は、焼殺現場で調べた被害者のアドレス帳が、空欄だらけだったのを思い出した。

「メールが一通、来てる」

その声に振り向くと、一課の刑事が部屋の隅のノートパソコンを調べていた。「変だな」

「何が？」と訊きながら、古寺は刑事の横に行った。

「過去のメールがない。普通は残しておくんだが」

「新しいメールの中身は？」

一課の刑事は、「メールを受信します」と、立ち会い役の管理人に断ってから、手袋をはめた手でマウスを操作した。

ディスプレイに、受信されたメッセージが浮かんだ。

『§盈∞※み1ゅ】C菓h・jxきTず頑黍ォヅ…ゼQ為?俄#・i寒欽zz――』

「文字化けだ。これじゃあ読めない」

「パソコンに詳しい人間にやらせるんだな。ちょっといいか」

古寺は一課の刑事を押しのけ、メールソフトのアドレス帳を見てみた。だが不思議なことに、そこには一件のアドレスも記録されていなかった。

それから部屋の中を歩き回って、手紙類や電話機の登録番号など、他の二名の被害者との関係を示す物証がないかを探ってみたが、見つからなかった。

「何か分かったら知らせてくれ」

古寺は一課の刑事に言い残して、部屋を出た。少し歩いて、路上に止めた機捜車に戻り、疲れ切った体を運転席で伸ばした。それから煙草に火をつけ、わずか数時間のうちに起こった三件の連続殺人について考えてみた。

殺されたのはいずれもドナー登録者。一見、狂気に取り憑かれた者の犯行のように見えるが、合理的な動機が考えられないでもなかった。まさに数万分の一の確率だが、犯人の真の狙いは殺害した三人ではなく、彼らの骨髄の提供を待っている白血病患者のほうだったというものである。つまり移植を阻止することにより、間接的に患者の命を奪うのだ。

しかし、この考えには大きな問題があった。患者を含めれば、同じHLA型の持ち主が四人も存在していたことになる。やはり無理な推理だろうか。骨髄移植コーディネーターの峰岸は、完全一致でなくとも、A、B、DRの組み合わせのうち二つが一致すれば移植が行なわれる可能性があると言っていた。それはどのくらいの確率なのだろう。一人の患者に対して、移植可能なドナーが三人もいるというのは、起こり得ないことなのだろうか。

もしもこの先、四人目の被害者が出るようなら、この考えは捨てたほうがいいだろう。素人の古寺にさえ、ドナー探しがそれほど簡単ではないことは想像がついた。

「機捜二三九」無線機から、管理官の声が響いた。

古寺は、シートに背中をもたせたまま、手を伸ばしてマイクを取った。「はい、古寺」

「上野に向かってください。八神俊彦の捜索班に合流してもらいます」

「八神の？」と、古寺は上体を起こした。「潜伏先が分かったんですか？」

「二機捜の捜索班が、上野駅付近で八神を目視しました。ところが、かなり妙な話で――」

古寺は、機捜車のエンジンをかけ、ゆっくりと走り出しながら越智の話に耳を傾けた。

上野駅周辺に網を張っていた機捜隊員が、旅館の三階の窓から梯子を伝って降りる男を目撃した。八神だった。距離が三十メートルほど離れていた上、人混みに阻まれてとり逃がしてしまったが、八神が潜伏していた旅館を調べたところ、奇妙な事実が次から次へと浮かんできた。

八神のいた三階の部屋には、中年の男が気を失って倒れていた。何かの薬品を嗅《か》がされたらしく、しばらくは朦朧《もうろう》としていたが、やがて自分が外務省の役人であること、それから八神に路上で因縁《いんねん》をつけられ、旅館に連れ込まれた上に金を集《たか》られたことなどを証言した。

「逃走資金を恐喝《かつあげ》したんですかね？」

古寺が言うと、「他にもまだあるんです」と越智は先を続けた。

役人を旅館の一室に軟禁している間、八神は少なくとも二人の人物と携帯電話で連絡を取り合っていた。会話の中に、「入院」「人助け」「殺人」「連続殺人の濡れ衣」などという言葉が聞かれた。それから他人の所有物と思われるノートパソコンの中身を探り、暗号によるメール文書を発見した。

「暗号？」と古寺は訊き返した。「それは解読されたんですか？」

「ええ。『ウイザード』などの符丁で呼び合う数人のグループが、『エイトマン』という呼称の男を拉致しようとしていた。その他に、数万人分の名簿もあり、そこにはA、B、DRなどのアルファベットの分類があったそうです」

「A、B、DR？」コーディネーターへの聞き込みが、すぐに思い出された。

「そうです」と越智は言った。「八神が見ていたのは、骨髄ドナーの名簿に違いない」

「しかし」古寺は、話に夢中になって、ハンドルを切りそこねるところだった。サイレンを切り、路側帯に車を止めてから言った。「そのパソコンというのは、八神自身の持ち物ではなかったんですよね？」

「そのようです。持ち主は、ジゴロという符丁の人物でした」

第二の被害者、ホストの島中圭二だろうかと古寺は考えた。

「さらに」と越智は続けた。「三人の男たちが部屋に乱入したそうです。応対に出た役人は、すぐに薬品を嗅がされたので、男たちの人相風体に関しては詳しいことは分かりません。八神は三人の男たちから逃れるために、窓から出て行ったと考えられます」

状況は、赤羽のコーポでの目撃証言にそっくりだった。三人の男たちが残る一人を追う。島中の殺害現場から逃げたのが八神だとしても、追っている三人組というのは何者なのか。さらに、八神が電話に向けて発した「連続殺人の濡れ衣」という言葉を素直に受け取れば、彼が犯人ではないとも考えられる。

「問題は、先程のドナーリストの中に、八神自身の名前があったことです」

「何ですって？」

「八神自身もドナー登録をしていたんです」

古寺の頭の中で、事件の筋書きが引っくり返った。グレイヴディッガーに狙われているのはドナー登録者だ。つまり八神は、島中殺しの容疑者なのではなく、殺戮者の魔の手から逃げ回っているのではないのか。自分に嫌疑がかかっていることに気づいているとすれば、警察に保護を求めないのも納得がいく。「最初の話に戻りますが、八神が電話に向かって、『入院』とか『人を助ける』とか言っていたんですよね？」

「そうです」

「野郎はもしかしたら、骨髄移植を控えているのでは？」

「その線も考えて、すでに都内の病院を洗っています。八神というドナーが入院する予定の」越智はしかし、事務的な口調に戻って言った。「ただ、この考えは、捜査本部長には受け入れられていません。八神が最重要の容疑者であることに変わりはない」

状況からすれば仕方がないだろうと古寺は思った。

「とにかく今は、八神の発見に全力を挙げてください」

「了解」

通信を終えた古寺は、助手席に装備されている情報端末、PATシステムの電源を入れ、八神俊彦のB号照会を行なった。すでに彼の名前は、重要事件の容疑者として警察庁に登録されていた。犯歴データにある八神の写真は、車載FAXを使ってプリントアウトすることができた。

カラーではなかったが、顔写真は鮮明だった。少年課で取り調べを行なってから十六年。七三《しちさん》分けだった古寺の髪は短いゴマ塩頭に変わり、八神の悪党面にはますます磨きがかかっているようだった。

どんな人生だったんだと、古寺は写真を眺めながら考えた。世間の荒波は、お前さんのような育ちの者には厳しかっただろうが、よくぞ生き抜いてきた。八神の奴は、俺との再会を喜ぶだろうかと思いながら、携帯電話を取り出し、コーディネーターの峰岸にかけた。

「何度もすみません。古寺ですが」

「はい、何でしょう？」迷惑がる様子も見せずに、峰岸が言った。

相手の彫りの深い顔を思い出しながら、古寺は言った。「入院を控えたドナーがいるというお話でしたが、それは八神という男ではないですか？」

受話器の向こうで、峰岸が黙り込んだ。

「八神さんなんですね？　教えていただけませんか。彼は今、どこにいるんでしょう？」

「八神さんであるとは言ってません」峰岸が声を固くした。「仮にAさんとしておきますが、その方にご用なんでしょうか？」

「そうです。それも大至急」

ふたたび沈黙があってから峰岸は言った。「連絡先をお教えすることはできませんが、取り次ぐことはできます」

「相手は八神さんなんですね？」

「私からは申し上げられません」

その頑《かたく》なな応答を聞いても、悪い気はしなかった。峰岸は峰岸で、自分の職務を忠実にこなしているだけなのだ。「では、Aさんに、私の番号に電話をしてもらうようにお伝え願えませんか。その際、警視庁の古寺という名前をお伝えください。Aさんの身にトラブルが起こっているようなので、相談に乗りたいと」

「分かりました。やってみます」峰岸は言って、電話を切った。

先方の反応からして、ドナーが八神である可能性は高いと古寺は考えた。顔には自然と笑みが浮かんだ。あの野郎が、他人の命を救うボランティア活動に乗り出すとは。

数分後、携帯電話の呼出音が鳴った。着信表示を見ると、それは八神ではなく、峰岸からだった。

「Aさんと連絡が取れました。彼は今、忙しくて手が放せないそうです」

「手が放せない？」古寺は笑ってしまいそうになった。

「彼の返答ですが、親切には感謝するが、自力で何とかするということでした」

古寺の知っている八神という男の言いそうな台詞《せりふ》だった。

「あと、こうも言ってました。また会える日を楽しみにしてる、と」

相手は八神に違いないと、古寺は確信した。

「もしかして、知り合いなんですか？」

「何年も会ってませんが、こちらのことを覚えてくれていたらしい。今度、Aさんと連絡を取ることがあったら伝えてほしいんですが」

「どんなことでしょう？」

「何か困ったことがあったら」と古寺は、十六年前に八神少年に言った言葉を繰り返した。

「いつでも俺に電話しろと」

　大泉署に行っていた小坂から、遺体盗難事件についての報告を終了したとの知らせが剣崎のもとに届いた。面会した越智という管理官は、都内で進行中の連続殺人との関連については否定も肯定もしなかったが、その可能性は薄いと見ているらしい。

　剣崎は、小坂に本庁舎に戻るように命じた。それからオフィスの隅に行き、ロッカーから捜査資料を出して自分の机に戻った。二ヵ月前に自分たちが投げ出したあの事件を、もう一度、洗い直してみようと考えた。今回の猟奇殺人との関連を示すような手掛かりはなかっただろうか。

　蛍光灯の下で資料を繰りながら、自分は刑事部に戻りたがっているのかも知れないと剣崎は考えた。刑事・公安の対立の最前線であるこの監察係を離れ、ただひたすら悪党を成敗するという刑事部の任務へと。正義というものは、単純な状況でしか光り輝くことはないのではないか、そんな気がしていた。

　電話が鳴った。受話器を取ると、西川からだった。

「どこで何をしてるんだ？」剣崎は資料から顔を上げ、詰問《きつもん》した。命令に従わなかったことへの腹いせだった。

「都内某所だ」

西川の口調は真面目そのものだったが、それが余計に剣崎の癇《かん》にさわった。「犬も歩けば棒に当たる、か？」

「それより、例の事件はどうなった？」と西川は訊いた。「遺体盗難との関連は？」

「そんなことのために電話を寄越したのか？」

「そうだ。こっちはこっちで、古巣の連中に探りを入れている」

剣崎は驚いて訊き返した。「公安部にか？」

「ガードは固いがね」

どうして公安部なのかと訝った剣崎は、前に自分が、皮肉混じりにその可能性を指摘したことを思い出した。「遺体を盗んだのが公安部だと考えているのか？」

「そういう訳じゃない。単なる情報収集だ。それより」と西川は、喋《しゃべ》る速度を落とした。「二ヵ月前の事件には、一つだけおかしなところがあった。監察係の調べることじゃないんで黙っていたが」

「何だ？」

「権藤が刺された状況と、遺体所見の食い違いだ」

「そう言えば――」とかすかな記憶を探りながら、剣崎は手元の資料をめくっていった。

権藤刺殺事件の目撃者による供述調書と、沼から引き上げられた第三種永久死体のカラー写真が見つかった。

西川は続けた。「法医学部の教授は、死体の全身に打撲傷があったと言っていた。だが、目撃者が語った犯行の状況は、刃物による一突きだ。格闘のようなことがあったとは、誰も証言していない」

「ちょっと待ってくれ」剣崎は素早く、目撃者十一名の供述を目で追った。西川の言うとおりだった。犯人の野崎は、路上でいきなり権藤を刺し、そのまま車に乗せて走り去った。

「つまり、どういうことになるんだ?」と剣崎は訊いた。

「分からんよ。主任が自分で考えるんだな」西川は、元の憎まれ口に戻った。「何か分かったら連絡する。ポケットベルや携帯に出なくても、悪く思わないでくれ」

電話が切れた。

剣崎は、受話器を戻すと、西川の指摘した問題について考えてみた。権藤はナイフで刺され、車で連れ去られたあとに暴行を受けたのだろうか。だが、現場の調布市から遺体の投棄場所である奥多摩へ行くのには、かなりの時間がかかったはずだ。権藤が即死ではなかったとしても、胸の刺し傷が致命傷なら、今生沼にたどり着いた頃には絶命していたと考えるのが自然だ。

では被害者の権藤は、いつ、どこで、誰に暴行を受けたのか。事件が野崎の単独犯行であることは、捜査に当たった調布北署の捜査員に何度も確認した。共犯者の仕業とも考えられない。

もう一度、供述調書に目を落とした剣崎は、手っ取り早く謎を解明する方法を思いついた。目撃者に直接訊いてみることだ。

時計を見ると午後十時。電話をかけるには、ぎりぎり許される時間帯だった。

剣崎は受話器を取り上げ、一枚目の調書に記載された目撃証人の自宅に電話をかけてみた。佐山洋介《さやまようすけ》という自営業者だ。しかし電話口に出たのは、留守番電話の音声だった。

週末の夜か、と剣崎は舌打ちをしながら資料を繰り、二人目の証人に電話を入れた。二十二歳の女性会社員。今度は、二回の呼出音で相手が出た。

「もしもし?」

「はい」と言ってきたのは、男の声だった。不機嫌そうな声音だ。「どちら様?」

恋人だろうかと考えながら、剣崎は名乗った。「こちら、警視庁の剣崎と申しますが」

すると相手は、ますます不機嫌な口調で言った。「どこの剣崎だって?」

「ですから警視庁の」

「所属は?」

「所属?」と剣崎は面食らった。

相手は声を荒らげた。「一課の何係かって訊いてるんだ!」

突然、剣崎は気づいた。相手は刑事だ。剣崎は、普段の口調に戻って訊いた。「こちらは監察係の剣崎だが、そちらは?」

前原《まえはら》です」

「監察係？」と驚いたような間があって、相手も語気を和《やわ》らげた。「捜査一課六係の前原です」

どうして本庁の刑事がいるのかと訝りながら、剣崎は言った。「春川早苗さんという人と、話がしたいんだが」

「その人は先程、焼き殺されました」

剣崎は愕然《がくぜん》とした。「え？」

「ご存知ないんですか」と、前原と名乗った刑事は、責めるように言った。「連続殺人が進行中でして、春川さんは三番目の犠牲者です」

「今、検証を？」

「そうです」

「待ってくれよ」と剣崎は混乱する頭をなだめ、訊いた。「焼き殺されたのは、東亜商事に勤める春川早苗という人物に間違いないんだな？」

「そうです。火矢のようなものを放たれて、路上で絶命しました。解剖は明日の午前中です」

「分かった。ありがとう」

受話器を置いた剣崎は、何が何だか分からなくなっていた。一年五ヵ月前に起こった覚醒剤中毒者の刺殺事件。被害者の遺体は盗み出され、その事件の目撃者が今夜になって殺されていた。

剣崎は、広げたままの供述調書を見つめ、やがて目を見開いた。目撃証人は、たった今、死亡が伝えられた春川早苗を含め、十一名。

まさか、と思ったが、剣崎の手はすでに電話機に伸びていた。

春川早苗の次にある調書。証言者は、恩田貴子《おんだたかこ》という三十八歳の女性。職業は翻訳業。頼むから電話に出てくれと念じながら、剣崎はその女性宅の番号を押した。

電話が鳴り始めた。

乾いた呼出音は、開け放たれた窓の外、眼下に広がる東京の夜景に吸い込まれているようだった。

恩田貴子は、喉の奥から呻き声を出しながら、口の中に詰め込まれたハンカチを吐き出そうと懸命になっていた。だが、できなかった。唾液が気管に逆流しそうになったので、慌てて仰向けになった体を横向きに変えた。

自宅と仕事場を兼ねたマンションの七階の部屋。侵入者がいることに気づいたのは、帰宅してから十分も経った頃だった。バスルームの鏡の前、下着姿になって化粧を落としていた時、突然自分の背後に異形の男が現れたのだった。

鈍い光沢を放つ黒いマント、そしてフードの下の銀色の仮面。

一瞬、息を呑んだ貴子に、男は素早く襲いかかった。口を塞ぎ、広いリビングルームに連れ出すと、あらかじめ盗んでおいた貴子のハンカチを、前歯が折れそうな勢いで口の中に突っ込んできた。それから手早く、両手と両足を縛りつけた。

レイプされるのかと怯えていた貴子は、様子がおかしいことに気づいた。男は自ら、貴子の両足が密着するように縛りつけたのだ。こちらの自由を奪った男は、部屋の反対側に行ってガラス戸を開け、ベランダに出た。そこにはすでに、柵に結びつけられた長い麻縄が用意されていた。男は貴子が帰宅する前から、この部屋に潜んでいたに違いなかった。

何をするつもりなのか。侵入者の目的が分からないだけに、貴子の恐怖はつのった。両目を開いているのも辛《つら》くなった。だが、まぶたを閉じれば、それだけ凄惨な結末が早く訪れるような気もした。

電話が鳴ったのは、その時だった。男は少しの間動きを止めたが、貴子に動く気配がないのを見てとると、ベランダの縄を室内に引き込み始めた。

電話機からは、留守番電話の応答メッセージが流れていた。

誰か、と貴子は心の中で叫んだ。異変に気づいて。

さっき、マンションの前で別れたばかりの恋人だったら、と、貴子はすがるような思いで考えた。電話に誰も出ないことを不審に思って、部屋まで来てくれるかも知れない。

しかし無情にも、応答メッセージが終わると同時に、電話は切れた。救いを求めた貴子の目が、部屋の隅に向かった。ライティングテーブルの上に、愛用のノートパソコンがあった。

メールさえ出せれば。

心の支えになってくれたあの人たちと、連絡が取れれば。

仮面の男が目の前に来た。貴子のまぶたから涙があふれ出た。助けて、と必死に目で訴えたが、返答の代わりに男は、小さな折りたたみナイフを取り出した。

暴れようとした貴子は、すぐに男にのしかかられ、全身の動きを封じられた。銀の仮面の冷たい感触を頰に感じた。男の瞳を覗き込もうとしたが、仮面に穿《うが》たれた二つの孔《あな》は暗黒だった。

まさに音もなく、息遣いさえも漏らさずに、男の手が動いた。ナイフの刃先が、肌と下着の間に差し込まれ、薄い着衣を切り開いていった。

殺される。

全裸にされた貴子は、敢えて体を隠そうとはしなかった。こうなったら、命だけは助けて欲しかった。相手の望むものを与えさえすれば、それ以上の暴力は避けられるのではないか。

革手袋をはめた男の両手が、脇のあたりをそっと撫でた。一抹の希望が心の奥に湧き上がった。このまま相手が欲望を吐き出してくれさえすれば、もしかしたら助かるかも知れない。

ところがその直後、滑らかな肌の上にナイフの刃先が走り、交差する二本の線を刻みつけた。

鋭利な苦痛に、貴子の腰が持ち上がった。男の動きが、急に速くなった。ベランダから引き入れた麻縄を、貴子の両手首を縛っているロープに結びつけた。それから体の下に両腕を入れて抱き上げた。

貴子は全身をばたつかせたが、男の手から逃れることはできなかった。そのままベランダへと連れ出された。投げ落とされるのかと目を見開いたが、男はその場に立ち止まると、貴子の体を床に下ろした。

断続的に繰り返される恐怖に、思考が麻痺し始めた。足元に、大きな砂袋のような物が置かれていた。貴子は呆然と、その砂袋を自分の足に結びつける男の動きを目で追っていた。

かがみ込んでいた男が立ち上がった。間違いなくこれで最後だと貴子は思った。とめどなくあふれる涙が、鼻孔の奥から喉にも流れ込んできた。

男が砂袋を持ち上げて、ベランダの外へと投げ出した。結びつけられたロープがぴんと張りつめ、床に寝そべっている貴子の両足が物凄い力で引き上げられた。全身を引き裂かれるような痛みが走ったが、すぐに楽になった。男が、貴子の体を抱え上げたのだ。

右に左に、貴子は激しく首を振った。その無言の命乞いが通じたのか、男の動きが止まった。助かるのかも知れないと感じた瞬間、銀色の仮面の下から、くぐもった声が聞こえた。

「質問に答えろ」

ぬるぬるとした声の感触は、この世のものではないような響きだった。貴子は、相手の申し出を受け入れるべく、懸命に首を縦に振った。

男は素早く、貴子の口の中のハンカチを抜き出した。それから一つだけ質問を発した。

「堂本謙吾《どうもとけんご》は、どこにいる?」

貴子は、はっとした。答が浮かばなかった。どうしてそんなことを訊かれるのかも分からなかった。呆然と視線を泳がせているうちに、口の中にふたたび布きれが突っ込まれた。今度は命乞いをする暇《いとま》もなかった。男はベランダの柵の向こうへと、貴子の体を投げ落とした。

不意に体の重さを感じなくなった。視界の中を無数の光が閃《ひらめ》き、消えていった。

数秒後、七階から伸びるロープが空中で張りつめるのと同時に、失われていたはずの重力が全身に舞い戻った。貴子が最後に聞いたのは、自分の体の内側から発せられた鈍い重低音だった。

かすかに聞こえてきた不快な響きは、思考するよりもはるかに早く、彼の背筋を恐怖で粟立《あわだ》たせた。

ベランダの外に、何かが落ちたようだった。しかし、ここは二階なのだ。上から物が落ちて来たのなら、ベランダの前を通過して地面に向かったはずだ。

彼は読みかけの音楽雑誌をテーブルに置き、ガラス戸の外に目を向けた。薄いカーテンの向こうで、影が揺らめいていた。階上から、何かがぶら下がっているようだ。洗濯物が落ちて来たのだろうかと考えながら、彼はベランダに向かった。洗濯紐がからまって、衣類の塊《かたまり》が宙吊りになっているのだろうか。

カーテンを開けると、すぐにそれが目に入った。米袋か砂袋かは分からなかったが、とにかく寸胴《ずんどう》な布の袋だった。それが縄に結びつけられていて、階上からぶら下がっているのだ。

迷惑な話だと思いながら、彼はベランダに出た。どの階から落ちて来たのかを確かめようとした。ベランダの縁から身を乗り出し、袋の上方に目をやると、二本の足が見えた。

「あっ」と声を上げた時には、もう遅かった。目を逸らす暇もなく、彼は信じ難いものを見てしまった。

肚の底から叫び声が湧き上がった。自分が悲鳴を上げているのにも気づかないまま、彼は息を継いでは叫び続けた。

それはすでに、人間の形をしていなかったのだ。

# 10

中央区新富で発見された変死体に関する情報が、続々と越智管理官のもとに入り始めた。

現場には、まだ機動鑑識も一課の捜査員も到着しておらず、通報を受けて急行した派出所の巡査二名と、所轄署の刑事課員だけが臨場していた。

越智は直接、無線で指揮を執り、被害者の身元、遺体の状況などを報告させた。その結果分かったのは、被害者が現場マンション七階に住む恩田貴子という女性で、職業は翻訳業、自室七階の窓から二階付近に宙吊りにされているということだった。遺体は全裸にされており、両足には重量三十キロ程度と推定される砂袋が、重りとして付けられていた。

異端審問に関する歴史学者の話を思い出して、越智は犯行の凄惨さに身震いした。宙に投げ出された被害者は、高度差十五メートルを落下してから急停止し、足の重りがなおも全身を引き裂こうと地上に向かったのだ。四肢が千切《ちぎ》れなかっただけでも幸運と言わねばならない。そうなっていれば、断末魔の苦痛は、もっと堪え難いものになっていただろう。

越智は、遺体に十字の切り傷がないかを照会した。返答が来るまで、少し時間がかかった。現場では、少数の警察官たちが、壁にかけた梯子を使って、遺体の状況を調べているのだ。

「ありました」と、派出所巡査が無線を使って報告してきた。「左脇、肋骨の中間あたりです」

「骨髄移植のドナー登録証は？」

「少し待ってください」再度、無線が途切れた。現場が混乱しているのは無理のないことだった。事態の緊急性に鑑《かんが》み、越智は鑑識の到着を待たずに、彼らを被害者の部屋に向かわせていたのだ。

「財布の中に、ドナーカードがあるのが確認されました。恩田貴子名義です」

「了解」越智は、目の前の地図に第四の犯行現場をプロットした。グレイヴディッガーは、やや東に向きを変えたものの、依然として都内を南下している。

地図を見つめながら、おそらく目撃証言は得られないだろうと越智は考えた。東京駅の東側に広がる中央区は、繁華街の銀座を除けば、夜間になると人口が激減する。都内だというのに過疎《かそ》が進行している地域なのだ。

そこへ、本庁との連絡要員が、一本の電話を取り次いだ。「人事一課の剣崎主任からです。緊急の用件とのことですが」

越智は机上の電話機に手を伸ばした。「もしもし、越智ですが」

「先程、遺体盗難の件で照会を受けた監察係の剣崎です。小坂という者がご説明に伺ったはずですが」

「ええ」と越智は答えた。

「その後、妙なことが分かりました。そちらの担当している事件の被害者が、権藤刺殺事件の目撃証人だったんです」

「え？」と、越智は思わず声を上げた。「繰り返してもらえますか？」

「小坂の説明と重複するかも知れませんが、順を追って言います。一年五ヵ月前、権藤という男が、路上で刺殺されました。第三種永久死体となって見つかった人物です。彼が刺された時、現場には十一名の目撃者がいたんですが、そのうちの三名が、すでに殺されているんです」

「何ですって？」越智は手元の大学ノートを素早く繰った。「田上信子、島中圭二、春川早苗の三名に間違いありませんか？」

「はい。一課に照会して確認しました」

越智は、発見されたばかりの四番目の犠牲者の名前を言った。「目撃証人のリストに、恩田貴子という翻訳業者は——」

「含まれてます」

一瞬ではあるが、越智は言葉を失っていた。骨髄ドナー登録に続く第二の共通点。しかし、それが意味することとは？

「証人のリストを、ファクシミリで送ってもらえますか？」

「分かりました。それから、念のために申しておきますが、他の証人たちにも連絡を取ろうとしたところ、全員が留守でした」

「その件はこちらで引き継ぎます。申し訳ないが、そちらで待機してもらえませんか。今から私が本庁に向かいます」

「了解しました」と剣崎は答えた。

電話を切ってからしばらくして、連絡要員がファクシミリで送稿された証人のリストを持って来た。越智は視線を走らせた。

恩田貴子、加藤信一、木村修、佐山洋介、島中圭二、田上信子、根元五郎、林田弘光、春川早苗、平田行彦、渡瀬哲夫の十一名。

間違いない。四名の被害者が含まれている。グレイヴディッガーが血祭りに上げているのは、権藤刺殺事件の目撃証人たちだ。

だが、どうして？　越智は必死になって考えた。証人たちが狙われる理由は何か？　それに、このうちの四名が骨髄ドナーだったのは、偶然なのだろうか？

越智は立ち上がった。特別捜査本部が、大泉署から本庁へ移転することが決まっていたのだ。出口へと向かいながら、ふと、被害者たちの共通項から骨髄ドナーという条件を消してみたらどうなるかと考えた。権藤刺殺事件の目撃証人たちが狙われているという、一点のみに着目したら――

彼らが狙われる理由は一つしかない。

越智は足を止め、自分の出した結論に間違いがないかを何度も確認した。

八神はJR線のガードを越えて、東京二十三区を環状に走る山手線の内側に入った。地図を見ながらいったん西へ向かったのは、文京区との区境が近いからだった。今までいた台東区から抜け出せば、警察の管轄の違いから、少しは監視の目も薄れるのではないかと期待したのだ。

湯島界隈に出てから、向かう方向を南に戻した。幸いなことに、警察官も、それに正体不明の三人組も追って来てはいなかった。

数分歩いただけで、今度は千代田区に入ることができた。二つの最寄り駅、御茶ノ水と秋葉原のどちらに向かおうかと考えて、八神は秋葉原を選んだ。時刻は十時を過ぎていたが、世界最大の電気街には、まだ紛れ込むだけの人の波がありそうな気がした。

駅にさえ接近できれば、と八神は考えていた。レンタカーの営業所が見つかるはずだ。外務省の役人から巻き上げた金を使えば、車を借りてもまだお釣りが来る。あとは誰に見咎められることもなく、南に向かってドライブを楽しむだけだ。日付が変わらないうちに、六郷総合病院にたどり着くことができるだろう。

周囲に油断のない目を光らせながら、八神は電気街の裏道に入った。あたりに人の流れはなく、目論見《もくろみ》は外れたようだった。家電製品の量販店も、軒並みネオンの灯を消していた。

さあ、どうする。八神は歩調をゆるめた。秋葉原駅の近くには万世橋警察署がある。このまま職務質問に引っかかることなく、レンタカーの営業所を見つけることができるだろうか。

誰かに訊いたほうが早いと考え、八神は歩く道すがらに飲食店を探し始めた。ついでに晩飯も食うつもりだった。夕方に食べた天ぷらそばのエネルギーは、すでに激しい運動で使い果たしていた。

左右のビル群に、目を向けながら歩くこと百メートル、八神は思いもしなかった店の看板を見つけて足を止めた。

『ポリス・デパートメント／ケーサツマニアの店　午後1時～10時30分』

店は雑居ビルの三階にあるらしい。腕時計を見ると、閉店時間までには五分残っていた。

八神はビルの狭い階段を上り始めた。

三階まで上がると、短い廊下の手前にドアがあり、『ポリス・デパートメント』と書かれた札がぶら下がっていた。八神は扉を開けて中に入った。

そこは、二十平米ほどの狭い店舗だった。左右の壁には、ガラス張りの陳列棚やら衣装ハンガーなどが並んでいて、本物か偽物かは分からないが、警察官の制服や装備品が、所狭しと並べられていた。

「あと五分で閉店」奥のレジの横で、ラジオの音楽に耳を傾けていた店主らしい男が、ぶっきらぼうに言った。

八神は店主の前に行って訊いた。「お巡りの制服を揃えるのに、いくらかかる？」

「夏服？　冬服？」

「冬服だ」

「階級章から何から全部付けて、十二万五千円」

そんなにするのかと八神は驚き、使用停止になっているクレジットカードに、この店主が引っかかるだろうかと考えた。「カードは使えるか？」

「だめ。現金だけ。それから購入に当たっては、身分証明書を見せていただいてから、誓約書も書いてもらいますからね」

「何の誓約書だ？」

「買った商品を悪用しないって」

八神は店内を見回した。「ここにあるのは、全部本物なのか？」

すると店主は、何とも言えない笑みを漏らした。「あんた、初心者だね」

「そうだ」と八神は認めた。

「一部は本物、その他はレプリカ。ほら、テレビの撮影だって、こういう物が必要になるでしょ？」

八神は納得した。「なるほど、そういうわけか」

「あと三分で閉店」店主が言った。

「無線機があるようだが」八神は陳列棚の一つを指して言った。「あれを使うと、警察無線が聴けるのか？」

「あんた、本当に素人だね」と店主は呆れたように言った。「警察無線がデジタル化されてから、傍受は難しくなったの。あれはアナログ時代の機械」

「じゃあ、警察手帳の類はないか？」

「『警察手帳』って書かれたテレビドラマ用のならあるよ」

「本物とはどう違うんだ？」

「本物は、『警察手帳』なんて書かれてないの。警視庁とか、都道府県警察の名前なんかが書いてあるの」

今まで本物の表紙は何度も見せつけられていたが、八神はそこまで観察していなかった。

「お巡りに見せれば、一発で見破られるか」

「もちろん。それに来年からは、警察手帳が一新されて、ＦＢＩみたいなのに変わるしね」と言って、店主は目を光らせた。「まさか悪用するつもりじゃないでしょうね」

「まさか」と笑いながら、これでは何の役にも立たないと八神は腹立ちを覚えた。

「あと一分で閉店」店主は言った。

「分かった。失礼した」店を出ようとした八神は、商品の棚を見て、ふと足を止めた。値札のついていない、銀色に光る手錠が置かれていた。もしかしたら、この先必要になるかも知れないと考え、八神は訊いた。「この手錠はいくらだ?」

店主は初めて、値踏みするように八神を見つめた。いくら出すかを探っている目だった。この手錠は本物だと八神は見破った。

「俺はこういう者だ」八神は自信に満ちた物腰で、身分証明書を出した。『外務省』とあるのをこれ見よがしに指し示しながら、別の指で巧みに顔写真を隠した。

「外務省の方?」と、店主がしげしげと八神を見つめた。「道理で悪そうな顔をしていると思った」

八神は必死になって愛想のいい笑顔を作った。「省庁は違うが、俺と仲良くしてくれれば、何かいいことがあるかも知れないぜ」

「外務省ねえ……うーん」と店主は首をひねった。

「身分は確かだし、誓約書も書いてやる。この手錠はいくらだ?」

「大負けに負けて一万五千円」

「もう一声」

「一万円。それで交渉の余地はなし」

「買った」答えた八神は、なぜかその場のムードで、店主と握手を交わした。

「はい、誓約書」

店主の差し出した紙とボールペンを受け取り、八神は氏名の欄に外務省役人の名前を記入した。それから適当にでっち上げた自宅住所を書き込みながら訊いた。「このあたりに、車を借りられる所はないか？」

「レンタカー会社なら、昌平橋の手前にあるよ。総武線のガードの近く」

秋葉原と御茶ノ水駅の中間あたりだ。ここからなら五分も歩けばたどり着ける。「誓約書はこれでいいな？」

「はい、結構です。これで閉店」と店主は言った。

八神は店を出て、夜の路上に戻った。それからすぐに足を止めた。手錠を持ち歩くのは得策ではないと考えたのだった。レンタカー会社に行くまでに職質に引っかかったら、言い逃れができなくなる。勝利は目前なのだ。ここで焦って尻尾を捕まえられてはならない。

どこかに隠し場所はないかと周囲を見回すと、路上に置かれたゴミ袋が目にとまった。

その下に手錠の入った紙袋を押し込んだ。

ほっと息をついたのも束の間、今度は前方のT字路を、パトカーが横切って行くのが見えた。

八神は反射的に、すぐ横のビルに駆け込んだ。残りはたったの数百メートル。

浅草からアメ横へ向かった時と同様に、八神はビルからビルへと渡り歩きながら、じりじりとレンタカー会社に向かって進み始めた。

本庁舎で行なわれる捜査会議への招集を受けて、剣崎は小坂を連れて監察係の部屋を出た。低層用エレベーターを使って、会議室のある六階へと降りる。

二ヵ月前の遺体盗難事件と、たった七時間の間に四人もの市民が殺害された猟奇殺人事件は、完全に結びついたようだった。しかし、連続殺人鬼は、何のために権藤刺殺事件の目撃証人を殺害しているのか。

会議室に入ると、捜査本部長の河村、それに梅村捜査一課長を含む二名の捜査副本部長が着席していた。

「少しの間、待ってくれ」と河村に言われ、剣崎と小坂は、過去四件の詳細な捜査情報を梅村副本部長から聞かされた。

中でも、四番目の被害者に関する情報が、剣崎を震撼させた。犯行時刻は午後十時過ぎ——監察係の部屋から目撃証人の恩田貴子の自宅へと電話を入れていた時、部屋ではグレイヴディッガーによる凄惨な犯行が行なわれていたのだ。

一通りの説明が終わると、河村が口を開いた。「君たちには、応援要員としてこちらに合流してもらうことになった。すでに公安部長の許可は得た」

剣崎としては、否も応もなかった。「はい」

「ところで、監察係は三名で動くんじゃなかったのか？」

痛い所をつかれた剣崎は、ポーカーフェイスを保ったまま言葉を選んだ。「西川というのがおりますが、機密を要する任務のため、私の裁量で密行させております」

「そうか」と河村は短く言って、それ以上は訊かなかった。

それにしても西川は、たった一人で何を調べているのだろうと剣崎は頭をひねった。

そこへノックの音がして、精悍《せいかん》な顔つきの男が入って来た。

「お待たせしました」男は言って、剣崎に向かって軽く頭を下げた。「先程はありがとうございました。管理官の越智です」

「剣崎です」かすかな屈辱を感じながら、自分よりも年下であろうキャリア警察官に剣崎は挨拶した。

「本題に入る前に、四番目の犯行について整理しておこう」河村が切り出した。

越智管理官が椅子に座るのを待って、梅村捜査副本部長が言葉を継いだ。「問題は、被害者の両足に結びつけられた三十キロの砂袋だ」

「砂袋の入手経路ですか？」と越智が訊いた。

「いや、私が言いたいのは運搬方法だ。第一、第二の犯行の間隔を考えると、犯人の移動手段はバイクである可能性が高かった。しかし、大きな砂袋を運搬するとなるとどうかな」

「タンデム・シートにくくりつければ」と越智は言ったが、すぐに問題点に気づいたようだった。「確かに、人目にはつきますね」

「そうだ。一方で、車を使っているとなると、どうしても最初の二つの犯行に無理が出てくる」梅村は言って、二人の監察係に補足した。「都内の渋滞状況を考えると、時間的余裕がないんだ」

剣崎は頷き、自分も発言したほうがいいだろうと考えた。「複数犯だということですね」

「そうだ」

「カルト集団に関しては、どうでしたか？」越智が河村に訊いた。

「公安部から、必要最低限の情報は得た」河村は、監察係の二人を横目で見ながら苦笑混じりに言った。「医療行為を拒否する集団はあるが、骨髄ドナーをテロの攻撃対象にはしないだろうという返答だった」

「ここ数日、水面下で動いている集団の存在も？」

「そこまで突っ込んだ情報を、連中が提供すると思うか？」

河村の言葉に、刑事部出身の剣崎は思わず顔をほころばせた。隣にいる公安部出身の小坂は、さぞかし居心地の悪い思いをしていることだろう。

「動機についてなんですが、剣崎主任にお伺いしたいことがあります」

越智が言ったので、剣崎は顔を上げた。

「そもそもの発端となった権藤刺殺事件ですが、公判はどうなってます？」

「公判ですか？」不意をつかれて、剣崎は戸惑った。「すでに第一審が開始されてますが」

「権藤を刺し殺した野崎という男は、犯行を認めているんでしょうか」

「否認していると聞いてます」

「それを覆《くつがえ》すだけの証拠は？」

「そう言えば」と剣崎は、二ヵ月前の記憶を探り、調布北署で聞いた裁判の様子を思い出した。「公判は長引いてます。目撃証言だけが決め手だったので、弁護側が抵抗していると」

「つまり、権藤を刺し殺した犯人を有罪に持ち込む証拠というのは、目撃者の証言だけだったわけですね？」

「そうです」

「では、もしもこのままグレイヴディッガーによる犯行が続き、残る七名の証人が全員殺されたら」

越智の言葉が、会議室の雰囲気を一変させた。全員がはじかれたように顔を上げ、管理官の顔を見つめた。

剣崎は、公判手続きを頭の中で思い返した。目撃証人の供述書を法廷に提出しても、弁護側が不同意なら、その書類は証拠能力を持たない。一人一人の証人を出廷させ、裁判官の前で、検察・弁護双方が尋問《じんもん》を行なわなくてはならないのだ。

では、出廷させるべき証人が、全員死亡したとしたら――

「目撃証人の殲滅《せんめつ》戦で、もっとも得をするのは野崎という被告人ではないでしょうか」と越智管理官が言った。「まさに死人に口なし、です。証言者がいなくなれば、野崎を有罪に持ち込む証拠が消滅します。裏を返せば、グレイヴディッガーが一夜のうちに犯行を重ねているのは、被害者相互の関係が判明する前に、全員を殺害しようとしているからなのではないですか」

「つまり」と、唖然としながら剣崎は言った。「我々がそれに気づけば、当然、保護に乗り出す。犯人はその前に、証人の全滅を狙った」

「そうです」

「しかし」と河村が割り込んだ。「公判前に証人が死亡した場合、生前の供述調書は法廷に提出できるはずだが」

「問題は、その調書の証明力です。権藤武司の遺体が第三種永久死体となって発見された際、目撃証言と食い違う遺体所見が得られました。全身の打撲傷です。刃物による最初の一突きが致命傷なら、殴られた傷はつかないはずなんです」

やりとりを聞いている剣崎は、若き管理官の明晰《めいせき》さに、嫉妬するどころか敬服の念を抱き始めていた。

「供述内容の信憑性《しんぴょうせい》に疑いが生じた以上、調書は有罪の決め手とはなりません。しかも法廷で尋問すべき証人たちは、今夜になって次々に殺されている」

「よし分かった」と河村は言った。「残る七名の証人を保護しろ」

「すでに手配しました。ですが、週末ということもあってか、まだ一人も連絡は取れておりません。それに、こちらの人員も不足しています」

「刑事部ならどこでもいい。手の空いている奴らをかき集めろ」

「はい」

「一つ、いいでしょうか？」剣崎は手を挙げ、疑問を質《ただ》そうとした。

「何だ？」と河村が訊いた。

「野崎の無罪を狙って今回の事件が起こされているという説です。そうなるとグレイヴディッガーなる犯人は、野崎の仲間ということになりますね」

「そうだ」

「二ヵ月前、我々が調布北署に照会したところ、権藤刺殺事件につきましては、野崎の単独犯行であり、共犯者はいなかった模様なんですが」

「しかし、シャブの売人をしていたわけだろう」と河村が頑強に言いつのった。「密売組織が関わっていたとしてもおかしくはない」

「どうやって裏を取りましょうか？」と、梅村副本部長が河村の顔を見た。「グレイヴディッガーなる凶悪犯がまだ都内を徘徊《はいかい》している以上、事態は一刻を争います。しかし時間が時間です。何をしようにも、明日になってしまいますよ」

「拘置所にいる野崎を叩き起こすんです」と越智が言った。「権藤を刺した本人から話を聞くしかありません」

その言葉に、幹部三人が顔を上げた。彼らの間に飛び交ったのは、言葉ではなく目配せだった。深夜の取り調べは、拷問の一種と見なされて法に触れる怖れがあったのだ。

剣崎は、彼らの視線を受けて、発言を求められているのは自分だと感じた。「監察係としましては、越智管理官の方針を支持します。これ以上、犠牲者を増やすわけにはいきません」

「良かろう」河村が言って、剣崎に顔を向けた。「取り調べまでをお願いするわけにはいかないか？　すでに手持ちの人員を使い果たしている」

「私なら構いません」即座に答えてから、剣崎は、河村の老獪《ろうかい》さに舌を巻いた。被疑者への深夜の訊問《じんもん》に、本来それを摘発するべき監察係を巻き込んでおこうというのだろう。

「しかし、監察係が二人とも行くというのは、いかがなものでしょうか」梅村が、剣崎と小坂の二人を見ながら言った。

「では、こうしよう」と河村が言った。「予備班の中に、一人で動いている者がいたな」

「二機捜の古寺巡査長です」と越智。「その古寺と剣崎主任が、野崎の取り調べに当たる。監察係の小坂巡査は、証人保護の応援に回ってくれ」

「はい」と、剣崎と小坂が同時に頷いた。

## 11

「誰かいないか」

と声をかけられて、駐車場にいたアルバイト店員は洗車の手を止めた。プレハブで建てられた狭い営業所の中に、見るからに悪そうな顔をした客が立っているのが見えた。

「今、行きます」水道の蛇口を閉め、レンタカー会社のロゴが入った制服で濡れた両手を拭いてから、店員は営業所に戻った。

「車を借りたい」迫力ある面構えの客は、すでに料金表を手にしていた。「この、ベーシックタイプの車はあるか？」

十二時間のレンタルで四千五百円の小型車だった。「はい、ございます。本営業所での貸し渡しに関しましては――」

「能書きはいい。免許証を見せりゃいいんだろう」

「はい」怯えた素振りを見せないようにと気をつけながら、店員は言った。

「さっさと書類を出せ」

「では、こちらにご記入を」

客は、書類と引き替えに、自分の運転免許証を差し出した。氏名欄には、『八神俊彦』とあった。

「これでいいか?」記入を終えると、八神という客が訊いた。

「結構です。それではお支払いを」

八神は渋々といった動作で財布を出し、料金を支払った。

「ありがとうございます。では、外でお待ちください」

店員は、裏口からプレハブを出て、駐車場に向かった。庇《ひさし》の下にある鍵掛けからキーをはずし、あの客には至極不似合いな黄色いコンパクトカーに乗り込んだ。

通りに面した駐車場出口に行くと、すでに八神が待っていた。

「何だ、この色は?」

運転席から降りた店員に、八神は文句をつけた。「もっと地味な色の車はないのか」

「ベーシックタイプですと、現在はこれ一台なんですが」

「しょうがねえな」と言いながら、八神は車体の傷を確認し、運転席におさまった。

「気をつけて行ってらっしゃいませ」

帽子を脱いで客を送り出すと、店員は営業所の中に戻った。カウンターの下、客からは見えない位置に、巡回の制服警官が置いていったメモが残されていた。

『容疑者手配　八神俊彦　連絡は、警視庁第一方面本部まで』

店員は電話を取り上げ、メモの末尾に記された番号を押した。


レンタカーで走り始めた八神は、制限速度を守って正しく運転していた。無事に車を借りられたことで、事態は一気に好転した。どこかでUターンして日比谷通りに乗れば、道はそのまま第一京浜となる。六郷総合病院までは一直線だ。白血病を克服して喜ぶ子供の顔が、ありありと目の前に浮かんできた。人生で初めて行なう八神の善行は達成されるのだ。

妻恋坂と末広町の二つの交差点を右折し、靖国通りから目当ての日比谷通りに乗り入れた。

八神は、病院に向かって南下する一本道に乗った。目的地までは、直線距離にして二十キロ。深夜近くになって、都内の道も空《す》いてきている。信号に引っかかりながら行ったとしても、一時間もあれば十分だろう。

スピードを上げた大型トラックが横を通り抜け、小型車の車体をあおったが、八神は鷹《おう》揚《よう》な気分でやり過ごすことができた。気をつけなければならないのはパトカーだけだ。しかし、たとえパトカーが現れたとしても、並走して窓から顔を覗き込まれないかぎりは大丈夫だろう。

ラジオをつけると、音楽専門のはずの放送局がニュースを流していた。都内で進行中の連続殺人事件。四人目となる新たな被害者の発見――

目新しい情報はなかったが、八神はふと、峰岸からかかってきた電話を思い出した。警視庁の古寺という刑事が連絡を取りたがっている。八神が狙われている可能性があるので保護したい。

それを聞いた時、これは罠だとすぐに直感した。浅草での職務質問の強引さを考えれば、警察が八神を逮捕しようとしているのは明らかだった。連中は八神の過去を洗い、少年課にいた古寺との接点を見つけ出したのだろう。あの刑事が相手なら、こちらが気を許すとでも考えたのだろうか。

古寺のおっさんもヤキが回ったな、と八神は、巨漢の刑事を思い出しながら考えた。こんな子供騙しの罠を張るようなオヤジじゃなかったはずだが。

それにしても、古寺はどうやって自分と峰岸とのつながりを見抜いたのか。峰岸は、コーディネーターとしての守秘義務でこちらを守ってくれたようだったが、不安の種はまだあった。青信号で車を出すと、八神は携帯電話を取り出し、六郷総合病院の女医に電話をかけた。

二度の呼び出し音で、岡田涼子が出てきた。「八神さん」

いつもの歯切れのいい応答を期待していた八神は、女医の声に元気がないので驚いた。

「声が疲れているようだが」と八神は笑いながら言った。「激しい運動でもしたのか？」

「そうじゃないわ。あなたを待ちくたびれたのよ」

「違う状況でその言葉が聞けたらな」

「私に気があるの？」

そうかも知れない、と八神は唐突に考えた。童顔丸顔の女医は確かに魅力的だった。しかし過去の記憶を探るに、自分が女になびくのは、決まって命からがらの窮地《きゅうち》に立たされている時だった。そして、こういう場合に結ばれた男女が長続きしないのは、未だに独身である八神自身の人生が証明していた。

「岡田先生が、今一番逢いたい女性であることは確かだ」とだけ八神は言った。

「私もよ。で、どこにいるの？」

「秋葉原を出たところだ」

すると女医の声が尖《とが》った。「どうして一駅ずつ近づいて来るのよ？　牛歩戦術？」

「文句を言いたいのは分かる。だが安心してくれ。車を借りたから、あとは一直線にそちらに行くだけだ。十二時過ぎには着く」

「今度こそ信じるわ」

「悪いな」と謝意を表してから、八神は用件に入った。「ところで、警察からの問い合わせはなかったか？」

「あったわ」

と岡田涼子がすぐに言ったので、八神は驚いた。「本当か？」

「ええ。八神って男が入院する予定はないかって」

「それで？」

「あいにく、うちの院長は帰宅するのが早いの」

八神は笑みを浮かべて訊いた。「俺をかばってくれたのか？」

「私がかばったのは、八神さんじゃなくて、八神さんの骨髄よ」

とても痛い注射を打たれたような気がしたが、八神は我慢した。

「八神さん」と、少し真剣な声で女医が言った。「どうして警察が探してるの？」

「詳しいことは病院に着いてから話す」

「信じていいのね？」

「ああ」と頷いて、八神は言い添えようとした。俺は何も悪いことはしていない。しかし、それでは嘘をつくことになるので、こう言った。「俺は生まれ変わりたいんだ。もっと、まともな人間にな」

「生まれ変わるのはいいけど、骨髄だけはそのままにしてね」と女医は言って電話を切った。

携帯電話をディパックに押し込み、八神はアクセルを踏み込んだ。悪態《あくたい》の一つも吐きたい気分だった。前方の信号が黄色から赤に変わろうとしていたが、減速せずに交差点を通過した。

直後、八神は本能的にルームミラーに目をやった。後続の車が一台、こちらと同じきわどいタイミングで信号をくぐり抜けていた。ダークグリーンの乗用車。乗っているのは運転手が一人。

覆面パトカーではなかった。私服刑事は二人一組で動く。それに、八神を見咎めたのなら、回転灯を屋根に載せて緊急走行に切り替えているはずだ。

八神は交差点を左折し、進路を東に変えてみた。後ろの車も尾いて来た。さらに左にハンドルを切って秋葉原方面に逆戻りすると、乗用車は方向を変えずに走り去って行った。

考え過ぎだったか。速度を落とし、運転席のシートに座り直した。尾行がないのはさんざん確認したはずだ。警察マニアの店からレンタカー会社まで、普通に歩けば五分の距離を、三十分もかけて移動したのだ。

日比谷通りに戻ろうと、八神は次の十字路でハンドルを左に切った。曲がりきったところでルームミラーに目をやると、一台の車がスピードを上げて近づいて来た。先ほどのダークグリーンの乗用車だった。

八神はブレーキを踏んだ。後方の車は速度を落とさず、追い越しにかかった。その車体が右側を通過する一瞬、運転席の男の横顔がはっきり見えた。

インテリヤクザのような細面の男。

八神は敵の暗号名を思い出した。『スカラー』だ。

こちらを追い越した車は、不意にスピードを落とし、前方三十メートルの地点で停止した。夜の街路で、ハザードランプだけが音もなく点滅している。

Uターンをかけて逃げるか。そう考えて、八神は後方を振り返った。と、そこには、もう一台、ワンボックスカーが停車していた。運転席には、水上バスで薬品を嗅がせようとした若い男、『フリーター』の姿が見えた。

お前らの名前が分かってきたぞ。八神は笑みを浮かべ、素早く頭をめぐらせた。『リーマン』を含め、少なくとも他に三人の男たちがいるはずだ。後ろのワンボックスカーに乗り込んでいるのだろうか。集団相手の戦闘では、敵の首領《ボス》を倒してしまうのが勝利への早道だが、『ウイザード』という野郎はどこにいるのか。

そこへ、ウインチを巻き上げるような音が聞こえてきた。はっと前方に目を戻すと、ダークグリーンの乗用車が物凄い勢いでこちらに向けて逆走して来た。

八神は素早くギアをバックに入れ、アクセルを踏み込んだ。リアウインドウの中で、後方にいるワンボックスカーの車体がみるみる大きくなる。激突する寸前にサイドブレーキを引き、同時にハンドルを急転回させ、スピンターンをかけて対向車線に乗り入れた。

挟撃《きょうげき》態勢からは逃れたものの、二台の車はすぐに向きを変えて追跡にかかっていた。こちらのコンパクトカーとの差は、あっという間に縮まった。

どうすればいい、と東に向かいながら八神は考えた。敵を振り切ることに専念するか、それともこのまま一気に六郷総合病院を目指すか。

少しでも病院に近づいておこうと八神は決断した。追い越しをかけようとしたワンボックスカーの鼻面に車を出し、そのまま猛スピードで交差点を曲がりきった。

現在走っているのは中央通り、このまま走り続ければ田町付近で第一京浜に合流する。六郷までは一直線だ。


「Nヒット」

警視庁刑事部のフロアに、第一方面本部からの報告が響いた。特別捜査本部の移転準備にかかっていた越智は足を止め、壁のスピーカーを見上げた。

「八神俊彦運転の手配車両、中央通りの神田・東京駅間を南に向けて走行中」

秋葉原のレンタカー会社から通報されていた車のナンバーが、Nシステムに捕捉されたのだ。

現在、通信司令本部では、巨大スクリーンに当該地域の地図を表示し、リアルタイムで動態把握をしている付近の全パトカーに、八神追跡の指令を出しているはずだった。

これで八神の逮捕は時間の問題となった。急変した事態に、越智は河村以下三名の幹部をふたたび招集しなければと考えた。

そこへ第一方面本部が、思いもしなかった情報をつけ加えた。「手配車両の後方を、盗難車二台が追走中」

二台の盗難車？　電話に駆け寄ろうとしていた越智は動きを止めた。八神に仲間がいるのか？


甲高いサイレンの音が聞こえてきた。

八神は視線を上げ、ルームミラーを覗いた。追跡する二台の車の後方に、さらに三つの回転灯が見え隠れしていた。

前方に目を戻すと、赤信号が目に入った。しかし、交差点を横切る車の列は見えなかった。ハンドルの中央を叩いてクラクションを響かせながら、八神は赤信号を突っ切った。

無事に通り抜けたものの、それは偶然に過ぎなかった。こんなことを繰り返せば、いつかは大事故を起こす。そうは思ったが、アクセルを踏む右足は、床を踏み抜く勢いでスロットルを全開にしていた。

タイヤが激しく軋《きし》む音にミラーを見ると、『スカラー』と『フリーター』の運転していた二台の車が、交差点を左右に転回して行くのが見えた。奴らにとっても警察は厄介な相手らしい。三つ巴の追跡劇は、一転して警察との一騎討ちになった。後方の三台のパトカーが、走り去った二台には目もくれず、一直線に八神を追って来ていたのだ。

速度が百キロを超え、車内に警告チャイムが響き始めた。もはやクラクションは鳴らしっ放しだった。このままでは銀座の繁華街に突っ込む。そう思い当たった八神は、ハンドルを右に切った。商社ビルが立ち並ぶ真夜中の丸の内なら、交通量はほとんどないはずだ。

と、対向車線を、二台の覆面パトカーが猛スピードで直進して来た。一台がセンターラインを乗り越え、進行方向をふさぐ形で横腹をこちらに向けた。

慌ててハンドルを切ったものの、横滑りした車の後部が、覆面パトカーに接触した。反対側に激しく揺り戻されながら、八神は何とかスピンを抑え、ふたたびアクセルを踏み込んだ。

このまま車で逃走を続けるのは不可能だ。八神は血走った目を時計に向けた。時刻は午前零時に近づいていた。どこかでレンタカーを乗り捨て、終電までに鉄道の駅に駆け込まなくてはならない。しかし、どこで車を降りればいいのか。

人気のない丸の内界隈に入り、北に進路を変えてから、やはり銀座に向かうべきだったと八神は後悔した。車でも人波でもいい、とにかく混雑した状況に逃げ込まなくては簡単に見つけ出されてしまう。

今からでも遅くはないとハンドルを切ろうとした時、二台のパトカーが左右の挟撃に出た。これでは直進するしかない。

「黄色の小型車、止まりなさい！」

マイクを片手に怒鳴っている制服警官の姿が、すぐ右に見えた。八神は相手の言うとおりにした。全身を突っ張ってシートに背中を押しつけると、右足でブレーキペダルを踏み込んだ。

フルブレーキングの衝撃で、シートベルトが体に食い込んだ。並走していた二台のパトカーが、撃ち出された砲弾のような勢いで前方に消え去った。同時に、背後から三台の警察車両が突っ込んで来た。

八神はアクセルを踏んだ。そこへ覆面パトカーが追突し、まさに押し出される形で小型車はふたたび逃走を開始した。

「手配車両が、皇居方面に進路を変えた！」

車載無線機から流れる追跡班の報告に、古寺は耳を傾けていた。八神は、まるで捜査陣を嘲笑《あざわら》うかのような派手な黄色の車に乗っているのだという。

機捜車を運転しながら、古寺は自分も追跡に加わりたかったと臍《ほぞ》をかんだ。

手配ナンバーのNヒットを知ったのは、東京拘置所にいる野崎という男の取り調べを命じられた直後のことだった。古寺は、すぐに越智管理官に連絡を取り、八神捕獲の応援に向かいたいと打診したが、その願いは受け入れられなかった。葛飾区小菅にある拘置所へ行き、シャブの売人を訊問するのが、古寺に課せられた最重要任務だったのである。

早く捕まってくれと、古寺は、気が気でなかった。時刻はすでに午後十一時五十八分。あと二分で日付が変わってしまう。もしもその時、八神が逃走を続けていたら――

「警視庁より各局」無線機から、通信司令本部の音声が聞こえてきた。「一分後の十二月一日をもって、『拳銃取り扱い規範』が改定となる。凶器を持った相手、また、検問突破や危険走行をする暴走車両には、予告や威嚇射撃なしでの発砲が可能となる。緊急時における諸君の適切な対処を期待する。以上」

奴の悪運もこれまでか、と古寺は考えた。東京のど真ん中でカーチェイスを展開すれば、発砲されても文句を言えない時代になったのだ。

つけっ放しになっていたラジオから、十二時の時報が響いた瞬間だった。バックファイアのような音が後方で炸裂《さくれつ》した。

追跡車の一台が脱落したのかと八神がルームミラーを見ると、先頭を走るパトカーの助手席の窓から警官が身を乗り出し、拳銃を構えていた。

はっとしてハンドルを切った瞬間、二発目の銃声が轟《とどろ》いた。弾丸が前方の地面に着弾し、火花が走った。

日本のお巡りは、いつからこんなに短気になったんだと舌打ちしながら、八神は車を左右に振った。三発、四発と発砲は続いたが、時速百二十キロで疾走する車のタイヤを撃ち抜くことはできなかった。

八神は次の交差点を曲がり、銀座に向けてふたたび南下しようと考えた。ところが角を曲がった瞬間、前方の十字路をふさぐパトカーの列が視界に飛び込んできた。

やばい。右足がアクセルから離れ、スピンターンをかけようとサイドブレーキに左手が伸びた。しかしその時、後続の五台の追跡車両がすでに角を曲がって退路を塞いでいた。

前方では、交通機動隊員とみられる制服警官が、誘導灯を激しく振って停止を命じている。仕方がない、と八神は観念した。こうなったら強行突破しかない。右足がふたたびアクセルを全開にした。

こちらがスピードを上げたのに気づいたのか、道路上にいた交通機動隊員が路側帯に駆け出した。同時に拳銃を抜いた数名の警察官が、右側の歩道に散開した。

封鎖線が目前に迫った。横目で歩道を窺うと、警官たちの銃口はタイヤにではなく、運転席に向けられていた。

「南無妙法蓮華経、アーメン！」と神仏に祈りながら、八神は停車している車の列めがけて突っ込んで行った。

複数の銃口が一斉に火を噴いた。銃弾が車体を貫く鈍い音が、車内に響きわたった。

直後、小型車のフロントノーズが、道路を封鎖している車両のわずかな隙間に食い込んだ。衝突の瞬間、速度が一気に八十キロにまで減速したが、同時に二台のパトカーが観音開きのように弾き飛ばされ、目の前に突破口が開いた。八神の車は左右のヘッドライトを砕け散らせながら封鎖線を突き抜けた。その時、車体が激しい横滑りを起こしていたが、エンジンの駆動力がタイヤに戻るとともに体勢を立て直した。

高速走行に戻りながら、八神は慌てて自分の下半身を見下ろした。出血もないし、痛みもない。あの銃撃をくぐり抜けたのか。見ると、運転席のドアに弾痕があった。車体を貫通した弾丸が、膝のすぐ上を通過していったらしい。

顔を上げた八神は、助手席のデイパックを取り上げ、ひびの入ったフロントガラスを内側から破ろうとした。その時、目の前にビルの壁が迫っていることに気がついた。二台の車を弾き飛ばした衝撃で、サスペンションの平行性が失われていたのだ。ハンドルを真っ直ぐに向けているのに、八神の乗った小型車は、猛スピードで商社ビルの壁面に向かっていた。

このままでは激突する。アクセルを踏んでいた足がブレーキに向かった。それからハンドルを素早く左に切った。コンクリートの壁がやけにゆっくりと近づいて来るので、これなら大丈夫だろうと八神は考えた。しかし速度計に目を落とすと、小型車は九十キロのスピードを維持したまま、ビルに向かって突進しているようだった。

すべてがスローモーションだった。ブレーキを踏み続けている短い間に、生まれてから
これまでの、悪意にまみれた人生が回顧《かいこ》された。

俺は死ぬ。

そう考えた途端、ボンネットが壁に激突して変形し始めたのが見えた。

せめて、白血病患者の命を救ってやれていたら――

慚愧《ざんき》の念が胸に押し寄せた直後、八神の視界は真っ白になり、すぐに虚無の暗黒に閉ざされた。

# 第二部　墓掘人

# 1

母親は、千羽鶴を見つめていた。

たくさんの小さな手が、長期欠席をしている娘のために折ってくれた一千羽の鶴。羽根の大きさが不揃いな鶴がいた。尾がやたらと長い鶴もいた。どの鶴にも、健気《けなげ》で幼い祈りがこめられていた。

最後の戦いに臨《のぞ》む娘に、この千羽鶴を持たせてやりたかった。しかし、無菌室には、必要最小限の持ち物しか入れることができなかった。大量の抗癌剤を投与され、放射線を浴び続けた娘の体には、もうどんな細菌にも抗《あらが》う力は残されていない。目に見えないたった一つの微生物が、娘の命を奪いかねないのだった。

日付は変わった。移植は明日に行なわれる。長く辛かった今までの闘病生活を振り返って、母親の目には涙がにじんだ。

娘はいつも泣いていた。注射をされる時、食べ物を戻す時、薬の副作用で髪の毛がどんどん抜け落ちていってしまった時——つぶらな瞳を大きく見開いて、ぽろぽろと涙をこぼしていた。

どうしてこの子が、と母親は考えずにはいられなかった。病魔はどうしてこの子を選んで取り憑《つ》いたのか。母親である自分が、脆弱《ぜいじゃく》な肉体しか与えることができなかったのではないかと考えて、身も張り裂けそうな罪悪感に襲われた。

足音が近づいて来た。

顔を上げると、廊下の向こうから主治医が歩いて来るところだった。いつものネクタイ姿ではなく、普段着の上に白衣を引っかけている。自宅から深夜の職場に駆けつけたのだと気づいて、母親は不吉な予感にとらわれた。

「こちらにいらっしゃったんですか」主治医の穏やかな声が、静まり返った病棟に響いた。

母親は尋ねた。「何かあったんでしょうか？」

「妹さんに、連絡を取っていただきたいのですが」

母親の妹、つまり娘の叔母は、骨髄ドナーの第二候補だった。HLA型は、完全には一致していない。不安はますますつのった。娘とまったく同じHLA型を持つドナーは、すでに見つかっているはずだった。その人は今日のうちにどこかの病院に入院し、明日には採取された骨髄液が、娘のいるこの病院へと運ばれるはずなのだが——

母親は、おそるおそる訊いた。「第一候補の方は、どうなさったんでしょう？」

「詳しいことは分かりません。先程、コーディネーターから連絡があって、安全のため、妹さんに待機していただいていたほうが良いと言われました」

「こんな時間に、ですか」

主治医は何も言わず、ただ頷いた。

「でも、妹のＨＬＡは――」

「確かに回復の可能性は少し落ちます。しかしこれは、念には念を入れての措置だと思います。第一候補のドナーに来ていただければ、問題はありません」

「分かりました。至急、電話をかけてみます」母親は言ったが、疲れ切った体はすぐには立ち上がらなかった。

「お願いします」と言って、主治医は廊下を戻って行った。

ベンチに座ったまま、母親は祈った。

神様、助けてください。

どうかあの子を、元気な姿に戻してください。

やがて立ち上がった母親は、ナースステーション前の電話へと歩き出そうとした。ところがその時、無事を祈るべき人が、もう一人いることに気づいた。娘の命を救ってくれるはずの、名前も顔も知らぬドナーの第一候補。

その人の身に何かあったのだろうか。

母親は、目の前に絶望の淵が口を開けているような気がして、足を出すのをためらった。

「手配車両は銃撃を受け、ビルの壁に正面衝突した」

古寺は、東京拘置所へと向かいながら、車載無線機からの報告に耳をそばだてた。

「エンジンから出火し、現在消火中」

何てこった。緊急走行を続けながら、古寺は悪党の最期を思い浮かべた。ビルの壁にすがりつくようにして大破している小型車。ひしゃげた運転席では、八神の死顔がハンドルに凭《もた》れかかっているに違いない。

これで希望が潰《つい》えたと、古寺は肩を落とした。八神は犯人ではなかったにせよ、奇怪な連続殺人の事情を知る重要参考人であることに変わりはなかった。あいつを捕まえていれば、捜査は一気に進展したはずだった。

しかし古寺が一番残念に思ったのは、事件の真相解明が滞《とどこお》ることではなく、八神が行なおうとしていた善行についてだった。奴は、自ら骨髄移植のドナーとなることを望んでいた。そしてその願いは叶えられ、今日にも入院する予定となっていた。あの悪党は、人生をやり直そうとしていたのだ。

サイレンを響かせ、赤信号を通過しながら、古寺は危惧した。八神の骨髄を待っている白血病患者は、どうなるのだろうか？

虚無の暗黒の中で目を開くと、前は真っ白だった。頭が奈落の底に沈み込んでいくような不気味な感覚もあった。このまま沈んで行ってはいけないと、八神は顔を起こした。すると目前に大きな白い袋があり、中の空気が抜けているのか、へなへなとしぼんでいった。こいつは自分の魂なんだろうと八神は思った。

「おっ？」と叫ぶ声がすぐ右側で聞こえた。

朦朧《もうろう》としたまま、八神は声の主に問いかけた。「あんたは神様か？」

「私は神ではなく、警視庁自動車警邏《けいら》隊の鈴木《すずき》だ」

唸り声を上げながら、八神は上半身を起こした。ハンドルと自分の頭の間に、シーツのような布が広がっていた。

エアバッグ。

「ああ」と思わず声が出た。顧客思いの自動車メーカーに感謝したい気になった。体は大丈夫かと四肢を動かしてみたが、怪我はないようだった。短い間、気を失っていたらしい。左腕にデイパックがからまっているのを見て、八神は数分前に自分の身に起こったことを思い出した。

「生きていたとは驚いた。今、出してやる」

鈴木が言って、仲間とともにドアを引っ張り始めた。車体が大きく揺れ、ダッシュボード上に散らばったガラスの破片が足元に落ちた。

オイルの臭いがしたので、八神は心配になって潰れたボンネットに目をやった。そこには白い飛沫《ひまつ》がぶちまけられていて、消火活動がすでに終わったことを物語っていた。

助かった。安堵しながら、八神が考えたことはただ一つだった。ここからどうやって逃げればいい？　ところがその時、大きな音とともにドアが開いて、鈴木が八神の右腕を掴んだ。

「八神俊彦、道路交通法違反の現行犯で逮捕する」

「俺は怪我人だぜ」

「言いたいことがあるなら署で聞いてやる」言うが早いか、鈴木は八神の両手首に手錠をかけた。それから笑った。「逃げ切れなくて残念だったな」

「まったくだ」八神はうなだれながら思った。秋葉原のマニアショップで買った手錠は、確かに本物だった。今、それと同じ物が自分の両手首に食い込んでいる。

鈴木は、もう一人の警官と二人がかりで八神を外に引っ張り出した。八神は自分の足で立つことができた。

「大丈夫そうだな」八神の全身を見下ろして鈴木が言った。「来い」

道の反対側に停車しているパトカーへと引っ立てられながら、八神は周囲に視線を投げかけた。どの警察車両もエンジンをかけたままだった。ミニパトはないかと後ろを振り返ると、車の列の最後尾に一台止まっていた。

「何を考えてる？」鈴木が訊いた。

「何も」と八神は答えたが、言葉とは裏腹に、一万円の投資は無駄ではなかったと考えていた。

その時、離れた所に立っていた別の制服警官が、「あっ！」と叫んでこちらを指さした。八神を連行している鈴木ともう一人の警官が、何事かと左右に頭をめぐらせた。八神はすでに、袖口に隠し持っていた本物の手錠の鍵を使って、両手首の拘束を解いていた。

二つの金属の輪が、音をたてて地面に落ちた。両腕をとっていた左右の警察官の目が、落とし物に向けられた。八神は二人の腕から両肘を引き抜くと、背後のミニパトめがけて猛然とダッシュを開始した。

「待て！」

前方に私服の刑事が立ちふさがった。八神が体当たりをかますと同時に、刑事が抜こうとしていた特殊警棒が道の向こうに弾き飛ばされた。倒れた刑事は八神の足を摑もうとしたが、顔面を踏みつけにされて手を放した。

「マルヒが逃走！」

背後から怒号が聞こえてきた。八神はミニパトの運転席に駆け込んだ。その時初めて、助手席に婦人警官がいることに気づいた。

「あ」と婦人警官が、書類をはさんだクリップボードから顔を上げた。きれいな顔だちだった。美女という人種は、会ってはいけない状況でしか現れないのだ。八神は婦警を抱きしめて動きを封じ、体の後ろに回した手で助手席のドアを開けた。

「女に暴力を振るうなんて最低だ」八神は反省の弁を述べてから、婦警を車外に突き落とした。

「止まれ！」

ボンネットの向こうに駆けつけた刑事たちが、一斉に銃を抜いた。八神は運転席で身を伏せながら、アクセルを一気に踏み込んだ。数発の銃声が響いたが、それはホイールスピンの高音に呑み込まれた。すぐにタイヤが摩擦力を取り戻し、ミニパトが刑事たちを蹴散らしながら発進した。

散発的に続く銃声が、車の前面から側面、そして後部へと移動していった。八神はシートに横になったまま、片手でハンドルを操作していた。開いている助手席のドアから見える路側帯だけが頼りだった。

そこへ、小さな爆発音が聞こえ、車体が右後方に沈み込んだ。後輪を撃ち抜かれたらしい。しかし長距離のドライブをするつもりはなかった。八神は体を起こし、一方通行の道を逆走し始めた。

「マルヒは南へ逃走中！」

ミニパトの車載無線機から聞こえた声は、すぐに別の声に遮られた。「マルヒが傍受する怖れがあるので、無線は控えられたし」

通信は途絶えたものの、けたたましいサイレンの音が後方に追いすがって来た。ルームミラーの中は、赤い回転灯で埋め尽くされている。

八神は鍛冶橋《かじばし》通りを突っ切ってからハンドルを右に切り、歩道へと車を乗り入れた。クラクションの音に、前を歩いていた通行人が驚愕の表情を浮かべて飛びのいた。後方を窺うと、驚いたことに数台のパトカーが歩道を追って来ていた。八神は前方に顔を戻し、狙いを定めて地下鉄の駅へと下りる階段にミニパトを突入させた。

床の下から金属を引き裂くような轟音が聞こえ、車体が上下に震動しながら階段を駆け降りて行った。左右の壁と車との隙間は、十センチもなかった。ミニパトのボディが壁に接触し、速度が落ちるたびに、八神はアクセルを踏み込んだ。途中の踊り場で、車の底部を激しく損傷したようだったが、あとは惰性で落ち続けた。地下のコンコースに到達した時、ミニパトのあちこちから金属の軋む悲鳴のような音が聞こえたが、エンジンはアイドリングを続けていた。

八神はギアを入れ直し、ハンドルを左に切った。そして驚く通行人を尻目に、地下街を走り始めた。

追跡車両の車幅では、階段を下りることはできない。五分のアドバンテージだと素早く計算し、鉄道警察隊が駆けつける前に車を乗り捨てなければと考えた。地下通路は監視カメラで埋め尽くされているのだ。

やがて、JR有楽町駅へと向かう通路の分岐点に差しかかった。八神はミニパトから降り、足を止めた野次馬たちに向かって叫んだ。「警察の者だ！　救急車を呼べ！　一一九番だ！」

勤め人風の男たちが、一斉に携帯電話を出した。これで警察への通報は、少なくとも三分は遅れるはずだ。

八神は有楽町駅に向かって駆け出した。

終電にはまだ間に合う。

京浜東北線に乗りさえすれば、六郷総合病院への徒歩圏内にたどり着けるはずだ。

## 2

サイレンの音が聞こえてきた。

東京拘置所の前に車を止めていた剣崎は、運転席から降りた。長い塀の向こうから、一台の機捜車が走って来るのが見えた。

剣崎は振り返って、拘置所正門で立ち番をしている刑務官に頷きかけた。すでに話は通してあった。刑務官は、正門横の金属製の格子を開けた。

機捜車が停車し、中から大柄な中年男が出て来た。機捜隊員にしては、ずいぶん年がいっている。

剣崎は歩み寄って自己紹介をした。「監察係の剣崎です」

相手は軽く頭を下げた。「二機捜の古寺です。早速、中へ入りましょうか」

二人の警察官は、正門を警護する刑務官に敬礼をしながら、拘置所の敷地に足を踏み入れた。

「自邏《じら》隊の失態をご存知ですか」剣崎は、相手との距離を縮める世間話のつもりで言った。自邏隊とは、自動車警邏隊のことだ。「参考人に手錠をかけておきながら取り逃がした」

「知ってます」と言って、古寺はなぜか楽しそうに笑った。「八神って男は手品師なんですかね?」

「悪党ですよ。筋金入りのね」剣崎は苦々しく言った。「知能犯捜査をしていた時、何度か顔を合わせたことがあります」

「ほう?」と古寺が驚いたようにこちらを見た。

「取り調べの間はふてぶてしい態度を貫き、逮捕された途端にお涙ちょうだいの身の上話を始めるんです。情状酌量で実刑を免れる戦法ですよ」

「奴も世渡りに必死なんでしょう」

軽い調子で古寺が言ったので、剣崎は気づいた。「古寺さんも奴を知ってるんですか？」

「少年課にいた時、相手をしました」

「さぞかし手を焼いたでしょうね」

「でもなかった」

剣崎は、その返答をやや不満に思いながら、古寺がどんな種類の刑事なのかを見切っていた。いわゆる人情派だろう。加害者も被害者も同じ人間として捉え、犯罪者に同情しながら供述を引き出すタイプだ。善と悪の境界を曖昧《あいまい》に捉えるこのやり方は、剣崎がもっとも嫌う手法だった。

「ただし」と古寺は続けた。「奴を甘く見ると、えらいことになります。あいつは粗暴犯ではなく、知能犯なんです。特に、逃げる時にその能力が発揮される。犯罪者の逃げ足オリンピックが開催されたら、奴は間違いなく金メダルを取るでしょう」

その軽口を、剣崎は疎《うと》ましく感じた。「八神という犯罪者に、好意をお持ちのように見えますが」

「少なくとも、連続殺人を犯すような人間ではない」

「今回の事件とは無関係だと？」

そこでようやく、大柄な機捜隊員は表情を引き締めた。「野崎の取り調べの前に、最終確認をしておきたいんですがね」

「どうぞ」拘置所本部へと続く桜並木を早足に進みながら、剣崎は言った。

「グレイヴディッガーなる殺人鬼が殺しているのは、ある事件の目撃者たちだった。事件というのは、権藤という男が刺し殺された一件で、犯人の野崎は、現在、裁判にかけられている」

「そうです。ところが、目撃証言が曖昧なので、証人が皆殺しにされれば、野崎が無罪になる可能性が出てくる」

「得をするのは野崎か」と言ってから、古寺は小さく唸った。

剣崎は目を上げた。「何か疑問でも?」

「そうなると、野崎の仲間が、墓掘人伝説を真似ていることになりますね」

「そうです。仲間うちには、八神という男も含まれているかも知れない」

「しかし、野崎の背後にシャブの密売組織が控えていたとしても、一人のチンピラのためにそこまでやりますかね?」

「じゃあ、どういう?」剣崎は苛立ちを覚えながら訊いた。

「分かりませんよ。分かりませんが――」古寺は考える間をおいてから言った。「今回、三ヵ所の現場を見てきましたが、同じ臭いがしました。殺戮《さつりく》衝動に取り憑かれた男の発する気配のようなものです。組織的な犯行と決めてかかると、落とし穴にはまるかも知れない」

「気配ね」剣崎は、やや揶揄《やゆ》するように言った。捜査員の勘に頼るのは、前近代的な捜査手法だ。今回、警視庁が対決を迫られている未曾有の殺人鬼には通用しない。

「言いたいことは分かる」古寺は丁寧語をやめて、後輩に諭《さと》すような口調になった。「しかし今回の事件は、組織犯罪ではないような気がする。ましてや今流行《はや》りの無動機殺人とか快楽殺人とか、そんなものとも違うんじゃないかな」

「困りますよ」どうしてこんな捜査員が寄越されたのかと、剣崎は憤りを覚えた。「野崎の取り調べはこれからです。目撃証人の殲滅《せんめつ》戦という筋書きに沿っていただかないと、聞き出せるものも聞き出せなくなってしまう」

古寺は何も言わなかった。

剣崎は、この古参の機捜隊員に、もう一つ言っておかなくてはと考えた。「以前、法律について考えてみたことがあるんですが」

話題が変わったので、古寺が怪訝そうに剣崎を見下ろした。

「拷問をめぐる問題です。もちろん現法制下では、被疑者への拷問は禁じられてます。しかし、例えば大規模なテロ計画を察知した場合、つまり放っておけば大勢の市民の命が奪われるような状況では、被疑者への拷問は違法性を免れるんじゃないでしょうか」

古寺は表情を変えずに訊いた。「それは監察係の見解なのかな？　野崎という男に、これからそれをやろうと？」

「グレイヴディッガーは、まだ都内をうろついてるんです。早く検挙しないと、夜明けまでに何人の市民が殺されるか分かりません」そして剣崎はつけ加えた。「すべては正義のためですよ」

「正義のため」と、古寺は繰り返した。「難しい問題だな」

何が難しいのかと問い返そうとしたが、剣崎は思いとどまった。下手に突っかかると、お決まりの反撃――監察係に対する皮肉や嘲《あざけ》りが返ってきそうな気がしたからだった。

緩やかなカーブを曲がると、監視塔と、その下の拘置所本部が見えてきた。玄関にはかすかに明かりが灯り、ガラスの向こうに剣崎たちを待っている当直刑務官の姿が見えた。

「訊問は、私が行ないます」剣崎は言った。階級は、自分のほうが上だった。「古寺さんは見ていてください」

「了解」と古寺は答えた。

地上に駆け上がると、ガードの上を走る電車の音が聞こえてきた。

八神は有楽町駅京橋口に向かい、自動券売機で切符を買った。肩で息をしていたが、終電が近い時間帯とあっては目立つ怖れはない。急いで改札口を通り抜け、目の前の階段を一段抜かしで上って行った。目当ての京浜東北線磯子行きが、四番ホームに停車していた。

「ドアが閉まります。ご注意ください」

構内のアナウンスが響くと同時に、八神は電車内に駆け込んだ。閉じたドア越しに外を窺ったが、警察官の姿はホームには見当たらなかった。

電車が動き出してからも、八神は警戒を解かなかった。ドアに一番近い吊り革につかまり、あたりを見回した。車内は深夜とは思えない混雑で、酒に酔ったサラリーマンやOLたちが、居眠りをしたりお喋りをしたりしていた。その人混みの合間に、こちらに近づいて来る人間はいないかと目を凝らしたが、見当たらなかった。

どうやら今度こそ逃げ切ったらしい。

そう考えた途端、両足がまるで岩のように重くなった。疲れがどっと出た。空いている座席がなかったので、その場でジャンパーを脱ぎ、汗ばんだ体を冷やした。

電車が新橋駅のホームに入った。八神はディパックから地図を取り出し、自分が乗っている京浜東北線の線路を追った。本来なら、品川駅で京急本線に乗り換えるはずだったが、すでに終電が行ってしまった可能性があるのでその計画はキャンセルした。このまま京浜東北線に乗り続けても大きな問題はない。二つの路線は、東京の南端を突っ切って神奈川県に入るまで並行して走っているのだ。ただし、今乗っている電車は、六郷総合病院のあたりに駅はないので、いったん多摩川を越えて川崎駅まで行ってから、徒歩で引き返さなければならない。それでも歩いて十五分ほどの距離だろうと八神は踏んだ。

「業務放送。一号車、車内点検」

スピーカーからの声に、八神は顔を上げた。電車が新橋駅に停車したままであるのに初めて気がついた。

「業務放送。十号車、車内点検」

「一号車、点検終了してません」

複数の声がプラットホームに響いていた。八神は、開いたドアから外を窺った。十両編成の車両の最後尾から、スーツ姿の二人の男が乗り込むのが見えた。ホームには、他に制服姿の駅員が立って、停車したままの列車を見つめている。

刑事が乗り込んだのか？

八神の全身に緊張が戻った。脱いだジャンパーをふたたび着込み、デイパックを両肩に背負った。

この電車から降りなければと考えたが、その時、ホーム中央のベンチに二人の男が座って、列車の出口に目を光らせているのが見えた。

「一号車、点検終了」

「十号車、点検終了」

どうしたらいい、と迷っているうちに、発車のチャイムが鳴り始めた。

「お待たせしました。車内点検が終了しましたので、発車します」

車掌の声が車内に響いた。点検終了とは、どういうことなのか。降りるなら今しかないが、新橋駅全体が、すでに警察によって固められているような気がした。

ドアが閉まった。京浜東北線は、ふたたび南に向かって動き始めた。

取り越し苦労かと八神は考えた。車内点検とやらは、列車の最前部と最後尾にしか行なわれなかった。しかし、とすぐに思い当たった。最後尾から乗り込んだ二人の男は、駅には戻らなかった。今も、この十両編成の列車のどこかに乗っているのだ。

八神は、混雑した車内を、ゆっくりと移動し始めた。七号車から六号車、そして五号車。電車はたったの二分で次の停車駅、浜松町に着いた。開いたドアからホームを窺うと、制服警官の姿が見えた。改札口へと上がる階段のたもとで、乗降客に視線を投げている。

降りるわけにはいかなかった。ドア口に佇み、八神は発車のチャイムを聞いた。その時、前後の車両に続く二つの扉が同時に開き、それぞれ二名ずつの男たちが入って来た。新橋駅で乗り込んで来た連中だ。彼らは、乗客の顔を一人一人確かめながら八神のほうへと近づいて来た。

まずいと感じた時には、ホームへのドアは閉じられていた。電車がゆっくりと動き出した。た。これでは、次の田町に着くまでに発見されてしまう。

焦って前後を見回しているうちに、前から来た男の一人と目が合った。完全に見咎められれた。男は、横の相棒に何事か囁《ささや》き、次いで手のひらを口に当てて何か喋った。八神が慌て首をめぐらせると、後方にいる二人の男が、耳に差し込んだイヤホンに手を当てるのが見えた。

男たちが刑事であることに、もはや疑いの余地はなかった。彼らは車両の前と後ろから、乗客たちをかき分けながら、一直線にこちらに向かって近づいて来た。

こうなったら仕方がない。八神は覚悟を決めた。子供の頃から、一回これをやってみたかったんだ。八神はその場にしゃがみ込み、腰掛けの下にある『非常用ドアコック』のカバーを開けた。

「おい！」

こちらの思惑に気づいたのか、前方から接近していた刑事の一人が足を速めた。八神は構わず、力任せに赤いコックを引いた。

けたたましい警報ベルが鳴り始め、走行中の列車ががくんと前につんのめった。小さな悲鳴が聞こえ、急制動に倒されまいと、乗客たちが吊り革や手すりにしがみついた。

八神は立ち上がり、ドアに手をかけた。左右に押し広げると、扉は簡単に開いた。予想外に強い風とともに、車輪が鉄路をこする高音が流れ込んできた。

八神は飛び降りることができずにいた。列車が、まだ三十キロほどのスピードを保っていたのだ。速度が落ちるのを待っているところへ、体勢を立て直した四名の刑事が、血相を変えて前後から殺到してきた。

もう待っていられなかった。八神は減速を続けている車両から飛び降りた。着地の瞬間、全身が列車の進行方向に持っていかれ、敷きつめられた砕石《バラスト》の上で回転した。起き上がった時も、列車はまだ動いていた。刑事たちを乗せた五号車は、田町方面に向かって移動し続けていた。

八神は逆方向に走り出した。

「動くな！」と叫ぶ声とともに、列車から飛び降りる四つの足音が聞こえてきた。「止まらなければ撃つ！」

日本のお巡りがそこまでするかと思った瞬間、銃声が轟いた。

八神が肩越しに振り返ると、四人の刑事が三両ほど後方を追って来ていた。そのうちの一人が手にした銃を空中に向け、二発目の威嚇射撃を放った。「止まれ！」

ただの脅しか、それとも本気か。脅しだろうと判断して、ふたたび前を向いた時、三発目の銃声が響いて、前方の小石が空中に跳ね上がった。後方から放たれた弾丸が着弾したのだ。

八神は立ち止まり、両手を挙げて振り向いた。

「よし」と発砲した刑事が言った。「そこから動くなよ」

相手の銃口は、真っ直ぐ八神に向いていた。刑事たちは、こちらを牽制《けんせい》するかのように歩調をゆるめ、ゆっくりと近づいて来た。

八神はその場に釘付けになったまま、彼らの背後に目をやった。田町駅を出た山手線の車両が、こちらに向かって走って来るのが見えた。線路を一つ挟んだ右側の路線だ。

「八神俊彦だな？」刑事の一人が言った。

「そうだ」答えながら、対向路線の山手線が速度を落としたのに気づいた。まだ二百メートルほど離れている。止まらないでくれと八神は祈った。

「道路交通法違反容疑で逮捕する。他の罪状については署で訊こう」

刑事たちは、車両一台分の距離まで近づいて来ていた。引きつけるだけ引きつけるしかない。山手線は徐行運転に切り替えたものの、時速三十キロほどの速度で接近していた。

八神はその瞬間のために、頭の中でタイミングを計り始めた。

「両手を挙げたまま、その場に跪《ひざまず》け！」刑事の一人が言った。

八神は戸惑う素振りで、足元の砕石を見下ろした。

「早くしろ！」

その怒鳴り声がスタートの合図となった。八神は斜め前方に駆け出し、腕を伸ばした刑事たちの横をすり抜けた。

「待て！」と叫ぶ声が聞こえたが、もはや発砲を怖れることはなかった。刑事たちの銃口の先を、山手線の車両が走っているのだ。八神はその先頭車両めがけて突進して行った。運転手の目がこちらを向き、線路上を駆けて来る八神を認めた。周囲を揺るがすほどの大音響で警笛が鳴り響くのと同時に、回転を止めた車輪が線路との間に火花を散らした。八神はそのすぐ前を走り抜けようとしたが、線路をまたいだ瞬間、タイミングがわずかに遅れたことに気づいた。巨大な車体が、左側から八神を圧《お》し潰そうと迫ってきたのだ。

八神はその場に跳び上がった。必死に手を伸ばし、運転席の窓に付けられたワイパーを摑んだ。根元を握ったのが幸いしたのか、ワイパーは大人一人の体重を支えきり、八神をしがみつかせたまま線路上を突き進んで行った。

「浜松町まで行ってくれ！」

窓ガラスを挟んですぐ前に見える運転手に怒鳴ったが、相手は愕然と目を見張ったままだった。

時速五キロほどまで減速したのを見届けて、八神は運転席前から飛び降りた。着地の瞬間、枕木に足を取られて転んだが、十一両編成の列車は、線路上に倒れた八神を轢《ひ》き殺す直前で停止した。

長い車列が、刑事たちの進路を遮ってくれていた。八神は起き上がり、線路脇の土手を目指して駆け出した。距離は十メートルもなかった。沿線の道路に下りる階段を見つけ、入口を塞いでいる柵を一気に乗り越えた。

目の前に墓地があった。田町・浜松町間の路上に降りた八神は、背後に細いトンネルを見つけた。そこを抜ければ、頭上に並んだ線路の反対側に出られる。八神は無我夢中で、オレンジの電球が灯る狭い架道橋《ガード》を駆け抜けた。

「どこへ行った!」

口々に叫ぶ声が、トンネルの反対側から反響してきた。八神は周囲を見回した。あたり一帯はオフィスビルが並んでいるだけで、身を潜められるような場所は見つからなかった。

「線路の両側に散開しろ!」

刑事の声とともに、足音が聞こえてきた。そっとトンネルの中を窺うと、こちらに向かって走って来る二人の刑事のシルエットが見えた。

うまく裏をかけるだろうかと考えながら、八神は架道橋を支える鉄枠に手をかけた。奴らは見過ごしてくれるだろうか。

八神は、高さ三メートルほどの壁面をよじ登り、降りて来たばかりの線路沿いの土手に、ふたたび這い上がった。

3

当直刑務官の案内で、古寺と剣崎は拘置所内のエレベーターを使って四階に上がった。

警察官にとって、刑事被告人を収容する拘置所という施設は、意外と馴染みの薄い場所である。被疑者が被告人となる頃には、その身柄は警察官の手から離れているのだ。古寺は、こぎれいなタイル敷きの廊下を歩きながら、ものめずらしく周りを眺めた。拘置所内に取調室があること自体が初耳だった。通常、起訴後の被疑者の取り調べは、検察庁か裁判所内の別室で行なわれる。

「この棟だけ別格なんです」と、古寺たちを先導する年配の刑務官が言った。「地検特捜部専用ですよ」

古寺は合点がいった。ここは、東京地検特捜部が逮捕した政治家とか大企業の重役とかが収容される、いわば特別区なのだろう。娑婆《しゃば》の権力者たちは、犯罪者となった後も特権を享受《きょうじゅ》できるのだ。

「こちらです」刑務官が言って、並んだドアの一つを開けた。

取調室自体は、警察署にあるものと大した違いはなかった。広さは三畳ほど、部屋の中央に三つの机が寄り添って長方形を形作っている。

「では、古寺さんはこちらに」剣崎が口を開き、戸口に一番近いパイプ椅子を指し示した。

剣崎自身は、被疑者と対面する肘掛け付きの椅子に座った。

お手並み拝見といくか。古寺は、言われた席に腰を下ろした。刑事らしさのまったくない現代青年風の監察係の主任が、どのような取り調べをするのか、じっくり見させてもらうつもりだった。

二人が着席して間もなく、ノックの音がした。戸口に控えていた刑務官がドアを開けた。

当直刑務官に付き添われて、ジャージ姿の若い男が入って来た。権藤を刺殺した覚醒剤の売人、野崎浩平だった。

寝ていたところを叩き起こされたのだろう、野崎は目をしばたたかせ、机の前に座っている古寺と剣崎を順に見た。

「そこに座りなさい」刑務官が言って、野崎を着席させた。

「では、何かありましたら、机の上のベルを鳴らしてください」二人の刑務官は、ベルのスイッチを刑事たちに教え、取調室を出て行った。

古寺は、剣崎と野崎を横から見つめ、訊問が始まるのを待った。

やがて剣崎が、「野崎君だね?」と、背もたれに体をあずけたまま言った。

「ああ」目をこすった野崎は、ついでにぼさぼさの髪をかき上げた。「何だよ、これ?」

「緊急の用件でね、ぜひとも君に訊きたいことがある」

「取り調べかよ?」

「だったらどうなんだ?」

「今、何時だと思ってるんだよ」

「十二時三十分だ。それがどうした?」

「刑法第一九五条」野崎が、言葉の塊だけをぽんと投げ出すように言った。「特別公務員暴行陵虐《りようぎやく》罪」

それは、捜査側の拷問に対して科せられる罪状だった。

古寺は妙な胸騒ぎを覚えた。こいつはただのシャブの売人ではないと感じたのだ。少なくとも、入念に法律知識を仕込むだけの私選弁護人がついている。どうして国選ではなく私選なのか。その金はどこから出ているのか。古寺はすぐに、準備不足だと剣崎に警告してやりたくなった。連続猟奇殺人が開始されてから、まだ九時間しか経っていない。我々は、野崎という男の背景を十分に摑まないままにここに来てしまった。

ふてくされた口調で野崎が言った。「俺を早く、舎房に戻してくれないか？」

「お前が喜ぶニュースを聞かせてやろう」と剣崎は言った。「権藤刺殺事件の証人が、一人また一人と殺されているんだ」

その言葉の意味を理解する短い間があってから、無関心の態《てい》だった野崎が動きを止めた。

「お前を有罪に持ち込む証人たちが、殺されているんだよ」

「どうして？」と訊き返した一瞬、野崎の横顔からは邪気が消えていた。

もう訊問は終わりだ、と古寺は思った。自分が取調官だったら、今の表情だけで、野崎は無関係だと断定しただろう。この先、不必要な追及を続ければ、自分たちの首を絞めかねない。

「お前の共犯者がやっているんだろう？」と剣崎が訊いた。

野崎の顔が、もとの罪人の顔に戻った。「共犯者だと？　デタラメを言うんじゃねえよ」

「単独犯だと言い張るのか？」

「違う。共犯はいないし、単独犯でもない。俺は権藤のおっさんを殺したりはしていない」

「あくまでシラを切ろうというんだな？」

「そこまでして俺を人殺しに仕立て上げたいのかよ？　この税金泥棒が！」

剣崎がシャブの売人を睨みつけた。野崎はなおも挑戦的な口調で言いつのった。「早く俺を舎房に戻せ！　さもないと弁護士に言って、お前らを裁判にかけてやるぜ！　泣きを見るのはお前たちだ！」

剣崎が身を乗り出し、右腕を背後に振り上げた。古寺は机の上に体を投げ出し、野崎の顔面に向かった剣崎の拳を止めた。野崎は椅子ごと背後によけようとして、壁に後頭部をぶつけたようだった。

「おい！」目を剝《む》いて剣崎が古寺を睨んだ。

「これじゃあ、どっちが監察係か分からねえな」古寺は皮肉をこめて言った。「あんたが暴走したら、誰にも止められなくなるんだぞ」

「これ以上、被害者を増やすわけにはいかないんですよ！　それが分からないんですか！」

剣崎は摑まれた腕を振り払おうとした。上着の襟口から、脇に下げた拳銃が見えた。正義に取り憑かれた人間の目も、悪党のそれと同じだと古寺は思った。「落ち着け。俺だって被害者を増やしたくはない。だが、こんなことをしたら逆効果だ。聞き出せるものも聞き出せなくなる」

「古寺さんならできるんですか？」挑みかかるように剣崎が言った。

古寺はそれには答えず、剣崎の腕を放した。それから野崎に顔を向けて訊いた。「弁護士を雇う金は、親御さんが出してくれたのか？」

「何？」その場の空気が急に変わったので、野崎は戸惑ったようだった。

「いい弁護士をつけてくれたみたいじゃないか」

「あんたの知ったことじゃねえ」

野崎の声の調子が落ちた。家族の話を持ち出されて、里心がついた証《あかし》だった。こいつとはまだ話し合えると古寺は考えた。

「何だよ、おい？」と、野崎が二人の刑事を見比べた。「親御さんは何をしてる人かな？」「暴力刑事の次は人情派刑事の登場か？」

剣崎がむっとした顔を作ったが、古寺は黙殺した。「情をかけてる訳じゃない。こいつは取り引きだ」

「どんな？」と野崎が小賢《こざか》しい目つきになった。

「権藤武司の遺体が発見されたことは知ってるな？」

「ああ。検事から聞かされたよ」

「これで君の罪状は殺人罪に切り替えられる。おそらく判決は、十年以上の有期刑だろう。だが――」と、何か言いかけた相手を遮って、古寺は続けた。「今夜になって、権藤事件の証人が、すでに四人も殺された。君が関与していると認定されれば、権藤を含めて被害者は全部で五名、判決は間違いなく極刑に跳ね上がる」

野崎は、唖然としながら口を開いた。「……何だって？」

「真実を知りたい」と古寺は言った。「事務的に話そう。こちらの質問に答えてくれ。あらかじめ言っておくが、君が何を証言しようが、こちらは疑わないし、責めることもしない。事実だけを聞きたい」

「いいだろう」焦燥の色を浮かべ始めた野崎は、決闘を受けて立つように言った。

腕組みをして憮然と黙り込んでいる剣崎を一瞥してから、古寺は質問にかかった。「証人が殺されていることに関して、何か思い当たることはあるか？」

「ない」

「権藤を殺したことについても否認するんだな？」

「そうだ」

「身の潔白を証明するようなものは？　アリバイはないのか？」

「アリバイならあるんだ」

古寺は目を上げた。

「ただ」と野崎は、悔しそうにうつむいた。「俺が会っていたのは、シャブを買いに来てた会社員風の客なんだ。名前も連絡先も分からなかった」

「覚醒剤を売っていたことは認めるのか」

「ああ。だが、俺は権藤のおっさんを刺したりはしてない」

「じゃあ、十一名の目撃証言をどう考える？」

「見間違いだ。俺に似た男が犯人だったんだ」

「君自身か、あるいは権藤の周辺に、君とよく似た人物はいたか？　兄弟を含めてだ」

野崎は視線を宙に泳がせ、しばらく考えてから言った。「いや、そんな奴はいなかった」

横にいる剣崎が咳払いをした。いつまでこんなことをやっているんだというクレームだった。古寺は構わず、質問を続けた。「権藤武司というシャブ中は、誰かに恨みを買うような人物だったか？」

「いや、あいつは弱い男だった」

「弱い？」

「この腐った世の中を渡り歩くには弱過ぎたんだ。だから盗みもやったし、シャブにも手を出した。真っ当に生きようとしても無理だったんだ」

「権藤には、友人知人がいたか？」

「いや——」と言いかけてから、野崎の目が焦点を失った。

その表情から、何かを思い出しているのが見てとれた。古寺は待った。

「よく分からないが、権藤に生活費の援助をしてた奴が一人だけいたみたいだった」

意外な話だった。「誰かが金を渡していたっていうのか？」

「ああ。ただし、親兄弟じゃなかったような」

「どうしてそう思うんだ？」

「シャブを買う時に、万札《まんさつ》を何枚か持ってたことがあったんだ。『羽振りがいいじゃねえか』って俺が言うと、慌ててそれを引っ込めて言ったんだ。『人様からいただいたお金でシャブなんか買ったら、罰《ばち》が当たる』ってな。それで権藤のおっさん、ポケットから別の金を出してシャブを買った。そんなことが二、三回あった」

「生活費を出していた人間に関する情報は、それだけか？」

「ああ」と答えた野崎も残念そうだった。「そいつが何かの理由で、あのおっさんを刺したんじゃないのか？」

「それは短絡的すぎる」

「いや、間違いないぜ。きっとその男が俺に似てたんだ。だから見ていた連中が、俺が犯人だと——」

「ちょっと待ってくれ」古寺の頭の中で、引っかかることがあった。犯罪捜査に携《たずさ》わる者ならば、目撃証言というものがどれだけ曖昧であるかは分かっている。しかし今回は、十一名の証人全員が、野崎を犯人だと指名した。そこから考えられるのは、三つの可能性だった。第一に、野崎が真犯人であるという、もっとも蓋然性《がいぜんせい》の高い結論。第二に、野崎と瓜二つの男が犯人であるという、ありそうもない推測。そして三番目の可能性は——

古寺は訊いた。「目撃証人の中に、君の知っている人間はいたかね？」

「こっちは、証人とやらの名前も教えてもらってないんだぜ」

「じゃあ、これから言う名前に心当たりは？」古寺は手帳を出し、田上信子以下、十一名の証人の名前を挙げていった。

聞き終わった野崎は、首を横に振った。「いや、どれも知らない名前だ」

そこへ、剣崎が横から口をはさんだ。「どうしてそんなことを訊くんです？」

「もうしばらくは任せてほしい」古寺は言って、野崎に目を戻した。「今回の事件で、誰か得をした人間はいないか？」

「権藤のおっさんが、保険金でもかけられていたって言うのか？」

「君のためになることだから、よく考えろ。権藤が殺されて、喜びそうな奴はいなかったか？」

しばらく考えてから野崎は言った。「分からないな」

「じゃあ」と古寺は、相手を見据えて言った。「君が逮捕されて喜ぶ人間は？」

野崎が、ぎくっとして顔を上げた。剣崎も虚をつかれたように古寺に目を向けた。

「俺は、嵌《は》められたのか？」野崎が小声で訊いた。

「思い当たる節はあるか？」

古寺を見つめていた瞳が、先程と同じく、すぐに焦点を失った。

早く思い出せ。古寺は念じながら待った。

「まさか……」と野崎は呟いた。

「いるんだな？」

「いる」と野崎は言った。「そいつは、俺が逮捕されて、間違いなく得をした」

「誰だ？」

「俺の親父のことを聞いてくれ」落とし物を探すように、下げた視線を左右に揺らしながら野崎は言った。「野崎光浩《みつひろ》というのが俺の親父だ。小さな出版社の社長でな、俺の無実を信じてくれてる。だから高い金を払って弁護士をつけたんだ」

「いい親父さんじゃないか」

古寺が言うと、野崎はやや複雑な顔になった。「けど、理由はそれだけじゃないんだ。親父は警察が嫌いなんだ。共産主義の信奉者だから」

「共産主義？」覚醒剤の売人の口から思わぬ言葉が出たので、古寺は面食らった。

「いや、社会主義だったかな。何だかよく分からねえが、とにかく左がかってるんだ」

「それで？」と古寺は先を促した。

「その親父が、去年六月の選挙に出ようとした。選挙戦はかなり有利だったらしい。ところがそんな時、俺が逮捕されたんで、親父は立候補を取り下げた。結局、現職の対立候補が棚《たな》ボタで当選したんだ」

「その現職の対立候補の名前は？」

「堂本謙吾だ」

横の剣崎が、素早く視線を動かして古寺の顔を窺った。今度ばかりは古寺も、横を向いて剣崎の視線を受けた。堂本謙吾という代議士は、警視庁公安部に在籍していた元警察官僚だった。『サクラ』の暗号名で呼ばれていた公安秘密部隊の指揮官だった男だ。

「俺が逮捕されて、もっとも得をしたのはその男さ」

ここへ来て古寺は、目の前の若者の話をどこまで信じていいものかと迷い始めた。荒唐《こうとう》無稽《むけい》に思えたが、シャブの売人がでっち上げたにしては話が出来すぎている。

その時、剣崎が古寺に耳打ちした。「ちょっといいですか？」

「何だ？」

古寺は、剣崎に促されて立ち上がると、取調室の隅に行った。野崎は、何事かとおどおどしたような視線を向けていた。

「私の部下に、西川という公安部出身の者がいるんですが」剣崎は被告人に背を向け、ぼそぼそと喋った。「今回の事件を知って、古巣を調べているようなんです」

古寺は顔を上げ、剣崎の顔をまじまじと見つめた。「公安部が関係していると？」

「詳しいことは分かりません。あとで連絡をとってみます」

古寺は頷き、剣崎とともに元の椅子に戻った。

「何の話だ？」

と訊いた野崎を遮って、古寺は言った。「さっきの話に戻ろう。目撃証人と堂本という対立候補の間に、何かつながりはなかったか？」

「そんなのは分からねえ」

「じゃあ、君に殺人の疑いがかかったことに関しては、堂本の謀略であるという証拠は何もないんだな？」

「奴が得をしたってことだけだ」

「分かった」古寺は、話を切り上げることにした。「遅い時間にすまなかった。協力、感謝する。今夜のこの会見のことは、外には漏らさないでくれ。お互いのためだ」

「待ってくれよ。俺はこれからどうなるんだ？」

「分からんよ」古寺は、声に疲労をにじませながら言った。「誰にもな」

剣崎が机の上の呼び出しベルのボタンを押した。すぐに刑務官がやって来て、野崎を立たせた。

「おい、俺の話を信じてくれたのか？」取調室を出て行く時、野崎が訊いた。

「信じてもいないし、疑ってもいない。これから裏付けをとる」古寺は言って、腕時計を見た。午前一時近かった。

ドアが閉まると、剣崎が口を開いた。「話をまとめると、こうなりますね。十一名の証人全員が虚偽の証言をして、野崎を陥れた。堂本代議士の政敵を葬るために」

「ああ」

「この説は事実と符合します。死体所見と目撃証言の不一致ですよ。権藤の遺体には全身に暴行の形跡があったのに、目撃証言ではそのような事実はなかった」

古寺は剣崎の顔を見た。「集団で権藤を殺したか？」

「もしかしたら、虚偽の証言をした十一人が――」言葉を区切った剣崎の顔に、さらに興奮の色が走った。「これなら遺体の盗難にも説明がつく。権藤が死後そのままの姿で発見されたのは、彼らにとっては予想外だった。偽証を覆す証拠が出てきてしまったんです。死体を盗み出したのは、証拠の隠滅《いんめつ》ということも考えられる」

「そのすべてを指示したのが、代議士の堂本ということか」

「そうです」

「しかし、現職の代議士だぞ」

古寺は、五十代なかばの堂本謙吾の顔を思い浮かべた。がっしりした闘士型の体格で、満面に笑みを浮かべても、決して目では笑うことのない男。政界入りした後も、警察幹部の会合には必ず顔を出し、公安部や公安調査庁のもたらす革新系政党の情報を集めて帰って行く与党の権力者。

「一つ引っかかるのは」と剣崎が言った。「証人たちには個人的なつながりがないということです。だからグレイヴディッガーによる犯行が、無差別殺人に見えた」

「接点を消すというのは、公安的捜査手法だと思わないか？　それに、公安部の刑事は警察官名簿から抹消される。氏名から照会しても警察官とは分からない」

「十一名の証人が、全員、公安部の刑事だと？」問い返した剣崎の顔には、やや呆れたような色があった。

「あり得ないか？」

「ええ。今回の被害者は、全員が仕事を持っている社会人です。警察に籍を置いていたわけではありません」

「しかし潜入捜査では、身分を隠して他所《よそ》の組織に入り込むわけだろう？」

「さすがに商社に勤めたりはしませんよ。いいですか、潜入捜査官は、特殊工作の担当者として警察庁に登録されます。そのデータは、我々監察係のところにも来るんです。潜入捜査の過程で違法行為を犯しても、摘発しないようにね」

「ほう？」と古寺は目を上げた。

「今回の目撃証人たちの名前がそのリストにあれば、とっくに我々が気づいてます」

「そうか」

「しかし」と剣崎も考え込むような顔つきになった。「野崎の言い分が正しいなら、証人たちは見も知らぬ他人ではなく、一つの集団を形成しているはずですよね」

骨髄ドナーという共通項はどうだろうかと古寺は考えてみたが、その線は否定せざるを得なかった。被害者たちのドナーカードに記入された登録日が、本年度の日付になっていたからだ。権藤が刺殺された当時、目撃証人たちはドナー登録をしていなかったのである。

では、証人同士を結びつける接点とは一体何か。


「管理官」

本庁舎会議室の越智のもとに、一人の捜査員がやって来た。伊東《いとう》というその刑事の手には、パソコンからプリントアウトされた紙が握られていた。「第三の被害者、春川早苗に送られていたメールです。暗号による通信でした」

「暗号?」驚いた越智は、椅子の上で体を起こし、伊東の差し出した文書を受け取った。

「てっきり文字化けだと思っていたので、解読に時間がかかりました」

文面を目で追った越智は、奇妙な内容に戸惑いを覚えた。

『昨日のメール、読みました。一晩泣き明かしたということで、僕の心も痛みました。

でも、悪いのは君じゃないと思います。職場で孤立しているのは、周囲の人々の悪い気が、たまたま君に向かっているからでしょう。これを断ち切るには、一層の徳を積むしかありません。もしかしたら今夜、君にそのチャンスが訪れるかも。というのも、僕たちの善行が暗礁に乗り上げつつあるのです。協力をお願いするかもしれないので、次のメールを待っていてください。

僕たちが、いつも君とともにいることを忘れないで。君に癒しの時が訪れることを。以上。ウイザードからスノー』

越智は愕然として顔を上げた。「ウイザード？」

「そうなんです。八神を追っていると見られる集団も確か、ウイザードの指示で――」

越智はもう一度、通信文を読み返した。おそらく『スノー』というのが春川早苗に与えられた符丁なのだろう。問題は、発信者の『ウイザード』だった。外務省の役人の証言によれば、八神の持ち歩いていたノートパソコンにも同じ名前が――島中圭二に宛てたと考えられる暗号メールの発信者も『ウイザード』だった。つまり、面識がないと思われていた十一名の目撃証人のうち、春川早苗と島中圭二は、『ウイザード』なる人物を軸に結ばれていたのだ。では、残る九名の証人はどうなのか。彼らがお互いの関係を秘匿《ひとく》したまま、一つの集団を形成していたとは考えられないだろうか。

「ハイテク犯罪対策センターに連絡しろ」越智は命じた。「このメールの発信者、『ウイザード』が誰かを特定するんだ」

「はい」

「すべてが堂本謙吾の謀略だったとしよう」と古寺は言った。「自分が選挙で勝つために、シャブ中の権藤を殺させた。その上で、政敵の息子、野崎に罪をなすりつけた」

「はい」

「実際に手を下したのは、嘘の証言をした十一名。素性の分からない正体不明の一団だ」

古寺は、取調室の椅子に腰を下ろし、天井に目を上げて考えた。「どうやら事件解決の鍵は、この集団の解明にあるようだな。彼らがどんな接点を持っているのか、それに堂本代議士とどういう関係にあるのか」

「ええ。しかし、警察OBの堂本が糸を引いているとなると、どこかで捜査に横槍が入る可能性がある」

古寺は頷いた。「上層部も、堂本の言いなりになるだろう。やるとしたら、我々二人で動いたほうが良さそうだが」

野崎の話が真実だとすれば、つまり権藤殺しに堂本が関与していたとなれば、いずれは代議士を殺人と死体遺棄の教唆、それに虚偽告訴罪で逮捕することになる。

古寺と剣崎は、互いの心中を探るように目を合わせた。

先に口を開いたのは剣崎だった。「俺のやり方は、もうご存知でしょう。相手が誰であれ、犯罪に手を染めたのなら、摘発しなくてはなりません。証拠さえ固めれば、堂本を挙げられるかも知れない」

「早まるな」古寺は慌てて言った。剣崎の攻撃対象は、シャブの売人から政府与党の実力者に移っていた。「俺たちの主眼は、グレイヴディッガーの検挙だ。それを忘れないでくれ」

「ええ」と、言われるまでもないという風情で、剣崎は頷いた。「確かなのは、八神を追い回しているのもこの一団だということです。十一名の目撃証人の中に、島中という男が含まれてましたからね」

「『ジゴロ』、か」呟いた古寺は、司令塔は『ウイザード』だったなと思い出した。

「しかし今夜になって、この一団がグレイヴディッガーによって殺されている」

では、そのグレイヴディッガーとは何者なのか？

「この筋書きを検証するには、どうしても『ウイザード』の集団を洗わざるを得ない。グレイヴディッガーの検挙に、直接関係する話だと思うんですがね」そして剣崎は、試すような視線を古寺に向けた。「古寺さんは、どうするつもりです？」

古寺は覚悟を決めた。「いいだろう。本部への報告は後回しだ。野崎の調べが続いていると思わせておこう」

剣崎は、古寺と会ってから初めて表情を和らげた。

「どう動く？　具体策はあるか？」

剣崎は、「ちょっと待ってください」と言って、携帯電話を取り出した。

監察係の主任は、立て続けに二本の電話をかけた。話しぶりからして、相手はどちらも部下のようだった。

電話を終えると、剣崎が言った。「まず一件。目撃証人の保護に動いている小坂という部下の話です。生き残っている七名の証人は、まだ一人も帰宅してません」

「終電時間が過ぎているのに？」

「そうです。どう考えてもおかしい。それからもう一つ、公安部の動きを探りに行っていた西川です。何か情報を摑んだようなので、これから目白で落ち合うことになりました」

「よし、行こう」

その時、古寺の上着の中で携帯電話が振動した。古寺は電話機を出した。発信者を見ると、『回線非通知』と表示されていた。

「もしもし、古寺ですが」

受話器の向こうから、低い声が聞こえてきた。「骨髄ドナーが殺されているそうだな？」

古寺は思わず訊き返した。「誰だ？」

「困ったことがあるんで電話したんだ」

声の主が分かって、古寺の緊張が一気に解けた。「久しぶりだな、八神」

「ああ」

田町駅と浜松町駅の中間、JRの三路線が走る土手の縁で、八神は釘付けにされていた。下の路上では、数分おきにパトカーや警官たちが駆けずり回っている。捜索の手が、JRの線路上に伸びてくるのは時間の問題だ。

「どこにいる？」と古寺が訊いてきた。

「大体の位置は分かっているはずだ」八神は身を伏せたまま言った。電車の往来が途絶えた今、騒音に通話を遮られる心配はなかった。「俺の周りを、お巡りたちがうじゃうじゃ歩き回ってやがる」

「いよいよ追い詰められたか？」

「ああ。そうじゃなければ、逆探知の危険を冒してまで電話なんかしない」

「安心しろ。逆探知なんかしてない」

八神は信じていいものか迷ったが、進退窮《きわ》まった今となっては、旧い知人と電話をするより他にやることはなかった。

「一つ訊きたい」と八神は言った。「こいつは仮の話だ。移植を控えた骨髄ドナーが犯罪者だった場合、それでも警察はそいつを捕まえるか？」

「もちろんだ」

「白血病患者を助けるのが、翌日に迫っていてもか？」

「間違いなく逮捕はする。勾留後《こうりゅう》にどうするかは、前例がないので何とも言えん。つまり、法務省の公式見解はまだないということだ。被疑者本人が怪我をしているのなら病院に行かせるが、他人の病気の治療となるとどうかな」

「白血病患者を見捨てる場合もあるってことか？」

「場合によってはな。なあ、八神」と古寺は声の調子を和らげて言った。「俺たちは、ほんの十時間前から、極めて異常な事件に遭遇してる。すべてが後手に回って、司法解剖すら追いつかん。何も確かなことは言えないんだ」

八神は笑った。「相変わらず、あんたは正直なお巡りだ」

「それだけが取り柄さ」

八神はそこで口を噤《つぐ》んだ。土手の下を、回転灯をつけたパトカーがゆっくりと近づいて来るのが見えた。「おい、どうした？」と問いかける古寺を放ったまま、車が走り去るのを待った。パトカーは一度停止したが、土手下の架道橋に入って、線路の反対側へと走り去った。

「人気者は辛いぜ。みんなが追い回して来る」

「質問をさせてくれ」と古寺が口調を改めた。「イエスかノーかで答えろ。お前は今夜、連続殺人を犯したか?」

八神は言った。「ノー」

「よし。それなら、今のうちに出頭しろ。警察に身の潔白を——」

「駄目だ。暴走行為やら何やら、人殺し以外なら全部やった。それに、自首と自殺だけはしないのが俺の流儀だ」遠くにサイレンの音を聞いて、八神は焦り始めた。「時間がない。条件を出す」

「条件? 何だ?」

「こっちは連続殺人の手掛かりを握ってる。島中圭二という男が持っていたノートパソコンだ。浜松町駅近辺の緊急配備を解いてくれたら、その証拠をくれてやる」

少しの間、沈黙があった。「物《ぶつ》を見なけりゃ、何とも言えんな」

「中身はメールによる暗号通信だ。『ウイザード』という男に率いられた一派が、骨髄ドナーの名簿を入手していた。島中もその中の一人だ。それに、『リーマン』だの『スカラー』だの、ふざけた名前の連中が俺を追い回している」

古寺が黙り込んだ。

「ついでに言うと、そいつらの後ろから、島中を殺した奴が追いかけて来てるようなんだ」

「ほう? 確証はあるのか?」

「論理だよ、ワトソン君」と八神は言った。「俺を追い回しているのは島中の一派で、島中を殺した人間はさらに別にいるってことさ」

「こちらの推測と一致しているようだ」と古寺は言った。「島中の仲間だが、本名は分からないか？」

「いや、暗号名だけだ。どういうわけか俺の居所を突き止めて、追っかけて来るんだ」

「追い回される理由に心当たりはないんだな？」

「ない」

そこへ、土手の下の路上を、自転車に乗った制服警官が走って来た。相手が通り過ぎるのを待ってから、八神は小声で続けた。「ノートパソコンには、削除されたデータがある。専用のソフトを使えば再現することができるんだ。警察にとっちゃ、宝の山じゃないか？」

無言の時間が続いたので、八神は焦《じ》れた。「早くしてくれ。時間がない」

「自力でそこを抜け出せ」と古寺は言った。

八神は耳を疑った。「何だって？」

「上層部に言っても、お前の要求は突っぱねられる。それに俺としても、何もしてやれることはない」

八神はもう一度言った。「あんたは正直なお巡りだ」

「それが俺の欠点だ。未だに巡査長のままでな」

「仕方がない」八神は、電話機を持ち替えた。前後に伸びる鉄路を見渡して、逃げ切れるかどうかを考え始めた。「時間をとらせて悪かった。縁があったらまた会おう」

「ああ。それから」と、古寺はかしこまった調子で言った。「骨髄移植の成功を、俺も望んでいる」

「知ってたんだな？」

「何としても白血病患者を助けろ」

「分かった」

八神は電話を切り、体を起こした。長い間身を伏せていたので、あちこちの筋肉が固まっていた。こうなったら、線路上を進んで行くしかない。南に向かって十五キロも歩けば、六郷総合病院までたどり着くことができる。

その時、急に携帯電話が鳴りだしたので、八神はぎょっとした。慌てて受信し、土手の下を窺ったが、警察官の姿はなかった。

「八神さん？」と可愛い声が聞こえてきた。女医の岡田涼子だった。「今、どこ？」

「浜松町まで来た。これからそちらに向かう」

「どうやって？」と岡田涼子が訝しげに言った。「電車はとっくに終わってるでしょ？　タクシーに乗るの？」

「歩く」

「本気？」

「ああ」

「八神さん」と、居住まいを正すかのように、女医は口調を変えた。「夕方の六時からつき合ってきたけど、何だか信じられなくなってきたわ。本当にこっちに来る気があるの？」

それを言われると弱かった。約束の時間から、すでに七時間以上も遅れているのだ。

「まさか、病気の患者さんを見捨てるつもりじゃ――」

「そんなことはない。信じてくれ。絶対にそちらに行く」焦っている八神は、そこで電話を切ろうとした。

「前から訊きたかったんだけど」と岡田涼子が言った。「どうして骨髄ドナーを志願したの？」

「こんな悪党面には似合わないか？」

「そんなことはないわ。八神さんは、そんなに悪い人じゃないはずよ」

意外な言葉に、八神は携帯電話を持ち直した。「俺が悪い人間じゃない？」

「うん。悪そうな顔の人ってね、良心の葛藤があるから悪そうな顔になるのよ。良心のかけらもない本物の悪人は、普通の顔をしてるわ」

それを聞いて、八神の心は妙に軽くなった。

「ドナーになろうとしたのは、何かの罪滅ぼし？」

「ああ」と、八神は素直に認めた。電話の向こうの女医にならな、何でも打ち明けられるような気分になっていた。「相手は選べないが、できることなら子供の命を助けたい。前に一度、子供たちの夢を叩き壊したんでな」

「気にすることはないわ。今の大人はみんなそうだから」女医はあっさりと言った。

八神は、岡田涼子という医師が、専門を間違ったのではないかと考えていた。内科よりも精神科に行っていたほうが、より多くの患者を治したのではないのか？

「でも、いい心がけだわ。分かりました。こちらはもう少し、八神さんを待ってます」

「頼む」まだ女医と話していたかったが、前方に小さな光を見つけて電話を切った。八神は砕石の上に腹這いになり、二つの光の点に目を凝らした。

懐中電灯のようだった。その光がすとんと下に落ちたので、田町駅のホームから二人の男が線路上に飛び降りたのだと分かった。肩越しに後方を窺うと、いつの間にか浜松町駅からも二つの光が接近していた。土手の左右に散開し、線路上を照らしながら、ゆっくりとこちらに近づいて来る。

どうしたらいい、と考えて、八神は線路脇の鉄柱に目をとめた。架線を支えるための柱は、鉄片を組み合わせた格子状の構造になっていた。隙間に両手両足をかければ、よじ登って行けそうだった。

八神はもう一度、前後の四つの人影を見た。彼らの懐中電灯は地面を照らすだけで、決して上に向くことはなかった。柱の上まで行けば、男たちをやり過ごすことができるのではないか。

八神は這って鉄柱の下に移動し、上を見上げた。その時、思いもよらぬ逃走路を発見した。鉄柱は、さらにその上を走るモノレールの軌道に向かって伸びていた。その二つはつながってはいないが、鉄柱の上から手を伸ばせば、モノレールの軌条に乗り移れそうだった。

問題は高さだった。羽田空港へと向かうモノレールは、ビルの五階ほどの空間を走っているのだ。

下を見なければ大丈夫だ。八神は自分に言い聞かせると、鉄柱に手をかけ、音をたてずに登り始めた。

4

覆面パトカーを東京拘置所に残し、剣崎は機捜車に乗り込んだ。大柄な機捜隊員がさすがに疲れている様子だったので、剣崎が自らハンドルを握った。

西川と落ち合う予定の目白のファミリーレストランまでは、緊急走行で行けば十五分程度で到着するだろう。走り出してすぐ、剣崎は不満を口にした。「どうして八神の取り引きに乗らなかったんですか」

「さっきの電話か？」と古寺が言った。

「そうです。うまく行けば、ノートパソコンごと、奴を取り押さえられた」

「そんなことをしたら、奴を裏切ることになる」

剣崎は舌の先を尖らせた。「相手は重要参考人ですよ。しかも前科のついた人間の屑だ。どうしてそこまでして奴の肩を持つんですか」

古寺は肩をすくめ、訊いた。「そっちは、どうしてそこまで八神を憎むんだ？」

「警察官と犯罪者だからでしょう」

「そうか。俺は犯罪者が好きでな」

剣崎は思わず助手席を見た。「何ですって？」

「殺人とか強姦とか、被害の回復が不可能な犯罪は別だ。ああいうことを仕出かす奴は、厳罰に処さねばならん。だがな、詐欺師とかこそ泥とか、俺はああいう連中が好きなんだ。だから刑事になった」

「なぜ」と剣崎は訊き返した。

「俺の親父が盗みをしてたからさ」

意外な話に、剣崎は古寺に目を向けた。警察官の採用に当たっては、親族に犯罪者がいないことは確認されるはずだ。

剣崎の視線を受けとめた古寺は、口元に弱々しい笑みを浮かべて語り始めた。「昭和三十年代、まだ日本が貧乏だった時代だ。いや、貧困があることを隠さない時代だと言ったほうがいいかな。親父はデパートの営業部にいた。毎日、仕事が終わるといろんな食べ物を持ち帰ってくれた。パンやら牛乳やら、当時は高級品だったバナナやら。俺はそれを食って、このとおり大きくなった。親父が勤め先から食べ物を盗んでいたと知ったのは、中学を出る頃だ」

語っている古寺の目が、深夜の路上を歩いている高校生のグループに向けられた。「親父は仕事を首になっただけで、警察沙汰にはならなかった。職を失った親父が家に帰って来た時、お袋も俺も妹も、どうやって出迎えたものかと困ったもんさ。世間から見りゃ犯罪者だが、俺たちにとっては子供思いの父親だったんだからな。結局、お袋が、なけなしの金をはたいて近所の洋食屋に行った。そこで親父の転職祝いのパーティをやったんだ。まだ次の勤務先も決まってないのにな」

古寺は、大きな体を背もたれにあずけた。そして剣崎に訊いた。「あんたがその時、お巡りをしていたら、俺の親父を捕まえたかい？」

剣崎は返答に窮した。「しかし、八神という男は別でしょう。自分の子供のために犯罪に手を染めているわけではない」

「いや、あいつは善人だ」と古寺は言い切った。「俺が少年課にいた時、奴が起こした恐喝事件があってな」

「善人が、恐喝事件なんかを起こしますか」

「まあ聞け。八神のクラスメートに、東大を目指すようなガリ勉がいたんだ。そいつが天体望遠鏡ほしさに、親や教師に内緒でアルバイトを始めた。校則違反を承知で、ファーストフードの店員になったんだ。そこへ八神がやって来た。八神はハンバーガーやら飲み物を注文した後、こう言ったんだ。『親や教師にばらされたくなかったら、ポテトもつけろ』ってな」

剣崎は笑ってしまった。「可愛い恐喝ですね」

「それが奴の手口さ」古寺は、人から聞いた気《き》の利いた冗談を伝えるように、顔をほころばせながら続けた。「ガリ勉のほうは、それで秘密を守ってもらえるんならと、ポテトをつけた。ところが日を追うごとに、八神の要求はエスカレートしていった。ポテトからハンバーガー、それにモーニングセット。しまいには、三十人の仲間を集めてお誕生会まで開く始末でな。結局、被害金額五十万円で、ようやく御用となった」

「処分はどうなったんです？」

「保護観察だ。鑑別所送りは、俺が阻止した」

剣崎は、やや皮肉な調子に戻って言った。「奴の肩を持ち始めたのは、それからですか」

「ああ。あいつが自分のお誕生会なんかを開いたのは、どうしてだと思う？」

剣崎は答えず、古寺の回答を待った。

「家に帰っても、十六歳の誕生日を祝ってくれる奴なんか一人もいなかったからさ」

非行少年にはありがちな話だった。「家庭環境が悪かったんですか」

「ひどすぎた」吐き捨てるように言って、古寺は真剣な顔になった。「あいつよりも幸せな家庭に育ちながら、もっとひどい罪を犯した奴らは腐るほどいる。八神の前科なんか、屁《へ》みたいなもんだ。それほど奴の置かれた環境は熾烈《しれつ》だったんだ」

「どんなふうに、ですか？」

「奴の体には、実の親から振るわれた暴力の痕が残ってるだろうよ。火傷《やけど》や切り傷が全身にだ。あいつは、世間的には普通の顔をした悪魔に育てられたんだ。そんな境遇を、たった一人で生き抜いてきたってわけさ」

サバイバリスト、という言葉が剣崎の頭に浮かんだ。何があっても生き延びる奴。

「八神を逃がしたことに不満なんだろうが」と古寺は言った。「いずれ時間が解決してくれる。証拠のノートパソコンとやらは、骨髄移植が完了すれば、奴が寄越してくるはずだ。おそらく、ささやかな見返りと引き替えにな」

「どんな見返りです？　まさか逮捕を免れようとか？」

「いや、何だろうな」と古寺は考えてから答えた。「ポテトじゃないか？」

剣崎は助手席を見た。古寺が見返していた。しかめ面を続けようと思ったが、剣崎はこらえ切れずに吹き出した。

古寺も笑いながら、「八神ってのはそういう奴さ」と言った。

「要求がそれ以上、エスカレートしないことを祈りますよ」言いながら剣崎は、自分でも意外なことに、この機捜隊員となら、うまくやっていけるのではないかと考えていた。

それから十分後、古寺が助手席のペダルを踏んで、緊急走行のサイレンを止めた。剣崎は、新目白通りにあるファミリーレストランに車を乗り入れた。

一階の駐車場から二階に上がると、奥の席に西川がいた。でっぷりした体をシートにあずけ、コーヒーカップを口に運びながら、上目遣いにこちらを見ている。

この男を前にすると、どういう訳か気分が鬱《ふさ》ぐ。おそらく、悪代官のような顔をした西川が、いつも悪巧《わるだく》みをしているように見えるからだろう。

古寺と並んで腰を下ろすと、目の前の西川が仏頂面のまま言った。「主任が一人で来るのかと思っていたが」

「二機捜の古寺さんだ。俺と一緒に動いてもらっている。信用してもらって大丈夫だ」

古寺が軽く頭を下げた。西川は、値踏みするように古寺を見つめていた。

ウェイトレスに二人分のコーヒーを頼み、剣崎は「それで？」と元公安部員の部下に問いかけた。「古巣に探りを入れていたようだが？」

「ああ。こいつを見てくれ」西川は、周囲をそれとなく見回してから、一枚の紙を差し出した。

剣崎と古寺は、その紙面を覗き込んだ。『M－1』から『M－11』の通し番号の横に、十一名の男女の氏名と住所、電話番号が並んでいた。恩田貴子、加藤信一、木村修、佐山洋介、島中圭二、田上信子、根元五郎、林田弘光、春川早苗、平田行彦、渡瀬哲夫――

剣崎は顔を上げた。「例の目撃証人のリストか？」

「違う。エス工作のリストだ」

「エス工作？」古寺が驚いたように言って、剣崎の手から名簿を取り上げた。

「権藤刺殺事件の目撃者を、警察庁のデータベースに照会したんだ。刑事部からは分からない、公安独自のパスワードを使ってな。そうしたら、この名簿がヒットした」

「どういうことだ？」と剣崎は訊いた。エス工作というのは、犯罪組織の中に、警察に協力するスパイを獲得する秘密工作のことだった。エス工作の〝エス〟とは、SPYの〝S〟である。内通者たちが警察庁のデータベースに登録されるのは、彼らが別件で違法行為を犯した場合、事情を知らぬ他の部署が逮捕してしまうのを防ぐためだった。組織犯罪撲滅のためには、協力者個人が犯した罪は見逃されるのである。

今回、公安部のデータベースにこの者たちの名前があったということは、彼らが国家転覆を目論む危険団体の構成員である上、組織内部の情報を捜査当局に漏らしていたことを意味していた。

「この十一人は、何かの思想団体に？」

「カルトだ」と西川は言った。

「どんなカルトだ？　団体名は？」

西川は不意に黙り込み、ジャンパーのポケットから煙草を出して、テーブルの縁に置いた。するとそれが合図であったかのように、西川の背景で一人の男が立ち上がった。剣崎たちの視界にずっと入っていながら、一度も注意を引くことのなかった男が、ゆっくりとこちらに近づいて来た。

グレーの背広姿の男。年齢は四十くらいだが、平凡という言葉がこの男の特徴を言い当てていた。雑踏の中にいれば、絶対に目を引くことのないありふれた風貌だ。

「長谷川《はせがわ》さんだ」と西川が紹介した。「所属は訊かないでくれ」

剣崎は会釈しながら、公安部の刑事に違いないと確信していた。

長谷川は、西川の横に座り、テーブルの上で両手を組んだ。そして抑揚のない声で言った。「リストにある十一名に関心がおありのようですね」

「ええ。長谷川さんが、エス工作の担当を？」

「いや、私ではありません。投入された捜査官は、他におります」

「投入、ですか」公安部がかなり本腰を入れているのが察せられた。潜入捜査まで行なわれているらしい。

「差し支えなければ」と、横から西川が訊いた。「投入されたのは？」

「総務課の三沢《みさわ》です」

「あいつか」と、西川が遠くを見るような目になった。三沢という潜入捜査官を知っているらしい。

「それで」と剣崎は言った。「この十一名の獲得協力者は、どのような団体に属しているんですか？」

「公安部の符丁で『ミニスター』、略称『M』と呼ばれるカルト集団です。内実は、他のカルトにもよくあるように、各種宗教の教義を混ぜ合わせた団体で、いわゆる〝癒しブーム〟に乗って信者を獲得したようですね。総信者数二百名の、小さな団体です」

「公安部が危険団体に指定したのは、どういうわけで？」

「それが、よく分からないんです」と、長谷川はかすかに戸惑いの色を見せた。「私も『M』に関しては、仄聞《そくぶん》しただけです。いつの間にか上層部の決定で三沢が送り込まれ、この十一名が内通者として獲得された」

輪郭は摑めたものの、まだこの団体には不明な点が多すぎた。「教祖は何者なんです？」

「奇妙なことに、それすらも不明なんです。分かっているのは、団体内で教祖を指す暗号名、『ウイザード』だけです」

その単語を聞いて、剣崎と古寺は顔を見合わせた。八神襲撃の指示を出しているのも『ウイザード』だ。するとやはり、八神の件だけではなく、権藤刺殺事件も『M』による組織的犯行と見ていいのではないだろうか。一見、無関係に見えた目撃者たちが、一つの集団に所属していたのだ。

古寺が口を開いた。「少し突飛に聞こえるかも知れませんが」と前置きして、長谷川に訊いた。「公安部OBの国会議員、堂本謙吾がこの団体に関与しているという話は聞いていないですか？」

すると、長谷川の目が見開かれた。「そのような情報を、刑事部が摑んでいるんですか？」

「未確認ですがね。堂本が、『M』を利用していたという事実はないですか？」

「実情は逆です。『M』の壊滅を狙って、潜入捜査をするよう圧力をかけたのが堂本だったんです」

剣崎は思わず訊き返していた。「壊滅を狙って圧力を？」

「そうです。警察庁警備局に」

それを聞いて、古寺も怪訝そうな表情になった。剣崎たちが描いたシナリオでは、堂本が『M』のメンバーを操って権藤刺殺事件を起こし、政敵の息子に罪を着せたことになっていた。ところが実際は、堂本が『M』の摘発を指示していたことになる。

必死に頭をめぐらせる剣崎の横で、古寺が訊いた。「今夜になって、この内通者たちが殺されているのはご存知ですか？」

「ええ」と長谷川は頷いた。「先程、西川さんから聞いて驚きました」

「長谷川さんは、今回の事件をどう思われます？」

「素直に考えるなら」と長谷川は視線を泳がせながら言葉を継いだ。「『M』の内部で、警察への協力者の粛清《しゅくせい》が始まったのではないでしょうか」

長谷川が物騒な言葉をさらりと口にしたので、剣崎は公安部員が別の世界の人間であるとあらためて感じた。「つまり、裏切り者の処刑を？」

「そうです」

「今夜の件に関して、公安部は動いていないのですか？」

「私には分かりません。責任者は三沢ですから」

どうやら鍵を握るのは、三沢という潜入捜査官のようだった。

「こんなことでよろしいでしょうか」長谷川が言った。その慌ただしい口調は、自分が少し喋りすぎたと後悔しているからだろう。

「参考になりました。ありがとうございました」

古寺が頭を下げると、長谷川は立ち上がった。そして自分がいたテーブルに行って伝票を取り上げ、そのままレジに向かった。

「三沢なら知ってる」と西川が言った。「連絡なら取れるかも知れん」

「西川さんに頼んでいいか？」

「ああ」

剣崎は、部下の協力的な態度を意外に感じた。

「待っててくれ」西川は、三沢との会話を聞かれたくないらしく、携帯電話を持って店の出入口に行った。

「さっきの話だが」と古寺が言った。「一つ、気づいたことがある」

「何ですか？」

「グレイヴディッガーが、『M』の内部の人間で、裏切り者を処分しにかかったという話だ。もしもそれが本当なら、三沢という潜入捜査官と、それに堂本謙吾の命も狙うんじゃないのか？」

「つまり犯行の動機は、敵対勢力への報復？」

「そうだ」

「だとすれば、最終的な狙いは要人の暗殺ということになりますよ」

「しかし、どこかまだ腑に落ちない」

それは剣崎も同感だった。「長谷川の話が真実なら、グレイヴディッガーを挙げる早道

があります よ」

「何だ？」

「堂本謙吾を張るんです。そこに、奴の命を狙う墓掘人が現れるかもしれない」

「なるほどな」と古寺は頷いた。

そこへ西川が戻って来た。「三沢の携帯にメッセージを吹き込んだ。いずれ返答が来るはずだ」

「よし」と古寺が言って立ち上がった。「剣崎主任は、西川さんと動いてくれ」

「古寺さんはどうするんです？」

「堂本の所在を突き止める。手掛かりがない以上、そこで墓掘人を待ち伏せるしかない」

## 5

線路脇から鉄柱を登ること七メートル。八神はそこで、前後から来た四人の追っ手をやり過ごした。逃走犯を追う男たちは、懐中電灯を空中に向けることはしなかった。彼らは視線を線路上に落としたまま、鉄柱の前ですれ違ってからも互いの進行方向に向かって歩き続けた。

一団が十分に遠ざかるのを見届けてから、八神は柱のさらに上を目指した。

鉄柱の先端は、土手下の車道から見れば、ゆうに十メートルは超えた高さにあった。その真上、体を伸ばせば手の届く位置に、モノレールの軌道を支える橋桁《はしげた》があった。しかしそちらに乗り移るためには、鉄柱の先端で体を起こし、宙に身を立てなければならない。いざそれをやる段になって、八神は自分の考えの甘さに気づいた。高さがもたらす恐怖は想像以上だった。しがみついている柱から二本の手を放すと考えただけで、足がすくむ思いだった。

八神はもう一度、地上を見下ろした。足を滑らせれば、間違いなくあの世行きだ。こんなことをして何になるという不貞腐《ふてくさ》れた考えが、急に心の片隅に巣くった。体のあちこちが痛かった。空腹は限界を通り過ぎて腹痛に変わっていた。こんな状態で、空中スタントを演じるなどとは狂気の沙汰だ。うまくいくはずがない。橋桁を摑みそこねて、十数メートル下の地面に叩きつけられるのが関の山だ。

ならば引き返すかと地上に目を戻した時、何かが八神の髪を上に引っ張った。驚いて目を上げたが、そこには何もなかった。風が吹き抜けただけだったのかも知れなかった。だが、そよ風のいたずらは、幼児の小さな手の感触に似ていた。

八神は鉄柱を抱え込んだまま、動きを止めた。自分が何のためにこんなことをしようとしているのかを考えていた。贖罪《しょくざい》のためだろうか。偽オーディションで子供たちを傷つけたことを悔いているのか。どうやら違うらしいと八神は結論づけた。自分が助けようとしているのは、無力な子供ではないのか。本人には責任のない不幸に翻弄《ほんろう》され、痛めつけられ、膝を抱えて泣くことしかできない憐《あわ》れな幼子《おさなご》。

それは自分自身の過去の姿だった。

八神は悟った。白血病患者の救命は、人生最大のギャンブルだったのだ。賭けるのは金ではなく、持っていることすらも忘れていた自分自身のプライドだった。実の親の暴力によって、お前には何の価値もないと言われ続けてきた自分が、自尊心を取り戻すためのただ一つの道。

「いいだろう」と、八神は頬を撫でる風に向かって言った。「やってやる」

俗人が他人の命を救おうとするならば、向こう見ずな一時的熱狂の力を借りなければできないのだろう。そして八神は、その一時的熱狂を取り戻した。白血病患者の命を救うべく、柱の先端部に覆いかぶさるようにして這い上がると、そのままバランスを保ちながら二本の足だけで立ち上がった。

肩の位置に、二本のレールを支えている鉄骨があった。それを両腕で抱え込んでから、ゆっくりと体重を上半身に移した。足場を失ったまま、八神は鉄骨からぶら下がっていた。体に反動をつける時が一番怖かった。両足は何の支えもなく、ビル四階の高さに浮いているのだ。それでも何とか両足を振ると、その反動を使って全身を引き上げた。

うまくいった。鉄骨に跨《また》がることに成功した八神は、そのまま尺取り虫のように這い進み、左手のレールの下まで行った。

モノレールが走る軌道は、コンクリートでできていた。断面は四角形で、そのレールが浜松町と羽田空港を結んでいるのだ。八神がいる鉄骨からは、一・七メートルほどの高さがあったが、レールの側面に車両を走らせるための滑車があって、それを手掛かりによじ登ることができた。

八神はついにレールの上に立った。幅は八十センチくらいしかない。地上で歩くには十分な幅だが、風が吹きつける十五メートル上空では、それは命を懸けた平均台だった。

俺の前世はサーカス団員かも知れないと思いながら、八神は両手を左右に広げ、南に向かって歩き出した。危険きわまりない空中散歩だが、少なくとも警察が追って来る心配はなかった。このままレール伝いに行けば、大森界隈までは一直線だ。適当な所で停車駅に移り、そこから地上に降りれば、警察の緊急配備網からも脱出できる。

モノレールの軌道は、ビルの合間を縫って進んでいた。東京の過密ぶりが、こんなところにも現れていた。実際に車両に乗ってみれば、窓の外ほんの数メートルの位置に、仕事に精を出している会社員の姿を見ることができるだろう。

八神は周囲の風景に目を奪われないように注意した。転落死したら元も子もない。ノートパソコンや携帯電話を入れたデイパックの重みが有り難かった。それだけでも、細いレールの上に自分の両足をつなぎ止める助けになっているような気がした。

しばらく歩き続けると、高さに慣れてきたのか、普通の速度で歩けるようになった。下手に用心深くなるよりも、一定のテンポを保って歩いたほうが安全だと分かったのだ。

この調子だ、と自分を励まし、ちらりと前方に視線を上げた瞬間、体のバランスが崩れた。腹の中に、氷の塊を突っ込まれたような寒気が走った。たたらを踏んだ左足が、レールからはみ出した。とっさの判断で、八神は右足も踏み外した。真下に落下した体は、レールを跨ぐ形で急停止した。

声が出なかった。急所をしたたかに打ったのだ。やめてくれ、許してくれ、との懇願も虚しく、少しの時間差をおいて下腹部から摩訶《まか》不思議な激痛が押し寄せてきた。男はつらいよ。痛みから気を逸らそうと、必死に頭の中で九九《くく》を暗唱しながら、八神は前方を見やった。バランスを崩した理由はすぐに分かった。カーブにさしかかったレールが、内側に向けて大きく傾いているのだ。そのバンクは深い角度ではなかったが、歩いて行くとなると不安があった。

人助けとは何と困難なことだろう。

まだ続く痛みから逃れようと全身をくねらせながら、八神は傾斜しているレールの上で匍匐《ほふく》前進を開始した。

「三沢から返事が来た」

携帯電話で話していた西川が、テーブルに戻って来た。『M』について話が聞けるそうだ。今から会いに行く」

「よし」と剣崎は立ち上がった。

二人は、勘定を払ってファミリーレストランを出た。駐車場には西川の乗って来た覆面パトカーがあり、剣崎は助手席に乗り込んだ。

車が都心に向かって走り出すと、剣崎は訊いた。「三沢という潜入捜査官は、どこまで喋るだろうか。公安部員は、同僚にも情報は漏らさないと聞いているが」

「その点は心配ない。奴には貸しがあるんでな」

「貸し？ どんな貸しだ？」

西川は、助手席の剣崎を一瞥して言った。「この際、主任には何でも教えてやる。公安部の裏金を操作して、俺が奴の借金を埋めてやったのさ」

剣崎は、シートの上で思わず座り直した。「何だって？」

「公安部の活動予算は、すべてが秘匿されてる。額も使い途も、すべてがな。上に行けば行くほどピンハネができるんだ。汚職の温床さ」西川は言って、薄笑いを浮かべた。「少しは社会勉強になったか？」

「お陰様で」

西川は鼻を鳴らし、顔を前方に戻した。

剣崎は、この年上の部下が、監察係に配属されてからまるでやる気を見せなかった理由が分かったような気がした。暴力団と癒着《ゆちゃく》する刑事、覚醒剤に手を出す捜査員、剣崎たちが捕まえてきた者たちは、犯罪者には違いなかった。だが、雑魚だった。そんな奴らを捕まえて何になると西川は言いたかったのではないのか。警察内部の、もっと悪い奴らは別にいる。税金を盗んで私腹を肥やす連中が。その者たちを捕まえない限り、自分たちの仕事はただの弱い者いじめだ。

剣崎はもう一度、ハンドルを握る部下を眺めた。奇異な感じが残っていた。長谷川に引き合わせた経緯といい、三沢へのアポ取りといい、今回に限って西川はいつになく協力的だった。

「それで西川さんは」と剣崎は訊いてみた。「どうして今回、三沢から借りを返してもらおうと思ったんだ?」

「さあな」と、相変わらずの仏頂面で西川は言った。

「やけに熱心じゃないか」

「強いて言えば」と西川は首をひねってから言った。「身の危険を感じているのかも知れないな」

「身の危険? どういうことだ?」

「例の墓掘人伝説さ。あの話を聞いた時、俺は嫌な感じを受けた。グレイヴディッガーとやらが狙い打ちにしたのは、異端審問官なんだろう？」

「そうだ」

「現在の日本では、公安部が異端審問をやっているのさ」

「え？」と剣崎は、運転席の西川を窺った。

西川は、ぼそぼそと続けた。「あの部署に配属されてから、俺は中野にある警察大学校に入った。公安部員に英才教育をする機関だ。生徒は本名を隠し、盗聴や尾行技術を学ぶんだ。中でも徹底していたのが反共の思想教育だ。共産党は悪だ、アカを許すなってな。そうやって公安部員たちは、異端審問官になっていくのさ」

「普通の警察学校でも、反共教育は行なわれているだろう」

「程度の問題だ。公安部員が叩き込まれるのは、共産党員をのさばらせれば国が滅ぶってことだ。毎日そんなふうに洗脳されれば、違法捜査も平気でできるようになる。家宅侵入、盗聴、盗撮、買収。何のことはない、公安部のほうがカルト集団になっていくのさ」

「西川さんは洗脳されなかったのか？」

「自分じゃ分からないのが、洗脳の怖いところだ。もちろん俺は、一市民として、共産主義は支持しない。資本主義は人間を浅ましくし、共産主義は人間をぐうたらにする。その両者が闘ったら、ぐうたらな奴らが自滅したというのが世界の歴史だ。俺は強い側に身を置いていたい」

剣崎は相づちの代わりに笑い声をたてた。

「だから、本当に現体制が転覆しそうになったら、俺は本気で闘う。共産主義政権の誕生は、何としても阻止しなけりゃならん」

そんなことが、現実に日本に起こり得るのかと剣崎は疑問に感じたが、口には出さなかった。

「そう思ってしまうのが、洗脳の結果であるかどうかは分からん」

「ならば、悩む必要はないんじゃないか？　反共の結論は一致してるんだから」

西川は首を振った。「だがな、現行の民主主義だって完全じゃない。多数決の原理っていうのは、四十九人の不幸の上に五十一人の幸福を築き上げるシステムなのさ。もっと言えば、支持率三割の政党が政権をとれば、七割の意見は無視される。否定された側は泣き寝入りするしかない。そっちの側に自分がいないことを祈るのみだ」

「結局、何が言いたいんだ？」

「おそらく、誰も気がついていないだけで、現体制よりももっといい社会の仕組みがある。大昔の人間が、今の民主主義なんてものに気づきもしなかったようにな。その新しい考え方が出て来た時、その時も公安部の連中は抵抗し続けるだろう。現状にそぐわないものはすべてが敵、つまり異端だからだ」

西川の言っていることは、決して絵空事ではないと剣崎は考えた。その兆候は、すでに今の社会に見てとることができる。公安調査庁が、極右や極左といった思想団体のみならず、市民オンブズマンやマスコミ関連団体、はては教職員組合にまで監視の目を光らせていることは紛れもない事実なのだ。死刑制度廃止も日の丸反対も反原発も、現状を変えようとする者たちはすべて敵と見なされる。民主主義国家の陰でうごめく魔女裁判の論理。現代の異端審問制度だった。

「事件に話を戻すが——」西川が言った。「正直言って、グレイヴディッガーが何者なのかは見当もつかん。こっちは刑事事件の捜査には不慣れだからな。だが、どうして犯人が、あの伝説を真似ているのかを考える必要はある。おそらく、グレイヴディッガーは何かを訴えている。ただ殺したいだけなら、あんな手の込んだ細工はしない」

「単なる凶悪犯ではない？」

「ああ。それに劇場型犯罪でもない」西川はそこまで言って、今まで見せたことのない、はにかむような表情を浮かべた。「まあ、こいつは俺の勘だがな」

その勘は正しいかも知れないと剣崎は考えた。伝説を模した手口は、多くの遺留品を残すなど、犯人からすれば極めてリスクの高い犯行だ。なぜ、敢えてそうしたのか。そこに事件を解く鍵はないのだろうか。

車が、霞が関の官庁街に入った。西川が、警視庁から一ブロック離れた日比谷公園沿いに覆面パトカーを止めた。「少し待っててくれ」

剣崎を車内に残し、西川が路上に降りて、日比谷公園の中に入って行った。好奇心に駆られて、剣崎は部下の動きを目で追った。公園内の木立の向こうに歩いて行った西川は、五十メートルほど進んで足を止めた。そこで待っていた男と立ち話をしているようだった。剣崎は目を凝らしたが、暗がりに紛れていて、三沢という男の顔は見えなかった。

しばらくして西川が駆け戻って来た。運転席に乗り込むと言った。「すまないが、車を降りてもらえるか」

「何か不都合でも？」

「いや、心配はいらない。三沢が、同席者を歓迎していないんだ。公安部ならではの用心深さでな」

「仕方がないな」剣崎は渋々車を降り、窓越しに訊いた。「こっちはどうすればいい？」

「連絡を待っててくれ。何か分かり次第、電話を入れる」

「了解した」

ハンドルに手をかけた西川は、しかし車を出さずに動きを止めていた、何か言い残したことがあるような素振りだった。

剣崎は訊いた。「まだ他にあるのか？」

「一つだけ」と言った西川は、前方を見据えたまま続けた。「公安部にいた時、俺は、極左集団の爆弾テロを防いだ。マスコミにも発表されなかった極秘の事案だ。俺たちは市民の命を守ったんだ。それだけは言っておこうと思ってな」

剣崎は頷いた。「分かった」

西川は満足したのか、アクセルを踏み込んだ。剣崎はポケットに両手を突っ込んだまま、角を曲がって行く西川の車を見送った。


午前二時過ぎ、古寺は機捜車で永田町に入り、国会記者会館の前に着いた。すでに政治部記者との約束は取りつけてあった。顔見知りの警視庁記者クラブ詰めの社会部記者に、墓掘人事件に関する情報を少しだけリークしてやり、見返りに仲介の労を取ってもらったのだった。

記者会館の前から先方に電話を入れると、相手はすぐにそちらに行くと言った。数分も経たないうちに、村上《むらかみ》という名の政治部記者が出て来た。スーツの襟に、ペンの形をしたバッジをつけている。記者としての体力と経験がちょうど拮抗《きっこう》しているような、体格のいい三十過ぎの男だった。

「古寺さんですね」と大手新聞社の記者は愛想よく言った。「話をするなら、会館の中でも構いませんよ」

「ありがたいですが、こちらでお願いします」と、古寺は車の中に相手を招き入れた。どこに人の目があるか分からない。堂本の所在を嗅ぎ回っているのは秘匿しておきたかった。

「堂本幹事長の番記者だそうですね？」

古寺が訊くと、相手は苦笑混じりに言った。「三ヵ月前に降ろされました。今は与党全般の担当です」

「降ろされたというのは？」

「堂本に批判的な記事を書いてしまったんです。それで配置替えに」

よくあるマスコミと政治家との癒着だった。追従笑《ついしょうわら》いを浮かべて尻尾を振る人間しか、権力者に近づくことはできない。堂本に批判的な人間のほうが、かえってやりやすいだろうと考え直し、古寺は本題に入った。「現在の堂本の消息なんかは分かりませんか？」

「と、おっしゃいますと？」

「今、この時間に、彼がどこにいるのかということです」

すると村上は、表情を一変させた。

古寺は、相手の誤解に気づいて慌てて言った。「いやいや、そういうことではありません。私は一般刑事事件を扱う第二機動捜査隊の所属です。政界汚職を担当する部署ではありません」

「それならどうして？」

「ほんの些細《ささい》なことなんです。新聞の一面を飾るようなことではありませんよ」

「まあいいでしょう」と村上記者は言った。納得はしていないものの、古寺との間に入った社会部記者の顔を立てたのだろう。「堂本謙吾の消息ですが、三日前から行方をくらましてます」

古寺は目を上げた。「所在不明なんですか？」

「ええ。でも、めずらしいことじゃありません。堂本には高血圧の持病があって、国会の合間に検診を受けるんです。多分、それだと思いますが」

「どうして隠密《おんみつ》にやるんですか？」

「政界の実力者となれば、健康状態に関する噂が、政局を左右しかねませんからね」

「なるほど」と古寺は頷いた。「彼の居場所を突き止める方法はないですか。かかりつけの病院がどこかとか」

「確かな情報はないですね」

グレイヴディッガーが現れるのを待ち伏せするのは無理なのだろうか。古寺は少し考えてから訊いた。「堂本の行方を知っているのは、ごく限られた人間ということになりますか？」

「そうです。家族か、あるいは秘書の中の数名。それくらいじゃないでしょうか」

それならば、身内に犯人がいない限り堂本は安全だ。早くも用件は済んでしまったが、貴重な情報源から、訊けるだけのことは訊いておこうと古寺は思った。「堂本は警察官僚を経て代議士になった訳ですが、警察組織への発言力は維持しているんでしょうか」

「もちろんです。堂本に限らず、与党議員の中で、特定の行政官庁と癒着していない政治家なんかいませんよ」

「堂本の場合、公安部の捜査に口を出すといったこともあるんでしょうか」

「おそらく」と村上は言った。「確かなのは、情報収集能力が違うということですね。公安部や公安調査庁が、革新系政党の情報を集めてるんです。そういうのが筒抜けになって、堂本は野党対策に使っている」

「具体的にはどんな情報です？」

「細かいことを言えば、選挙の際に、敵対する候補がどれほどの支持を集めているかまで分かるそうです」

期待以上の情報だった。堂本が選挙前に、政敵の息子に殺人の濡れ衣を着せたのには、そんな背景があったからではないのか。「前回の選挙では、堂本の苦戦が予想されていたとか」

「ええ。野崎という革新系の候補が、ずいぶんと追い上げてました。しかし、スキャンダルで立候補を取り下げたみたいですね」

古寺は、何も知らぬ振りをして尋ねた。「どんなスキャンダルですか？」

「一人息子が、覚醒剤取り引きのいざこざで、誰かを刺したとか」

野崎が証言したのと同じ内容が繰り返された。やはり拘置所の取調室で聞いた話は真実らしい。となると、今度は公安部刑事の長谷川の話についても確かめなければならない。

「堂本が、カルト集団の捜査について指示を出したという話は聞いていないですか？」

「それは知りません。どんなカルト集団ですか？」と政治部の記者は逆に質問してきた。

「公安部の符丁で『ミニスター』、略称『M』ですが」

村上は首をかしげた。「知りませんね」

「ならいいんです。忘れてください」

古寺は打ち消したが、新聞記者は真剣な表情を変えなかった。「刑事さんは、どんな事件を調べてらっしゃるんです？」

「今は訊かないでください。何を言っても嘘になります」

「二年前の秘書の自殺ですか？」

古寺は、驚いて相手の顔を覗き込んだ。「何ですって？」

「ご存知ないですか？」と村上は、意外そうに言った。「堂本をめぐる疑惑です。彼の秘書が経営するコンサルタント会社に、ある銀行から不自然な金の流れがあったんです。その疑惑が持ち上がると同時に、金庫番の秘書が自殺を遂げた」

確かにそんな事件があったと古寺は思い出した。当時の報道では、自殺という他に詳しい事実関係は伝えられなかったはずだ。

「ところが」と村上は続けた。「その金庫番は、死亡推定時刻の十五分前に、事務所に電話を入れているんです。今から戻る、とね。なぜかその直後に排ガス自殺をした。東京のど真ん中の、夜の駐車場で」

古寺は、ゆっくりと言った。「殺された？」

「すべては霧の中です。初動捜査に当たった所轄署では、現場付近に複数の男女の足跡が残っているのを確認していました。手掛かりらしいものは、それだけだったんですが——」

『M』かも知れないと古寺は考えた。権藤刺殺事件に関与したと推定されるあの十一人は、他にも堂本の陰謀に加担していたのだろうか。だがそうなると、堂本本人が『M』の壊滅を指示したという長谷川刑事の証言はどうなるのか。そのために、三沢という潜入捜査官までをも投入していたという事実は。

「こうした話は、永田町にはいくらでもあるんです。過去の疑獄で、命を落としたのは当事者だけではありません。取材をしているジャーナリストとか、捜査に協力した証人とか、不審な死を遂げた人間は山ほどいるんです。戦後最大の疑獄についてはご存知でしょう？」

「七〇年代の航空機疑惑ですか？」

「ええ。あの時は、関係者が四人も死んでるんです。それも全員が急性心不全で」

「急性心不全ということは、病死ではないんですか？」

「そうかも知れません。しかし、そうではないかも知れない。当時、アメリカ上院の調査会で、奇怪な証言が飛び出しているんです。中央情報局、つまりＣＩＡが、自然死に見せかけて人を殺す毒物を開発したというものです。検死解剖をしても、心不全にしか見えない薬物をね」

「それが日本でも使われた？」

「真相はすべて、歴史の闇の中です。あの疑獄では、他にも真相を知る重要証人がいました。事件については口を割らなかったんですが、彼らは心臓病でもないのに、急性心不全の特効薬、ニトログリセリンをなめ続けていたんです。それで生き延びた」

古寺は、永田町界隈の夜の闇が、さらに黒くなったように感じた。

「さらに言えば、総理大臣の犯罪を追及したジャーナリストには、公安部の刑事が張りついていたそうです。首相の座にある者が、公安警察を意のままに動かしていた」

権力が腐敗する仕組みというのは、こういうことなのだろうと古寺は納得した。現体制に与《くみ》する権力者が犯罪行為に手を染めた場合、それを追及することすらも反体制のレッテルを貼られて公安調査の対象となる。そうして権力機構は、汚職追及の手から逃れ、腐敗の一途をたどって行く。汚濁《おだく》を好むドブネズミの世界に、自浄作用は期待できない。

政界汚職にまみれた恥ずべき日本の現代史は、この先いつまで続くのだろう。そして、五十年後の歴史の教科書からは、こうした記述がすべて削除されるのだろうか。

「貴重な情報をありがとうございます」と、古寺は小さく頭を下げた。

「いえ」と、村上はようやく表情を緩めた。「捜査が進みましたら、ご一報ください。こちらも是非、内密のお話を伺いたいものです」

「その時は喜んで」と古寺は応じた。

大泉署にあった特別捜査本部は、本庁舎への移転を完了した。設備の整った会議室には、地取り捜査を終えた刑事たちがぼちぼち帰り始めていた。捜査会議が始まるまでの待ち時間を使って、報告書作成に精を出している。

奥の席に座った越智管理官は、そんな捜査員たちの姿を眺めながら、特命を受けた三つの班からの連絡を待っていた。

第一の班は、田町・浜松町駅間に投入された百名を超える捜索班だった。そろそろ八神逮捕の一報が届いてもよさそうなものだが、現場の連中は一体何をてこずっているのか。

第二の班は、野崎浩平の取り調べのために東京拘置所に向かった古寺、剣崎の両名。こちらは取り調べの邪魔になるのを怖れて、越智は敢えて電話をかけずにいた。

そして第三の班。焼殺された春川早苗のパソコンに残されていた一通のメール。その発信者、『ウイザード』なる人物について、身元の特定が急ピッチで進んでいた。まず、警視庁ハイテク犯罪対策センターの捜査官が、メールのヘッダー部分から送信元のIPアドレスとインターネット回線接続業者を割り出した。それを受けて越智は、コンピューターに詳しい伊東刑事を、そのプロバイダーに差し向けた。裁判所の令状をとっている暇がなかったので、伊東は捜査関係事項照会書を携えて行った。その書類を見せれば、プロバイダー側は通信内容は明かさないにせよ、ウイザードなる人物の本名と住所を開示するはずだった。

苛々しながら壁の時計に目を上げた時、電話が鳴った。すぐに受話器を上げると、相手は第三の班、伊東刑事だった。

「プロバイダーのメールサーバーに、ログが残ってました」伊東の声は弾んでいた。「ウイザードの本名が割れましたよ」

越智は手元に大学ノートを引き寄せ、言った。「よし、聞こう」

「まず、氏名ですが――」

携帯電話が鳴った。古寺は機捜車の速度を落とし、上着のポケットから電話機を出した。着信表示を見ると、越智管理官からだった。

管理官がついに痺《しび》れを切らしたのかと、古寺は顔をしかめた。今、受信しなくても言い訳は立つと思い、留守番電話に切り替えた。

フロントガラスの向こうに目を戻すと、日比谷公園の入口に立っている剣崎の姿が見えた。古寺はゆっくりと車を路側帯に寄せた。

「厄介払いをされましたよ」古寺と入れ替わりに運転席に座るなり、剣崎は言った。「西川が今、三沢から話を聞いてます。何か分かり次第、連絡を寄越すはずです。古寺さんのほうはどうでした？」

「堂本の行方については摑めなかった。その代わり、妙な話を聞き込んだ」古寺は、新聞記者から聞いた話を伝えた。

ひと通りの話が済むと、剣崎は、古寺が感じたのと同じ疑問を口にした。「二年前の秘書の自殺というのは、やはり『M』が絡んでいるんでしょうか」

「何とも言えんが」古寺は言って、携帯電話を出した。留守番電話受信の表示が出ていた。

「越智管理官からだ」

メッセージを再生すると、管理官の声が耳元で流れ始めた。「越智ですが、緊急です。ウイザードの正体が割れました」

驚いた古寺は、早口で剣崎に言った。「『M』の教祖が割れた」

「え？」と剣崎が身を乗り出した。

「春川早苗に暗号のメールを発信していたのは、東京都目黒区在住の、三沢真治《しんじ》なる人物です」

古寺は愕然とした。

「現在、捜査員が、三沢の自宅に向かっています。取り調べの間に一度連絡をください。

以上」

メッセージが終了した後、古寺はしばらく手の中の電話機を見つめていた。

「どうしたんですか」剣崎が問いかけた。

『M』の教祖、ウィザードは、三沢という人物だそうだ」

剣崎は一瞬、きょとんとした。「三沢？　今、西川が会いに行っている公安部の三沢ですか？」

古寺は答えなかった。必死に頭をめぐらせ、事件の筋書きを追っていた。元警察官僚の堂本代議士が、『M』の壊滅を狙って送り込んだ潜入捜査官。その三沢という刑事が、実は『M』の教祖だとしたら。捜査する側と捜査される側が、実は一人二役を演じていたとしたら――

やがて古寺の頭の中に、ゆっくりと事件の全貌が浮かび始めた。

「二点だけ確認したい」と、なかば慄然としながら古寺は言った。「潜入捜査官の氏名は、警察庁のデータベースに登録されるんだったな？」

「そうです。違法行為が発覚しても、我々監察係が摘発しないように」

「内通者も同じだな？　エス工作で獲得されたスパイも、同じく登録されるんだな？」

「ええ。そちらも、違法行為に関しては目こぼしがされます。今回の件で言えば、例の十一名の目撃証人」

これで今まで得た手掛かりがつながった。堂本謙吾が、表向きには『M』の壊滅を指示しながら、その裏で権藤刺殺事件を操っていた構図がようやく浮かび上がった。

「『M』というのは、そもそも三沢自身が作り上げたカルト集団だ」

剣崎の両眉が驚きで吊り上がった。「何ですって?」

「非合法組織を作って信者を洗脳し、命令に従う十一名を選び出した。その上で、堂本が『M』の壊滅を指示し、三沢を潜入捜査官として送り込んだ」

剣崎の両目が、頭脳の活発な動きを反映して小刻みに動き始めた。

「狙いは、三沢とこの十一名を、警察庁のデータベースに登録させることだ。この計十二名は、違法行為を犯しても摘発を免れる」

剣崎が、唖然として言った。「つまり、法の裁きを受けない計十二名の犯罪者集団が作り上げられた?」

「そうだ。堂本の意のままに動く無法集団がな。奴らが権藤を殺し、シャブの売人に罪を着せたんだ」

「それなら――」と、剣崎は視線を泳がせながら言った。「権藤事件の真相がばれていたとしても、連中は罪には問われなかった」

「ああ。刑事部が捜査しようにも、公安部の圧力で潰されていただろう。それに、検察庁が立件に動こうとしても無理だ。検事総長自らが、公安部には楯突《たてつ》かないっていう前例を作っているからな」

　古寺が引き合いに出したのは、公安部秘密部隊が犯した盗聴事件だった。革新系政党の幹部宅の電話を、公安警察が組織的に盗聴していたのだ。ところが検察庁は証拠を掴んでいながら立件することなく、事件そのものを闇に葬った。『巨悪の剔抉《てっけつ》』を標榜していたはずの検事総長が、警察組織との全面対決を迫られ、尻尾を巻いて逃げ出したのだ。もしも同じ盗聴行為を民間団体がやっていれば、検察官は容赦なく訴追《そつい》しただろう。

「あの事件のことはよく覚えています」剣崎が言った。「検察の奴らは、警察の犯罪行為を見逃す一方で、巷《ちまた》の小悪党どもを裁判所に送り込んでは糾弾し続けていた。弱い者いじめ以外の何物でもない」

「それがこの国の正義だ。法律は平等じゃない。検察は身内をかばい、政治権力と癒着して大物政治家の犯罪は見逃す。泣きを見るのは弱い奴だけだ。秋霜烈日《しゅうそうれつじつ》の弱い者いじめだよ」

　剣崎の瞳が曇った。怒りの膜にふさがれたようだった。今回ばかりは古寺も、そんな剣崎の若さを笑う気にはなれなかった。

「それなら、堂本謙吾と『M』の関係を暴露したところで、罪には問えませんね」

「ああ。公訴権《こうそけん》を握っているのは検察官だけだ。連中が動かなければ、いかなる犯罪者も裁判にかけることはできない」

「堂本本人に尋問しようにも、行方が分からないんでしたね」無念さをにじませて言った剣崎は、ふと顔を上げて言った。「西川が、三沢に会いに行った」

古寺もそれを思い出した。「ウィザードにか」

剣崎が慌てた素振りで携帯電話を出した。番号を発信し、しばらく電話機を耳に当てていたが、やがて回線を切って言った。「出ません」

古寺は不吉な予感にとらわれたが、口に出すことはしなかった。「とりあえず、堂本の件は措《お》いて今夜の事件に戻ろう。グレイヴディッガーだ。『M』のメンバーを皆殺しにしているこの男は、一体何者なんだ?」

窓の外に目を向けた剣崎は、冗談ともつかない口調で言った。「あの伝説を信じたくなってきましたよ。殺された権藤が蘇る死者となって、法の裁きを受けない者たちに復讐を――」

古寺は顔を上げた。犯人が、あの伝説を模している理由が分かったような気がしたのだ。

「その筋書きじゃないか?」

「どういうことです?」

「堂本と『M』のネットワークに、法の裁きは期待できない。だから犯人は――」

剣崎が言葉を継いだ。「殺された権藤の復讐を?」

「そうだ」言いながら古寺は、イングランドの伝説と今回の事件が、奇妙な関連を持ち始めているのを感じた。体制による犯罪。為政者《いせいしゃ》の権威を守るために、抹殺されていく名もなき市民。犯人があの伝説を模しているのは、これが復讐劇だと言いたいからではないか。劇場型犯罪にも見える顕示性の高い犯行が繰り返されたのは、事件の背後にある堂本代議士と『M』の関係を示唆《しさ》するためではなかったのだろうか。

「動機が復讐なら、やはり最後に狙われるのは堂本代議士だ」

「それなら、復讐劇は成功しないいんじゃないですか？　堂本の行方は摑めないわけですから」

「だろうな」

剣崎が、難しい顔つきで何事か考え込んだ。

古寺は言った。「『M』の全メンバーは、二百人程度という話だったな」

「ええ」

「グレイヴディッガーは、おそらくその中にいる」

「どうしてです？」

「事情通だからさ。登録内通者十一名の居場所や、堂本と『M』の関係、そういった事情を知るためには、『M』に潜入しなければならん」

「この推測が正しいなら」と、剣崎が険しい表情で言った。「何が正義なんでしょうね？」

古寺は戸惑って訊き返した。「正義、とは？」

「グレイヴディッガーの犯行を止めるのが正義なのか、それとも、法の裁きを受けない殺人集団を殲滅するのが正義なのか」

古寺にも答えることはできなかった。

「ただし」と剣崎は言った。「復讐の筋書きにも疑問が残りますよ。殺された権藤は、シャブ中の前科者だった。そんな男のために、こんな手の込んだ復讐をする人間がいますかね？」

「野崎の証言を思い出せ。権藤のために、生活費の援助をしていた人間がいたとか」

「薄い線ですね」呟くように言ってから、剣崎は車のイグニッションを回した。「しかし、それを辿《たど》るしかないでしょう」

「ところで、捜査本部にはいつ連絡する？」

「犯人が分かり次第ですよ」


東京拘置所からの返答では、古寺と剣崎の両名は、午前一時を回った段階で取り調べを終えたとなっていた。

二人は何をしているのか。越智管理官は不穏《ふおん》なものを感じていた。剣崎はともかく、古寺は過去に何度か一緒に仕事をしたことのあるベテラン捜査員だ。その彼が連絡を絶ったというのは、何か予期せぬ事態が起こったからなのだろうか。

電話が鳴ったので、古寺かと思いながら受話器を取ると、相手が名乗った。

「科捜研の白戸《しらと》です」

その声に気落ちしながら、越智は応対した。「何か分かったか？」

「春川早苗を焼殺した手口です。犯人はボウガンの矢に布を巻き付け、それに火をつけて放ったようです」

「それは現場観察でも指摘されていたと思うが」

「その後、いったん火のついた被害者は、さらに液体燃料を全身にかけられたようですね。ポンプのようなもので吹きつけられたと考えられます」

越智は苛立ちを覚えた。「何か、犯人に直結する手掛かりはないのか？」

「直結はしませんが、焼け残った遺品から、エタノール燃料が検出されました」

「それがどうした？　手に入りにくい燃料なのか？」

「いや、そうじゃなくて、エタノール燃料の炎は、目には見えないんです」

越智は訊き返した。「何だって？」

「この燃料は発火すると、無色の炎を上げるんです。傍目《はため》には、燃えているようには見えません」

地獄の業火の正体か。

越智は、目の前の霧が晴れてきたのを感じた。自分でも気づかぬうちに、墓掘人伝説の恐怖に囚《とら》われていたのだ。しかし、ようやく捜査の手は、合理的な解答へ向かって動き始めた。

「そのエタノール燃料だが、十五世紀頃のヨーロッパでも使われていたんだろうか」

「燃料としては分かりませんが、エタノールという物質はようするに酒のアルコールですから、紀元前から人類は使ってました。燃やすんじゃなく、呑むほうで」

越智は笑った。「分かった。ありがとう」

「これからは、燃料に含まれる不純物の鑑定を急ぎます。入手経路の特定に役立つかも知れません」

「頼む」電話を切った越智は、東京二十三区の地図を出して広げた。

過去四件の犯行で、グレイヴディッガーが現場に持ち込んだと推定される装備は、かなりの数に上っていた。砂袋、ロープや革紐、それにボウガン。今回新たに、エタノール燃料とそれを吹きつけるポンプまでもが加わった。

車でなければ移動できない。プロットされた犯行現場を見ながら、複数犯と断定するしかないと越智は結論づけた。そうでなければ、一件目と二件目の犯行時刻の間隔が説明できないのだ。

「おい、越智」

太い声に顔を上げると、河村刑事部長が立っていた。こんな時間に、捜査本部長が姿を見せたことに越智は驚いた。「どうしました？」

「会議の招集だ。三十分後に、十四階の会議室で」

「十四階？」と越智は訊き返した。

河村は意味ありげに頷いた。そこは公安部のフロアだった。

「それからもう一つ、三沢という男の元へ向かった捜査員は、俺が呼び戻した」

「どうしてです？」

「三沢の名が、エス工作の捜査員として登録されていたからだ」

越智は、頭を殴られたような気がした。「まさか、公安絡みの事案だった？」

「詳しいことは会議を待とう。奴らがどう出て来るか、だ」

呆然とした越智は、連絡を絶った二人の捜査員を思い浮かべた。古寺と剣崎は、野崎浩平から何かを聞き込み、事件全体が闇に葬られるのを怖れて、自分たちだけで真相究明に動き始めたのではないのか？

6

八神は歌を歌っていた。子供の頃から大好きだった曲だ。

「春を愛する人は、心清き人」

『四季の歌』のテンポは、幅八十センチの平均台を渡り歩く上で、格好の行進曲となった。この速度なら、踏み外す心配のない確かな足取りで、前へ前へと進むことができるのだった。

モノレールの軌道上を歩き出してから、一時間以上が経過していた。急所の痛みは歩けるほどには回復していた。天王洲アイル駅を過ぎ、カーブを一つ曲がった所で、レールは直線に変わった。ここまで来ると、モノレールの高架は五メートルほどにまで低くなっていた。しかも東京湾沿いの水路上を進んで行くので、たとえ転落したとしても軽傷で済みそうだった。

「夏を愛する人は、心強き人」

問題は、レールの右下方を、首都高速羽田線が並行して走っていることだった。深夜だというのに、車の往来はひっきりなしだった。ドライバーが目を上げれば、八神の姿は視界に入る。モノレールの保守点検か何かだと思ってくれればいいのだが。

「秋を愛する人は、心深き人」

万が一の場合の逃走手段は、すでに心に決めてあった。前後から挟み撃ちにあったとしても、モノレールの二本の軌道を支える橋桁が、二メートルほど下にあるのだ。まずそこに飛び移り、さらに水中へと飛び込めば、無傷でレールから降りることができるはずだった。

「冬を愛する人は、心広き人」

地図で確かめたモノレールの路線を頭に思い描き、三駅先の昭和島で地上に降りようと八神は考えていた。そこからなら、六郷総合病院まで五キロもない。このまま順調に行けば、ゴールは目前だ。

なだらかなカーブを二つ進んだ所で、前方に大井競馬場前駅が見えてきた。足元の水路は途切れ、ふたたびコンクリートの地面が現れた。八神はそれから五年分の四季を歌って、駅のプラットホームに入った。

全長五十メートルほどの大井競馬場前駅は、屋根が張り出しているせいで、一段と暗かった。八神から見た左側、ホームとレールの隙間には転落防止用の金網が張られていたが、反対側の上下線のレールの間には何もなかった。両足を踏み外さないように注意したせいで、『四季の歌』は、アンダンテからアダージョへとテンポが落ちた。

「春を愛する人は」

「心清き人」

唱和する声が響いたので、八神はぎょっとして足を止めた。

「すみれの花のような、ぼくの友達」

その声はテノールだった。八神はバリトンで返した。「誰だ?」

返事はなかった。前方に目を凝らしたが、人の気配もない。

「誰だ?」と八神はもう一度訊いた。「ダークダックスか?」

すると今度は、背後からバスの声が聞こえた。「もう逃げ道はないよ」

八神は振り返った。プラットホームの縁に設けられた転落防止用の衝立《ついたて》の陰から、三人の男たちが現れた。闇を透かして人相を確かめると、見覚えのある『リーマン』がいた。

八神は前方に駆け出そうとしたが、そちらにもすでに三人の男たちがいた。『スカラー』『フリーター』と、もう一人。

リーマンとスカラーをホームに残し、あとの四名がレールに飛び移った。しかし彼らは、一定の距離を保ったまま、動こうとはしなかった。

「こんな所で抵抗したら、命に関わるよ」リーマンが言いながら、プラットホームを歩いて八神の横まで来た。「君を殺すつもりはない。我々と一緒に来てはくれないかね？」

「どうして俺にご執心なんだ？」

「来てくれれば分かる」

足音を耳にして振り向くと、いつの間にか接近して来ていた後方の二人が、八神の視線を受けて立ち止まった。八神はゆっくりと視線を移し、レール上から地上を見下ろした。闇に呑まれて高さは分からなかったが、コンクリートの地面に転落すれば即死だろう。

「アーケードから一人落ちたよな」八神は、ずいぶん昔に思える記憶を呼び覚ました。「お前たちも同じ目に遭いたいか？」

「今度は君も一緒に落ちてしまうよ」プラットホームから、リーマンが答えた。「選択肢はないと思うがね。我々に従うか、それとも地面に落ちるかだ」

前方から近づいて来た二人が、八神に見咎められて止まった。

「だるまさんが転んだ、か？」八神は笑った。

「一つだけ教えてやろう」スカラーが口を開いた。「あんたは猟奇殺人鬼に命を狙われている。グレイヴディッガーだ」

「え、何だって？」

「グレイヴディッガー。墓掘人の意味だよ。イギリスの伝説を真似た変質者が、あんたを殺そうとしている。島中圭二を殺害したのも、その男だ」

八神は一団を見渡し、相手の言っていることがどこまで本当なのかと考えた。グレイヴディッガーなる殺人鬼が島中を殺したであろうことは、こちらの推測と一致していた。問題は、自分までもが狙われているということだ。その理由は何なのか。そもそも目の前にいる男たちは何者なのか。

「それで、お前たちの目的は？」と八神はリーマンに訊いた。

「警察に保護を求めようにも、君にはできまい。私たちは、君を守ろうとしているのだ」

「そいつは純粋なボランティア精神で、か？」

「そうだ」

「何かの見返りを期待してるんじゃないのか？」

リーマンは笑っただけで答えなかった。

どうしたものかと考えている間も、レール上にいる四人の男たちは、前後からじりじりと間隔を詰めてきていた。

「さあ、私たちと一緒に来るんだ」

従うしかないと八神は判断した。逃げ場がない以上、連中の言うとおりにするしかない。レールの上に突っ立ったまま八神は訊いた。「いいだろう。どうすればいい？」

リーマンは満足そうな笑みを浮かべると、ホームとレールの間を指し示した。「下に転落防止用の金網がある。少し怖いかも知れないが、一度そこに飛び降りてくれ。あとはこちらで引っ張り上げる」

八神は頷いた。今、ホームへ移れば、敵はリーマンとスカラーの二人だ。勝機が見つかるかも知れない。

その時、前方で、何かが空を切る音が聞こえた。八神は反射的に首をすくめた。こちらが油断したのを見計らって、レールの上の男たちが襲いかかってきたのではないかと思ったのだ。

目を上げると苦悶の顔があった。前方にいる二人の男のうちの一人が、胸から銀色の矢を突き出させてよろめいていた。暗闇の中で、その上半身だけがスポットライトを浴びたかのようにくっきりと浮かび上がっている。顔全体がみるみるうちに火脹《ひぶく》れに覆われるのを見て、八神は目を見張ったまま立ちすくんだ。

「うわっ！」仲間に凭《もた》れかかられたフリーターが、相棒の両腕を払いのけた。その反動で、フリーターは転落防止用の金網に、苦しんでいたほうは上半身から煙を立ち上らせながら、レールとレールの間、コンクリートの地面に向けて落下していった。

足元のはるか下から、人体が砕ける重い衝撃音が響いてきた。その直後、攻撃の第二陣が襲った。八神の目の前を、銀色の光が走った。ホームの衝立に矢が突き刺さるのを見て、ボウガンか何かで襲われているのだと気づいた。

プラットホームにいたリーマンとスカラーが、衝立の陰に身を潜めた。八神は、敵のいなくなった前方に向けて駆け出した。走りながら、一体何が起こっているのかと振り返ると、反対側のホームにかがみ込んでいる黒い人影が見えた。手にしたボウガンに矢をつがえている。マントのようなものを羽織っているのか、そのシルエットは丸みを帯びた巨大な墓石のように見えた。

あれがグレイヴディッガーか？

男は、ボウガンをこちらに向けた。身を隠す所などどこにもなかった。八神は細いレールの上を、前へ前へと走り続けた。かすかな発射音とともに、矢がこちらに向けて飛んできた。それは八神の後方、追跡にかかっていた二人の男との中間を飛び去っていった。

目で確認できたのはそこまでだった。八神は前方に頭を戻すと、一心不乱に走り始めた。後ろを追って来る二人組よりは、こちらのほうが平均台での運動には慣れている。飛んでくる矢に当たらなければ逃げ切れるのではないか。しかし、後方の足音は一向に遠ざかることはなかった。八神は不意に気づいた。自分は疲れているのだ。このまま行けば、いつかは必ず追いつかれる。

足元のレールは、ゆるい下り坂になった。地上との高低差は徐々に縮まっていったが、それでも飛び降りるには高すぎた。前方に川が見えたので、飛び込もうかとも考えたが、狭い川幅から察するに深さが足りないような気がした。

八神は川面の上を通過し、次なる試練に立ち向かった。カーブだ。もはや匍匐前進など と悠長なことは言っていられない。全力疾走のまま、八神は曲線へと突入した。

直後、髪が総毛立った。速度が速過ぎた。八神の体は、カーブに嫌われるように、レールの外へと飛び出した。

全身が宙を舞った一瞬、それでも八神の両目は血路を見つけていた。求めるものは、すぐに眼前に現れた。レールの下二メートルの橋桁《はしげた》に落下した八神は、惰性でさらに転がり落ちようとする体を押しとどめ、反対側の軌道に這い上がった。

後方の二人が、こちらに乗り移ろうと橋桁に飛び降りた。駆け出した八神は、進行方向右手に、今度こそ本物の活路を見出した。

トラックターミナルの敷地が、レールのすぐ下に広がっていた。ずらりと並んだ運輸会社のガレージの前を、数台のトラックが行き来している。八神は後ろを振り返った。幌《ほろ》付きの二トントラックが、後方から追いすがって来るところだった。

行ける、と八神は確信した。トラックの車高は約三メートル。こちらのいるレール上から車の屋根までは、ほぼ二メートル。

八神はタイミングを合わせ、近づいて来たトラックの進行方向めがけて飛び出した。しかし、両足がレールから離れた瞬間、視界にあるのはコンクリートの地面だけだった。それは、上空から滞空している短い間に、濃緑色のキャンバスが目の前に走り込んで来た。それは、上空から落下してきた八神を柔らかく受け止めた。幌を支える棒が肋骨を打ったが、「うっ」と呻く程度の衝撃だった。

八神は背後を見た。モノレールの軌道上で、二人の男がなす術もなく立ち尽くしているのが見えた。

「この間抜け！」と叫んでやりたかったが、運転手に気づかれる心配があるのでやめた。

二トントラックは、幌の上に八神を乗せたまま、速度を落とすことなく走行を続けていた。男たちの姿が視界から消えると、八神は曲がり角で振り落とされないように腹這いになり、たった今遭遇したばかりの異常な出来事について考えた。

プラットホームの闇の中に潜んでいた黒い人影。あれがグレイヴディッガーなのだろうか。

古寺のおっさんに事情を話そうかと思ったが、今は病院に向かうのが先決だと考え直した。追跡者の一団は、グレイヴディッガーを含め、全員がレール上に取り残されたのだ。距離をかせぐチャンスだった。それにここまで来れば、警察の緊急配備網からも脱出したのではないか。

八神はトラックの屋根の上に横になったまま、デイパックから地図を取り出した。現在いるトラックターミナルは、大田区の北部、平和島にあった。同じ区内の南まで行けば、六郷総合病院があるはずだった。

不意に笑いがこみ上げてきた。極度の緊張状態から解放されたことも手伝って、止めようとしても止められなかった。そしてひとしきり笑ってから、急に不安に襲われた。

このトラックは、一体どこに向けて走っているのか？

会議招集のぎりぎりまで、越智管理官は連絡を待っていた。だが、古寺の携帯電話に再三の催促を入れていたにもかかわらず、応答はなかった。

時刻が午前三時を回ったところで時間切れとなった。越智は関係書類を持って、高層用エレベーターに向かった。

グレイヴディッガーの最後の犯行から、すでに五時間が経過していた。だが、殺戮は続いているのではないかと越智は危惧していた。捜査当局が認知していないだけで、この大都市のどこかに新たな犠牲者が倒れているのではないか。それは一人か、それとも複数か。

指定された会議室に入ると、そこには刑事・公安両部の責任者が顔を連ねていた。越智を驚かせたのは、警察庁警備局長までが出席していたことだった。公安捜査に関する最高責任者だ。この会議の議題は、一体、何なのか。

越智が着席するのを待って、警視庁公安部長が口を開いた。「まずはこちらの質問に答えて欲しい」

「はい」と越智は戸惑いながら言った。自分が質問をされるとは考えていなかった。

「刑事部を脅《おびや》かしているグレイヴディッガー事件についてだ。どうして堂本謙吾議員の関与を疑うのかね？」

越智には、相手の言っていることが理解できなかった。「何ですって？」

「与党幹事長の堂本謙吾だ。刑事部の捜査員から、その名前が出たそうだが」

公安部ＯＢである堂本の名前は、もちろん越智は知っていた。だが、今回の事件に関与しているなどという話は初耳だった。「私は聞いておりませんが」

「本当かね？」と、公安部長は、確認するのではなく疑念を表明した。「その件を追っている二名の予備班がいるという話だが」

古寺と剣崎に違いない。しかし越智は、これはどういうことなのかと首をひねった。あの二人が、公安部の刑事に接触したのだろうか。

「心当たりはないかね？」公安部長が重ねて訊いた。

「把握しておりません」越智は言質《げんち》を取られぬように答えた。

「それならば、全捜査員を直ちに集めて確認を――」

と公安部長が言いかけるのを遮って、警備局長が口を開いた。「その件はあとでいい。今はとにかく、堂本幹事長の保護が先決だ」

越智は尋ねた。「保護とおっしゃいますと？」

「グレイヴディッガーが、堂本幹事長を狙っているとの信ずるに足る情報がある」

意外な話に、越智は心底驚いた。今回の事件は、政治的テロリズムだったのか？「堂本氏は、現在、どこにいらっしゃるんですか？」

「明かすわけにはいかん。機密事項だ。すでにSATを出動させてある」

SATというのは、警視庁警備部警備第一課に設置された対テロ特殊部隊だった。

「刑事部にお願いしたいのは、一刻も早く、グレイヴディッガーなる凶悪犯を検挙することだ。それが堂本代議士の安全確保、ひいては国家の安全につながる」

「SATはもう一班を待機させてある」と公安部長が言葉を継いだ。「犯人逮捕の際には、出動させても構わん」

「分かりました」と越智は言った。

やりとりを見守っていた河村刑事部長が、不機嫌そうな声を出した。公安部の言いなりに進んでいる会議への、せめてもの反撃だろう。「堂本代議士が狙われているとの情報は、確度の高いものなんですか」

「そうだ」と警備局長が頷いた。

「その情報は、どこから?」

「我々がそれを明かすと思うかね?」傲岸《ごうがん》とも言える態度で、警備局長が言い放った。

河村は、怒りとも焦燥ともつかぬ顔で、こめかみに血管を浮き立たせていた。越智にも、その気持ちは痛いほど分かった。事件への公安部の介入は、すべてが闇の中に葬られる危険をはらんでいたのだ。

7

幌付きトラックは、環状七号線を走っていた。このままでは東京の北部に向かってしまう。すべての出発点となった赤羽には戻りたくなかったので、八神は早々に降りてしまおうと考えた。

ところが、最初に止まった信号では、すぐ近くに警察署があるのが地図で見てとれた。ならば次の赤信号で、と思っていたところが、トラックは青信号を走り抜け、中原街道との交差点がある南千束まで行ってしまった。大田区には変わりはないが、そこは品川区との区境で、せっかく近づいていた六郷総合病院との距離は倍に開いてしまった。

トラックが停車すると、八神は幌を摑んで、両側六車線の中央分離帯に降りた。そのまま道の反対側へ向かいかけた時、後ろから声がした。「ちょっと、あんた！」

振り返ると、トラックの運転手が窓から顔を出していた。四十代後半のドライバーは、驚きで目を丸くしていた。「この車に乗っていたのかい？」

道に飛び降りたところを、バックミラーで見咎められたらしい。

「ああ」八神は笑って言った。「お巡りには内緒にしてくれ」

「ヒッチハイクなら隣に乗せてやったのに。話相手が欲しかったんだ」運転手はぶつぶつ言うと、青信号を認めて走り去った。

八神は歩道に行き、地図を確認した。六郷総合病院は南南東、五キロの位置にあった。この距離なら大丈夫だろうと判断し、八神は携帯電話を出した。そして一一九番を押した。

二回の呼出音で相手はすぐに出た。「はい、消防署です。火事ですか、病気ですか？」

「く、苦しい」と八神は言った。「救急車、救急車を」

相手は穏やかな声で続けた。「お名前と場所を言えますか？」

「阿部一郎だ」と偽名を使った。「場所は南千束、環七と中原街道の交差点だ」

「分かりました。すぐに向かいます」それから消防署の署員は、少しでも詳しい病状を訊こうと根掘り葉掘り訊いてきた。「どこが苦しいんですか？」

「胸の辺りだ。息が、苦しい」

「呼吸が困難なんですね？　何か持病はありましたか？」

「もうダメだ。早く来てくれ！」と八神は、ボロが出る前に電話を切った。

それから数分して、サイレンの音が聞こえてきた。八神は慌ててその場にうずくまった。

やがて、回転する赤い光が足元を照らし出し、目を上げると救急車が停車していた。

「阿部さんですか？」助手席から降りて来た救急隊員が訊いた。

八神は激しく喘ぎながら、何度も頷いた。そこへもう一人の隊員がストレッチャーを下ろし、八神の前まで引いて来た。二名の救急隊員は、驚くような手際の良さで八神を寝台に乗せると、そのまま車内へと運び込んだ。

車が動き出す前に、八神は言った。「六郷総合病院へ行ってくれ」

「六郷総合病院？」と、救急隊員が訊き返した。「すぐ近くに、受け入れてくれる別の病院があります」

「いや、六郷総合病院がいい」八神は哀れな声で言い張った。「俺の遺言だと思って聞いてくれ」

「そんなことをしたら、本物の遺言になってしまいますよ」

救急車が、サイレンを響かせて走り出した。

「六郷総合病院に主治医がいるんだ。頼む」

「主治医？　その先生のお名前は？」

「岡田涼子先生だ」

そこへ助手席から、「六郷総合病院」と言う声が聞こえてきた。どうやら病院と連絡を取り始めたらしい。

「症状はどんなですか?」救急隊員が訊いた。「前にもこんなことがあったんですね?」

「詳しいことは、岡田先生に訊いてくれ」

「病名くらいは分かりませんか?」

「いや、医療には素人だ」

そこへ、助手席の隊員が言った。「岡田先生と連絡が取れました。阿部一郎さんという患者さんには、心当たりがないそうです」

しまった、と八神は気づいたが遅かった。

「都立雪谷《ゆきがや》病院へ」助手席の隊員が、運転手に告げた。

そこへ、車内に積み込まれたデイパックの中から、携帯電話の低い振動音が聞こえてきた。

「俺に電話だ」ストレッチャーの上から八神は言った。「荷物を取ってくれ」

「大丈夫なんですか?」ここに至って、隊員の声は不審そうな響きを帯びてきた。

八神は悲痛な声で訴えた。「きっと家族だ。三歳の娘に言い残しておきたいことがある」

隊員はデイパックを手繰《たぐ》り寄せ、中から携帯電話を出した。

八神が受信すると、岡田涼子の声が言った。「もしかして、今、救急車に乗ってません？」

「ああ」どうしてもっと早く気がついてくれなかったんだと、八神は恨めしく思った。「何としてもそちらに行きたいんだが」

「もう、どうなってるの！」女医の怒りは爆発寸前だった。「どうして偽名を使って仮病なんか――」

「こっちも苦労してるんだ」

「今、どこに向かってるんですか？」

「都立雪谷病院だ」

「救急車の方に、私から話しましょうか？」

そうしてくれるとありがたいと言おうとしたが、言葉は喉の奥で詰まった。八神は不意の衝撃に襲われていた。激しく咳き込み、本物の苦痛で身をよじった。

「もしもし？　どうしたんですか？」

「いや、何でもない」

「救急隊員に電話を代わってもらえます？」

「その件はいい。こっちで何とかする」

「え、どうして？」

「どうしてもだ」

「でも――」

「本当にいいんだ。また電話する」八神は言って、一方的に電話を切った。

救急隊員が訊いた。「三歳の娘さんと、話はできましたか?」

「存分に」と答えたが、八神は上の空だった。今まで、電話をかけるたびに、岡田涼子はこちらの現在位置を尋ねてきた。一晩を通じて、八神が東京のどこにいるのかを知っていたのは、あの女医をおいて他にはいないのだ。

間違いない。岡田涼子は、リーマンの一派に通じている。

救急車の速度が落ちた。病院の敷地内に乗り入れたようだった。

「胸が痛い」八神は心臓のあたりに手を当てた。それは仮病ではなく、本心だった。

権藤刺殺事件の捜査資料は、監察係の部屋にあった。本庁舎に入った剣崎は、特別捜査本部の人間に会わないかとひやひやしながら、自分の机の上にあった書類を持ち出した。

機捜車に戻ると、古寺が笑いながら言った。「コソ泥の心境が分かったか?」

「でも、見つかるようなヘマはしませんでしたよ」剣崎は資料を繰って、権藤武司の身上調査を行なった刑事を探し出した。調布北署の佐藤。

電話を入れると、すぐに当直の刑事が出てきた。「はい、刑事課ですが」

「本庁人事一課の剣崎といいますが、佐藤巡査長は？」

「もう帰宅しておりますが」

剣崎は、佐藤の自宅の番号を聞き出し、そちらにかけ直した。

「はい、佐藤」

受話器の向こうから、眠そうな声が返って来た。剣崎は、覚醒剤中毒者の殺害事件を洗い直していると説明した。「被害者権藤武司の交友関係などは、何か摑んでいませんでしたか？」

「いや」と当時の記憶を探る間があってから、佐藤は言った。「権藤という男には、親しい人間などはいなかったですね」

「生活費の援助をしていた者がいたとの情報があるんですが」

「本当ですか？」と佐藤は意外そうだった。「こちらでは摑んでませんでした。奴には前科があったんですが、保護観察期間が終わってからは、保護司にも連絡がつかなくなったそうですから。交友関係は何も浮かんできませんでしたよ」

「そうですか。分かりました。こんな時間にすみませんでした」

電話を切ると、古寺が訊いた。「手掛かりなし、か？」

「ええ」

「ちょっといいか?」古寺は言って、捜査資料の中から権藤の顔写真を手に取った。「まだ権藤の顔を見てなかった」

剣崎も横から覗き込んで、あらためて権藤武司の顔を眺めた。くすんだ感じの浅黒い肌。削《そ》げた頰。気力も体力も窺うことのできない意志の弱そうな目。この男は、人生の早い時期に生きる目標を見失い、薄汚れた環境に流されるだけの一生を送ったのではないかと剣崎は考えた。

「こいつは脇役に甘んじていたんだろうな」じっと写真を見つめていた古寺が言った。「自分自身の人生でも、な」

剣崎は小さく頷いた。あらためて疑念が湧き上がっていた。「こんな男のために復讐に乗り出す人間なんて、本当にいるんでしょうか」

古寺はそれには答えず、「権藤の生前の住居は?」と訊いた。

剣崎は捜査資料に目を移し、該当項目を見つけ出すと、エンジンをかけながら言った。「豊島区です。急ぎましょう」

機捜車は、北に向かって緊急走行を開始した。

疲れ切った様子の古寺が、シートにもたれたまま訊いた。「ところで、八神の野郎はどうしたんだろうな?」

「さあ」としか剣崎には答えようがなかった。田町・浜松町駅間からの電話を最後に、八神の消息は途絶えていた。しかしその一方で、警察無線からは八神逮捕の報告は流れていなかった。「まだ、どこかに潜んでいるんじゃないですか？」

「『M』の連中に捕まってなければいいが」

「それにしても、どうして『M』は八神を――」と言いかけて、剣崎は不意に妙案を思いついた。「古寺さん、奥の手が残ってましたよ」

「何だ？」

「『M』はどういう訳か、八神を追っている。さらにその『M』をグレイヴディッガーが狙っている。つまり、八神を囮《おとり》に使えば、一団をおびき出すことができるのでは」

少し間を置いて、古寺は言った。「大胆な作戦だな」

「どうですか、この案は？」

「八神がその話を信用するかは疑問だな。『M』をおびき出すというのは口実で、自分が逮捕されると思うんじゃないか？」

剣崎は、八神という男を頭に思い描いて渋々頷いた。「そうでしょうね」

「今はとにかく、権藤の線を追おう」

二十分後、機捜車が豊島区内に入った。GPSの誘導で車を進めると、上池袋の入り組んだ街路の突き当たりに、『村本《むらもと》荘』と看板のかかった古ぼけたアパートを見つけた。権藤は殺されるまで、そこの一〇二号室に住んでいたはずだった。古い木造の二階屋は、あの男の終《つい》の住み処には相応《ふさわ》しい佇まいだった。社会の底辺で生きていた覚醒剤中毒者の喜びも悲しみも、煤《すす》けたモルタルの壁が記憶していることだろう。

車を降りながら、剣崎は確認した。「時間が時間ですけど、仕方がないですよね？」

「ああ」

二人はアパートの一階に入り、一〇一号室のドアをノックした。

三分ほど叩き続けてから、ようやく怯えたような女の声が聞こえてきた。「こんな時間に、誰？」

剣崎は、なるべく愛想良く言った。「警察の者です」

すると、女の声がもっと怯えた。「警察？」

「夜中に申し訳ありません。ちょっとお伺いしたいことが」

玄関口の明かりが灯り、パジャマの上からパーカーを着込んだ、三十過ぎの女が顔を出した。栗色に染めた長い髪が、額の上で波打っている。女の両手には、外したばかりのヘアカーラーが三個握られていた。

「警視庁の剣崎と申します。こちらは古寺です」

二人の刑事は、警察手帳を開いて顔写真を見せた。

「何なの？」女の両目が、二人の間を行き来した。

水商売の女だなと剣崎は当たりをつけた。後ろ暗いことでもあるのだろうか。

「去年の六月まで、お隣に権藤さんという方がいらっしゃったのをご存知ですか？」

「いいえ」目をしょぼつかせながら、女は答えた。「私がここに入ったの、去年の暮れだから」

「じゃあ、一番奥の、一〇三号室の方はご存知ですかね？」

「あそこは空き部屋よ」

落胆を隠しながら、剣崎は微笑んで見せた。「ならいいんです。失礼しました。最後に、大家さんの連絡先だけ教えていただけるとありがたいんですが」

女は頷き、一度部屋の奥に引っ込んでから、一枚のメモを持って来た。「大家さんの名前と住所、それから電話番号」

「ありがとうございました。ご協力感謝します」

最後だけ女は、ほっとしたような笑みを返した。

剣崎と古寺は機捜車に戻り、地図で大家の住居を確認した。今いるアパートからは目と鼻の先だった。古寺とともに歩きながら、剣崎は携帯電話を使って大家を叩き起こした。電話口に出てきたのは、中年の男の声だった。話しているうちに、『村本』と表札の出た一戸建ての前に着いた。

磨りガラスの向こうで明かりが灯った。顔を出したのは、細身の壮年男性だった。

剣崎は突然の訪問を詫び、「一〇二号室に住んでおられた、権藤武司さんのことでお伺いしたんですが」と言った。

村本は、合点がいったように頷いた。「権藤さんね。殺されてしまった方でしょう？」

「そうです。あの方の生前のことをお訊きしたいんですがね」

「どんなことです？」

「権藤さんには、親しい友人などはいらっしゃらなかったでしょうか」

「いやあ、分かりませんね」

横から古寺が訊いた。「入居の際の保証人などは？」

「いましたよ。でも、権藤さんがあんなことになってから連絡しようとしたんですが、つかまらなかったんです」

「つかまらなかったとは、どういうことです？」

「私にも分かりません。でも、あの方、麻薬だの盗みだのをしていたんでしょう？」と、真面目そうな大家は顔をしかめた。「権藤さんが、居もしない人間を書類に書いちゃったか、あるいは保証人本人がどこかへ行っちゃったか」

生前の権藤の境遇を考えれば、どちらもありそうな話だった。頼みになる人間など、周囲には一人もいなかったのだろう。だがそうなると、生活費の援助をしていたという人間は何者なのか。

古寺が訊いた。「家賃の支払いはどうでした？」

「それが意外にしっかりしててね。滞《とどこお》ったことは一度もありませんでした」

「権藤さん以外の人間が、家賃を肩代わりしていたというようなことは？」

「うちは銀行振り込みですから分かりません」

「そうですか」

剣崎は、古寺の顔を見た。ベテランの捜査員も、それ以上訊くことはないようだった。調査は空振りに終わったのだ。


「結局、あの方、親戚も何もいなかったんですか？」と、村本のほうから訊いてきた。

「ええ」

「そうですか。実は権藤さんの私物で、一つだけ預かっている物があるんですがね」

「何ですか？」と古寺が訊いた。

「ちょっと待ってください」大家はサンダルを脱いで家の中に上がると、玄関横の小部屋に入った。納戸《なんど》のようだった。ふたたび出て来た時には、風呂敷に包まれた額縁《がくぶち》のような物を手にしていた。

「こればっかりは、廃品業者に渡せなくて」と大家が風呂敷を開いた。「あの人の宝物だったんじゃないですか？　部屋の隅に大事そうに置かれてましたから」

剣崎は古寺と並んで、額にはめ込まれた賞状に見入った。「感謝状？」

「権藤武司殿」と、古寺が文面を早口で読み上げた。「貴殿は本年一月十八日、荒川区東日暮里七丁目の火災現場に於て、身の危険も顧みずに被災者の救助に当たられました。尊い人命を守り抜かれた勇気を讃え、ここに感謝の意を表します。昭和五十年一月二十二日、東京消防庁東日暮里消防署署長」

「人命救助？」と、剣崎は古寺を見た。「あの男が？」

「あんな人でも、一つくらいは善いことをしていたようですね」と大家が言った。

何てことだ、と剣崎は思った。シャブ中の累犯者が他人の命を助けていたとは。それから剣崎は、すぐに皮肉な暗合に気づいた。八神という悪党も同じだ。悪事に手を染めながら、一方で瀕死の病人を救おうとしている。自分の命も顧《かえり》みずに。

感謝状に見入っていた古寺が、ゆっくりと剣崎に顔を向けた。「助けられたほうは、何者だろうな？」

八神の血圧は正常だった。脈拍も問題なかった。胸に聴診器を当てても、心音、呼吸音ともに異常は認められなかった。

「だから治ったって言ってるだろう」

八つの処置台が並んだ救急救命センター。そこの寝台に横になったまま、八神は医師に訴えていた。早くここから出なくてはならない。病院名は岡田涼子に喋ってしまった。こうしている間にも、リーマンに率いられた一団が、病棟の周囲を固めているかも知れないのだ。

「何をしても無駄だ。俺は健康なんだ」

横柄《おうへい》な患者にむっとした目を向けた医師は、暗い口調で、「病名が分かりました」と言った。

「病名？」八神は不安になった。骨髄移植前に病気に罹《かか》っていることが分かったら、すべては水の泡になる。「俺は病気なのか？」

「過換気症候群です」

「何だ、それは？」

「若い女性に多い疾患ですが、男性に起こる場合もあるんです。詳しいことを聞きたければ、おとなしくしていなさい」

「やなこった」八神は起き上がった。ぐずぐずしていれば、病気とは違う理由で命に関わる。

脱いだ服を着始めると、若い医師が、ビニール袋を渡して寄越した。「今後、同じような症状が出たら、この袋を口に当ててください。中に息を吐いて、それから吸うんです」

「中にアンパンでも入っているのか？」

「アンパン？」

二人の会話はそこまでだった。八神は出口に向かい、医者と患者はお互いに訳の分からないまま別れた。

受付に回った八神は、後日、健康保険証と診察費を持って来るように言われ、ようやく病院の裏口を出た。時刻は午前四時。一時間もすれば始発電車が動き出す。静まり返った病院の駐車場に出て、八神は周囲を見回した。人気はなかった。それでも車の陰に身を潜め、携帯電話を取り出した。危険を承知の上で、古寺に電話を入れようと考えたのだった。

暗闇の中、液晶モニターを見ながら登録してある番号を呼び出す。回線がつながると同時に、「八神だ」と名乗った。

古寺は間髪をおかずに訊いてきた。「おい、無事か？」

「緊急配備は抜け出した」

「例の連中にも捕まっていないんだな？」

「今のところはな」

すると、笑い声が聞こえてきた。「よくやった」

「お巡りに誉められても嬉しくはないぜ。それより、逆探知はしてないな？」

「ああ」

「いろいろと用件がある。まずは、モノレールの駅を調べろ。大井競馬場前駅の下に、死体が転がってるぜ」

「何？」古寺の声が真剣味を帯びた。「まさかお前が——」

「違う。殺されたのは俺を追い回していたうちの一人で、殺ったのはグレイヴディッガーだ」

古寺は驚いたようだった。「墓掘人について知ってるのか？」

「スカラーとかいう暗号名の奴が教えてくれた。そこへグレイヴディッガーらしき男が襲ってきたんだ」

「お前、墓掘人を見たのか？」

「影だけだ。顔は分からない」

「そうか」と、古寺は声の中に落胆をのぞかせた。

「そっちは何を掴んでるんだ？　よかったら教えてもらえないか」

古寺は考える間を置いてから、「いいだろう」と言った。

それから数分の間に、八神は事件の全貌を聞かされた。覚醒剤中毒者の刺殺事件から始まって、第三種永久死体の発見と盗難、グレイヴディッガーによる大量殺戮の開始、それに堂本謙吾が作り上げた『ミニスター』という非合法組織の存在、など。

それらの情報の一つ一つが、パズルの断片となって、八神が一夜のうちに経験してきた異常な事態に符合していった。『M』に入信していた島中は、八神を拉致する目的で近づいてきたのだろう。しかし、古寺の説明が終わっても、二つの大きな謎が依然として残されていた。

　どうして八神自身が、『M』に狙われなくてはならないのか。そしてもう一つは——

「こちらは今、グレイヴディッガーの正体を洗ってる」と古寺が言った。「十五分かそこらで分かるかも知れん」

「ほう？」八神は思わず眉を上げた。「敏腕だな」

「警察だけじゃ手に負えないんで、消防署に応援を頼むのさ」

　何の冗談かは分からなかったが、八神の頭にモノレール上での惨状が浮かんだ。矢で貫かれた男の顔は、まるで燃えているかのように火膨《ひぶく》れで覆われていった。

　八神は、電話をかけた本来の用件を切り出した。「その『ミニスター』とかいう連中だが」

「略称は、『M』だ」

「『M』の中に、岡田涼子という医者は混ざってないか？」

「いないと思うが」古寺は言ったが、自信はなさそうだった。「さっき言ったように、名前まで分かっているのは、警察庁に登録された十一名の内通者だけだ。残る二百名ほどのメンバーについては、名簿は入手していない」

「すると、可能性はあるってことだな？」

「そうだ」

　八神が目的地に着いた瞬間、最後の罠が待ち受けている可能性はまだ残っていた。

「少し待ってくれるか」と古寺が言った。「俺の新しい相棒が、話がしたいそうだ」

受話器を渡す間があって、若い男の声が聞こえてきた。八神にとっては耳に不快な、人を糾《ただ》すような口調の持ち主だった。「警視庁の剣崎だ。君に頼みたいことがある」

「何だ？」

「どこか場所を指定するから、そこに行ってくれないか？」

「何のために？」

「『M』の面々と、それからグレイヴディッガーをおびき出すためだ。連中はどういうわけか、君の居場所を探知して、姿を現わすようなので」

八神は顔をしかめた。「俺を餌にするつもりか？　万が一のことがあったらどうする？」

「そうならないように全力は尽くす」

「信用できない」

「八神さん」と、剣崎と名乗った男は、説得口調になった。「このままでは、巨大な非合法組織と、それから残虐非道な殺人鬼が野放しになるかも知れない。社会の安全のために、自分の身を捧げようとは思わないか？」

「俺は老衰で死にたい」と八神は、刑事の説得を一蹴した。「放っておいてくれ」

「しかし――」

「古寺のおっさんに替わってくれ」

受話器は無言だったが、ぶつくさ言う剣崎の呟きが聞こえてくるようだった。

「古寺だ。交渉決裂か？」

「ああ。時間の無駄だ」八神は不機嫌に言った。「最後に一つ訊きたい。鉄道の駅は、全部、私服の連中に見張られてるのか？」

「もう一度、交渉に応じるなら教えてやる」

八神は、古寺のその言葉を意外に感じた。「あんたまでが、俺をあの連中の餌食にしたいのか？」

「八神、よく考えろ。お前は今、連続殺人の重要参考人として手配されてるんだ。お前が真犯人じゃないと信じているのは、俺と剣崎だけだ。上層部は、そんな与太《よた》話は受けつけない」

八神は黙り込み、相手の言うことを吟味《ぎんみ》し始めた。

「お前を尾け回してる奴ら、特に墓掘人を捕まえない限り、無実を証明することはできない。どうだ？　悪い取り引きじゃないと思うが」

そこまで聞いて、八神の頭に一石二鳥のアイディアが閃いた。「分かった。要求は呑んでやる。その代わり、条件が二つある」

「何だ？」

「まず、連中をおびき出す場所はこちらで指定する」

「いいだろう」

「それから、大田区の雪谷から六郷まで安全に行けるルートを教えて欲しい」

「そんな所にいるのか」古寺はかなり驚いたようだった。「東京の南部にいるなら話は簡単だ。始発が動き出せば、電車を使って移動できる」

八神は拍子抜けした。「本当か？」

「ああ。本件の緊急配備計画は、広域要点配備が敷かれていたが、深夜の段階でターミナル駅への張り込みは解かれた。東京南部の駅となれば、なおさら安全だ。ただし」と古寺は続けた。「路上を巡回する警察官に面が割れればアウトだ」

その可能性は十分にあった。「タクシーは？」

「一番安全だな。タクシー代があればの話だが」

八神は財布の残高を思い出した。四千円弱。全財産を投げ出せば、六郷までタクシーで行けるかも知れない。「よし、場所を決めたら連絡する」

「そちらの携帯の番号を教えてくれないか？」

八神は少し迷ったが、古寺を信じることにした。十一桁の番号を教えると、古寺が言った。「了解した。せいぜい頑張ってくれ」

「あんたもな」八神は電話を切り、あたりを見回した。広い駐車場の向こうに、病院の敷地からの出口があった。

日の出まで、あと二時間半。暗がりを歩き出しながら、八神の全身にふたたび闘志が漲《みなぎ》り始めた。夜が明けるまでに、すべてが決着する。何があろうが生き延びてやる。生き延びて、自分の骨髄を白血病患者に届けてやる。

最後に笑うのは俺だ。

8

八神との電話を終えた頃、機捜車は東日暮里消防署に到着した。

流れはこちらに向かっている。古寺は、漠然とした期待を胸に秘めながら車を降りた。

運転席から出て来た剣崎も、疲れを感じさせないきびきびとした動きで、三階建ての消防署を見上げた。一階入口と二階の窓に明かりが灯っていた。

「ここなら、気兼ねすることはないですね」

「ああ」と古寺も顔をほころばせた。「二十四時間営業だからな」

建物の左隅に、ガラスがはめ込まれたドアがあった。古寺はそちらに向かおうとしたが、剣崎は動こうとせず、シャッターの降りた車庫を見つめていた。

「どうした？」

古寺が声をかけると、剣崎は我に返ったようにこちらを見て言った。「救急車なら、渋滞を抜けられますね」

「何の話だ？」

「複数犯の根拠となった、犯行の時間差です。警察車両とか救急車なら、移動も可能だったんじゃないでしょうか」

「緊急走行か」と言った古寺は、警察官による犯行という線もあるのだろうかと考えた。

車庫の横にあるドアを開けると、入ってすぐの所に受付があった。小窓の向こうには、数名の消防隊員の姿が見えた。天井から下がったプレートには、『通信室』と書かれている。

「すみませんが」

剣崎が声をかけると、濃紺のTシャツ姿の男が振り向いた。「どうしました？」

「ちょっとお伺いしたいことが」

剣崎とともに、古寺は警察手帳を見せた。

「警察の方？」

古寺は、アパートの大家から借りてきた表彰状を見せた。「この賞状についてお訊きしたいんですが」

消防隊員は、文面を目で追ってから言った。「うちで出したもののようですね」

「この火災の事情について、詳しいことを知りたいんですが」

「二十六年も前となると、記録がありますかどうか。とりあえず、二階へ行っていただけますか？」隊員は、廊下奥の階段を指さした。

二階は、『署隊本部』というセクションらしかった。古寺たちが上がってみると、仕切りのない広いスペースに、百個近くの机が並んでいた。しかしそこに詰めている署員はたったの一人で、こちらの姿を認めると、ノートパソコンから顔を上げた。

「こんな時間に失礼します」古寺は、先程と同じく警察手帳を見せ、来意を告げた。

「本消防署の、芳賀《はが》士長です」三十過ぎの隊員は名乗った。しかし古寺には、その階級名がどれくらいの位置づけなのかは分からなかった。「お問い合わせの件は、消防係の担当になりますが」

「消防係とおっしゃいますと？」

「ここは防災係でして」芳賀は、蛍光灯の消えた本部奥に目を向けた。無人のフロアの天井に、『消防係』のプレートがあった。「ちょっと待っていただけますか？」

古寺が頷くと、芳賀は廊下に出て行った。

その帰りを待っている間、古寺と剣崎は、普段見ることのない消防署の内部をめずらしげに眺めていた。

芳賀士長はすぐに戻って来た。別の隊員を連れていた。

「士長の吉沢《よしざわ》です」と、もう一人の隊員が言った。「どうぞ奥へ」

古寺と剣崎は、二人の隊員に導かれて消防係のセクションに行った。芳賀が天井の明かりをつけ、吉沢が壁面にずらりと並んだロッカーの一つを開けた。

「昭和五十年」呟きながら、吉沢がフォルダーの束を指で追っていった。「日付は何日でした？」

古寺は、手にした額縁に目を落とした。「火災があったのは一月十八日、賞状が渡されたのは二十二日です」

「ああ、これですね」吉沢がフォルダーの一つを引き抜き、中の書類をめくった。「権藤武司さんに対する表彰」

「そうです」と剣崎が身を乗り出した。

「昭和五十年一月十八日の夜の九時頃、二階建ての住宅で起こった火災です。台所の火の不始末が原因。死者が二名」吉沢は書面を目で追いながら、事実関係を述べていった。「権藤さんという方は、外を通りかかって出火に気づき、消防署に通報してから住宅内に入ったようです」

古寺は言った。「それで家の中の人を助けたんですね？」

「ええ。二階にいた少年一人を救助した。しかし少年の両親は、病院に搬送後に死亡となってます」吉沢は、さらに書類をめくって視線を走らせた。「権藤さんという方は、両親を喪《うしな》った少年に対して、その後も何かと面倒を見ていたようですね」

「救われた少年ですが、名前を教えていただくわけにはいきませんか?」

吉沢は書類から目を上げ、二人の警察官を眺めてから言った。「いいでしょう。権藤さんに助けられた少年は、当時五歳の、峰岸雅也君です」

古寺は愕然とした。「峰岸雅也?」

そのただならぬ気配を察したのか、剣崎が訊いた。「知ってるんですか?」

「骨髄移植のコーディネーターだ。八神の担当のな」

「え?」と剣崎が驚きの声を発した。

「だが」と古寺は、彫りの深い峰岸の顔を思い浮かべながら、必死に記憶を探った。「奴にはアリバイがある。俺は、昨夜の六時半に世田谷の病院で奴と会った。文京区で三人目の被害者が出たのは、それから三十分後だ。どう考えても移動は不可能――」

「緊急自動車」と剣崎が遮った。「政令で指定された緊急自動車は、捜査用車両や救急車だけじゃありませんよ。民間の医療関係の車も緊急走行が許されるはずです。骨髄運搬に使う車なら、もしかしたら」

古寺は、病院の駐車場での聞き込みを思い出した。峰岸は、初めから駐車場の敷地に立っていた。自分の車が特定されるのを怖れるかのように。あの時、峰岸は、殺戮の合間に古寺に会っていたのか。

「動機は怨恨ですよ」と剣崎が言った。「一連の犯行は、命の恩人が殺されたことに対する復讐じゃないんですか」

タクシーは、未明の環状八号線を突っ走っていた。八神には、それが信じ難いスピードに思えた。東京の北から南に来るまで、どれほどの苦労を重ねてきたことか。それが今や、何の抵抗もなく、時速八十キロで六郷を目指しているのだ。

料金のほうも問題なかった。八神が告げていた目的地、六郷土手駅にたどり着いた時、手元にはまだ三百円が残っていた。

ようやくこの地に降り立った。八神は感慨深く、目の前の私鉄駅を見上げた。電車はまだ動いてはいないものの、駅舎には明かりが灯っていた。

六郷総合病院は、ここから徒歩十分の距離にある。神奈川県との境、多摩川の緑地沿いだ。八神は、過去に二度ほど通った道を思い出しながら、その方向に歩き出した。

道順だけでなく、まわりの風景の記憶も正確だった。駅と病院の中間地点に、建設中のマンションがあった。

八神は、外装工事が終わったばかりの十五階の建物と、道をはさんで反対側に広がっている緑地とを見比べた。建物の上に上がれば、緑地を見張ることができるだろう。

鉄板で造られた囲いの真ん中に、トラックや作業員たちが出入りする鉄枠のゲートがあった。八神はそれをよじ登って、敷地内に飛び降りた。

暗闇で目を凝らすと、マンションの側面に設置された非常階段が見えた。鉄格子の扉がついているが、施錠はされていない。八神は足音を忍ばせながら階段を上って、十階まで行った。最上階まで上がらなかったのは、単に疲れただけのことだった。

鍵の取り付けが終わっていないドアを開け、建物の中に入った。廊下は暗黒だった。ポケットから出したオイルライターを着火させると、揺らめく炎の周囲に、耐火ボードが剥き出しになった壁面が見えた。八神はそのままフロアの中央まで進み、開け放たれたドアを見つけて部屋の中に入った。

そこは、3LDKの広い居室だった。ベランダからは、先程下見した多摩川沿いの緑地を見渡すことができる。

これで準備は整った。そこへ、携帯電話の振動音が聞こえてきた。着信表示を見ると、古寺からだった。

八神はライターの火を消し、電話を受信した。「いいタイミングだ。こっちはいつでも大丈夫だ」

「今、どこだ?」

「六郷に着いた。詳しい場所を言うから、よく聞いてくれ。六郷土手駅と六郷総合病院の中間に、建設中のマンションがある。その前にある緑地に敵をおびき出す」

「つまり、お前は今、その緑地にいるのか?」

「その近辺とだけ言っておこう」

「いいだろう。今から急行する。三十分弱で着く」

八神は腕時計を見た。午前四時三十分。古寺たちが到着するのは午前五時。日の出まで一時間半もあるが、ぐずぐずしている場合ではなかった。暗がりとはいえ、緑地には外灯があるので、人が現れれば分かるだろう。

「それより」と古寺が言った。「グレイヴディッガーの正体が割れた」

「誰だ？」

「峰岸だ」

八神は少しの間、その名前が誰を指しているのか分からなかった。しばらくしてから誠実そうな青年の姿が思い浮かんで、思わず大声を出した。「何だって？」

「いいか。すべての発端は、シャブ中の刺殺事件だった。殺された権藤という男は、人生で一度だけ善行を積んでいた。火災現場に飛び込んで、子供の命を救ったんだ」

八神は、訊き返さずにはいられなかった。「子供の命を？」

「そうだ。その助けられた子供というのが、峰岸だったんだ」

「つまり、大人になった峰岸が、命の恩人の復讐をしているというのか？」

「ああ。『M』に潜入して、真相を知ったと考えられる」

八神は目を閉じた。殺された権藤というシャブ中をあの世から連れ戻して、肩を叩いてやりたい気分だった。やったな、あんた。子供の命を救うなんてすごいじゃないか。

「だが」と古寺は続けた。「峰岸の復讐劇は成功しない」

「なぜだ？」と八神は苛立ちを感じて訊いた。

「『M』を作り上げた代議士だ。堂本謙吾の行方は、公安部しか摑んでいない。敵の元締めを殺そうとしても無理だ」

「畜生」と八神は口走った。

「とにかく一刻も早く、峰岸の身柄を押さえるのが先決だ。それに『M』の残党もな」

「峰岸に電話はしたか？」

「携帯の電源は切られていた」

「分かった。早くこっちへ来てくれ。『M』が来れば、峰岸も姿を現すだろう」

「ああ」

刑事との会話が終わると、八神は六郷総合病院に電話をかけた。

「八神さん？」と、これまでと変わらぬ可愛い声で、岡田涼子が出てきた。「今、どこにいるの？」

その質問だけはして欲しくなかったと思いながら、八神は答えた。「すぐそばまで来てる。多摩川沿いの緑地だ」

女医は驚いたようだった。「ここから歩いてすぐの所じゃないですか」

「ああ、ちょっと野暮用でな、足止めを食らってるんだ。夜が明ける頃には、間違いなくそちらに着く」

「緑地の中のどの辺ですか？」と、岡田涼子は執拗に訊いてきた。

「えーと」と、八神は周囲を見回すくらいの間をとった。「マンションの建設現場が見える」

「ああ、あの辺ね」と女医は見当をつけたようだった。「でも、どうしてそんな所に？」

「いろいろあってな」

「迎えに行きましょうか？」

「いや、いい。来るな」慌てて言ってから、八神はまだ自分の中に、彼女への未練が残っていることに気づいた。岡田涼子が『M』のメンバーなら、グレイヴディッガーに虐殺される怖れがある。「先生は病院で待っててくれ」

「分かりました」やや不審そうな声音で、女医は電話を切った。

これで眼下の緑地に『M』の連中が現れれば、女医もグルだと判断して間違いない。

罠を張り終えた八神は、ベランダから屋内に戻った。さっきの古寺との会話で、思いついたことがあった。『M』に潜入した峰岸が、どうして骨髄移植コーディネーターに志願したのか。そして殺された『M』の面々が、どうして骨髄ドナーの登録をしていたのか。そこに最後の謎を解く鍵があるような気がしていた。

八神は床に膝をついてデイパックを下ろし、島中のノートパソコンを取り出した。オイルライターの火を灯して、ディスプレイを開く。すると、画面の表示は消えていた。御徒町の旅館を出てから電源を切った覚えはなかった。ぶっ壊れたか、それともバッテリー切れか。

何とかならないかと適当にキーを押してみると、機械の唸るような小さな音が響き始め、モニターに骨髄ドナーのリストが復活した。

訳が分からないものの、うまくいったようだった。八神は、外務省の役人から教わった方法を思い出し、キーボード中央の突起を押して、画面上の矢印を上のほうに持っていった。

『編集』と書かれた項目に矢印を合わせ、キーボード手前のボタンを押す。すると、作業項目のリストが画面上に現れた。次に『検索』の項目から、検索語句を打ち込む四角い枠を出した。ワープロ専用機なら使った経験があるので、文字を打ち込むことはできた。八神はまず、自分の名前を入力し、『実行』を押した。

数万のリストの中から、自分のデータが瞬時に検索された。八神は暗闇の中に浮かんだモニターを見つめた。

『A2　A26（10）　B13　B35　DR8　DR15』

それが八神のHLA型だった。

次に八神は、画面を見ながら、検索語句の欄に自分のHLA型を入力した。同じ白血球の型を持つ別の人間を探し出そうというのである。検索を実行すると、一つの名前が現れた。

『立原亜美《たちはらあみ》』

住所は神奈川県横浜市。八神は、それに続くHLA型を何度も確認した。

『A2　A26（10）　B13　B35　DR8　DR15』

間違いなかった。八神が、骨髄移植で助けようとしているのはこの女だ。問題は、検索画面上に、『次の検索を実行しますか？』とのメッセージが表示されていることだった。おそらくそれが、事件解決の最後の決め手になるはずだった。

八神は矢印を動かし、『実行』を押した。

すると、『検索は終了しました』との表示とともに、三人目の名前が浮かび上がった。

『堂本謙吾』

八神は、堂本のHLA型を目で追った。

『A2　A26（10）　B13　B35　DR8　DR15』

これですべてが分かった。どうして自分が追い回されたのか、どうして『M』が、致命傷を与えないことにこだわったのか。

堂本謙吾は、白血病に罹《かか》っていたのだ。

『M』を統率するウイザード、つまり三沢は、堂本の白血病罹患《りかん》を知り、骨髄移植によって救おうと、信者たちにHLA型を調べさせたに違いない。だからグレイヴディッガーに殺された四名が、骨髄ドナーという共通項を持つことになった。しかし彼らのHLA型は、誰一人として堂本とは適合しなかった。そこへ現れたのが八神だった。堂本と完全に一致する白血球型を持つ八神は、しかし別の患者への移植が決定されてしまった。横浜市在住の、『立原亜美』という患者だ。『M』としては、移植手術が行なわれる前に、八神を拉致して骨髄を採取する必要があったのだ。

一方、峰岸は、権藤刺殺事件の真相を探るべく、『M』に潜入していたのだろう。『M』の指示で移植コーディネーターとなり、ドナーリストの入手などの作業に関わった。その過程で、今回の八神拉致計画を知ったのだ。

そして昨日、『M』は八神の拉致に動いた。同時に峰岸は、『M』への復讐を開始した。

だが——

峰岸の復讐劇は成功しない。

古寺の言葉を思い出して、八神は慄然とした。事態は、峰岸の思惑どおりには進んでいなかった。最後の仇敵《きゅうてき》、堂本謙吾は、完全に姿を消しているのだ。となれば、峰岸が復讐を完遂する手段はただ一つしかない。堂本を間接的に殺すのだ。つまり、代議士の命を救うことになるかも知れぬ八神の骨髄を、この世から完全に消し去れば復讐は成功する。

目の前の暗闇が、地獄への入口のように思えた。
グレイヴディッガーの最終目標は、自分なのだ。

千代田区平河町にあるオフィスビル、『京林会館』の一室に、植村芳男《うえむらよしお》は詰めていた。彼だけのために十五畳ほどもある広い仕事場が与えられているのは、大物代議士の政策秘書であるからだった。

時間潰しのために行なっていた住所録の整理は、半時間ばかり前に終わっていた。植村は、窓の外に見える国会議事堂のシルエットを眺めながら考えた。先生の身に万が一のことがあった場合、その票田《ひょうでん》を継ぐのは自分だろうか。彼が金庫番を任されたのは、前任者が自殺した後のことだった。たった二年の経験で後継者争いに名乗りを上げるのは、僭越《せんえつ》の謗《そし》りを免れないだろうか。

植村は、堂本の妻にもう少し取り入っておくべきだったと後悔した。以前、植村は、事務所にかかってきた電話で声色詐欺に引っかかり、まんまと五十万円を詐取されるという失態を犯していた。その時から、代議士の妻の信任を失ったのではないかと怖れていたのだ。

電話が鳴った。植村はすぐに受話器を取った。「もしもし？」
「堂本先生の事務所ですね？」

「そうです」

「警視庁公安部の者です」と先方は名乗った。「堂本先生を別の場所に避難させようと思うのですが」

植村は、努力して心配そうな声を出した。「何かあったのですか？」

「一応の安全策です。現在いる場所が探知された場合、警備が手薄になる心配がありまして」

「新しい場所は、どちらになりますか？」

「その件なんですが、先生が秘書の方に、迎えに来てくれないかとおっしゃってるんですが」

「私にですか？」警備陣の中に、先生の機嫌を損ねるような者がいたのだろうかと、植村は眉をひそめた。「よろしかったら、先生に代わっていただけますか？」

「少々お待ちを」

受話器を手渡す音がして、聞き慣れた声が響いた。「私だ。すぐに来て欲しい」

「何か、不都合でもありましたか？」

「いいから早く来るんだ」堂本は苛立っているようだった。「今、私がいる病院を忘れたんじゃあるまいな？」

「ちゃんと覚えています」

「それなら、どこにいるか言ってみろ」

「大森南診療所でしょう」

「よろしい。いつもの車で、こちらに来てくれ。制限速度をしっかり守ってな」

「はい。それで、お体の具合は――」と問いかけた時、電話は一方的に切られた。

八神は、生き残るための最後の情報を手に入れた。

9

機捜車は、首都高速一号線を南へと疾走していた。未明にもかかわらず、大型トラックの数が多いので、助手席の古寺は苛々していた。ハンドルを握る剣崎も、緊急走行とはいえ速度を落とさざるを得ないようだった。

古寺は時計に目をやった。余裕をもって到着時刻を告げたつもりだったが、八神の指定した場所に着くのは、予告通りの午前五時になりそうだった。

「下の道を行きましょうか?」と剣崎が訊いた。

「任せた」

GPSのモニターに目をやった剣崎が、不意に顔を上げて言った。「古寺さん、一つ気がついたことが」

「何だ?」

「『M』が、八神の位置を探知していた方法です」

その問題が残っていたと、古寺は今さらながらに気づいた。「それで?」

「彼に電話をかけてもらえますか?」


低い音を立てて、携帯電話が振動した。息をひそめて緑地を監視していた八神は、着信表示で相手を確認し、マンションのベランダから部屋の中に戻って受信した。

「もしもし?」と、受話器から聞こえてきた声は、古寺ではなかった。「剣崎だ」

八神は、先程の自分の発見、堂本謙吾とのHLA型の一致を話そうかと考えたが、その前に剣崎が早口で遮った。「訊きたいことがある、質問に答えてくれ」

「何だ?」

「島中の部屋から、ノートパソコンの他に何か持ち出さなかったか?」

どうしてそんなことを訊くのかと訝りながら、八神は答えた。「パソコンの周辺機器と、それから携帯電話も持ち出した」

「今も持ってるのか?」

「ああ」

『M』は、その携帯電話の電波を追っている可能性がある」

「何だと？」

「カー・ナビゲーション・システムと同じ、衛星電波を使ったシステムだ。数メートルの誤差で位置を割り出せる。島中の電話機を出せ」

八神は、慌ててライターに火をつけ、明かりのもとでデイパックの中の電話を摑んだ。

「電話を出した」

「確認する方法がある」と剣崎が言った。「『M』は組織立って動いている。全員がお互いの位置を把握してるんだ。島中もそのメンバーの一人だった」

「だから何だ？」

「あんたは、『M』の装備を持ち出して、自分の位置を相手に知らせていたのかも知れないんだ」

八神は、愕然としながら思い出していた。隅田川に携帯電話が水没してからしばらくは、『M』の追跡が止まっていたことを。

「これから言う方法で、島中の携帯電話をパソコンにつなげ」

剣崎が周辺機器の使い方を解説した。言われたとおりに短いコードの両端にあるアダプターを差し込むと、ノートパソコンと携帯電話が一本に連結された。

「次に、パソコンのポインターを動かせ」

「ポインター?」

「矢印だ。それを、画面左下に並んだ小さなマークに当てていけ」

八神はその指示に従った。

「矢印を当てるたびに、ソフトの名前が画面に出てくるだろ?」

「ああ」

「その中に、『PHS』か、あるいは『GPS』と書かれたものはないか?」

剣崎の言葉どおりの展開になったので、八神は驚いた。「あった。『マップGPS』だ」

「そのマークをクリックしろ。キーボード手前の左のボタンを押すんだ」

八神はボタンを押した。すると、『ダイヤルアップの接続』という表示が出てから、画面がひとりでに目まぐるしく動き出した。

「どうなった?」剣崎が待ち切れないように訊いた。

「ちょっと待ってくれ」八神が言った時、ディスプレイいっぱいに地図が現れた。「地図が出た」

「予想どおりだ。いいか、これで敵の位置が摑める。相手と同じ方法で、こっちも向こうの位置を探るんだ。地図はどのエリアを表示してる?」

八神は、だんだんと寒気を感じてきた。「俺が今いる六郷だ」

「何?」

「さっき言った、緑地の周辺を大きく表示してる」

「その中に、動く点はないか？　それが『M』の連中だ」

六つに色分けされた、小さな三角形のマークが画面の中でうごめいていた。それは緑地の前、道を隔てた狭いエリアに集結していた。

「さよならを言う時が来たようだ」八神は囁《ささや》き声で言った。「連中は、すでに俺のいるビルに入ってる」

剣崎の声が緊迫した。「本当か？」

「早く来てくれ。俺がいるのは、目印にしていた建設中のマンションだ」八神は、それだけ言うと、電話を切った。

あたりが急に静まり返った。八神は耳を澄ました。しかし、何の物音も聞こえてこなかった。

策士策に溺れるとはこのことだった。岡田涼子を疑った天罰だった。美女という人種は、信じようが疑おうが、とにかく災いをもたらすのだ。どうすればいいと考えて、八神はパソコン画面に目を戻した。地図が俯瞰《ふかん》で描かれているので、ビルの何階に敵がいるのか分からなかった。しかし逆に考えれば、敵も八神のいるフロアが分からないに違いない。

八神は足音を忍ばせ、部屋の玄関口に向かった。すると画面上のポイントが、八神の動きに同調するかのようにすうっと動いた。

背後に敵が、と考えて八神は振り向いた。しかし真っ暗な室内には人の気配はなかった。もう一度、画面に目を戻し、今動いたブルーのポイントが自分を指しているのだと気づいた。他の色はと見ると、残る五つの点は、青いポイントめがけて左右から接近していた。

八神はドアから顔を出し、廊下を窺った。真暗闇で何も見えなかった。少なくとも、八神を探す懐中電灯の光はなかった。

八神は廊下に出た。パソコンの画面上で、複数の点が青いポイントの横をすり抜けた。八神は確信した。敵はこの十階にはいない。別のフロアを探しているのだ。

獲物は目前にいた。腰をかがめ、モバイルパソコンの表示を見ながら、廊下の奥へと歩を進めている。

それよりもわずかに速い足取りで、男は獲物の背後に近づいて行った。

衣擦れの音が耳に入ったのか、獲物が急に振り返った。暗視ゴーグルの視野の中で、相手の口が驚愕に開かれるのが見えた。

矢の先端に巻いた布に火をつけ、ボウガンの引き金を引いた。弾き出された弦が弦楽器となって、低い音を奏《かな》でた。

矢は、獲物の首を貫いた。暗視装置が、目に見えない炎が発する赤外線を探知し、獲物の頭部を真っ白に染めた。

異様な絶叫を耳にして、八神は足を止めた。その叫び声は、ゴボゴボという水泡が湧き上がる音を含んでいた。

階下に耳をそばだてながら、誰かが喉を切られたのだろうと八神は考えた。叫んでいる男は、気管に噴き出した自分の血でうがいをしているのだ。

断末魔の声は数秒で途絶えた。マンション全体が、ふたたび静寂に閉ざされた。

八神の両足がすくんだ。墓掘人もここに来ている。

十階からの脱出路はすでに閉ざされていた。エレベーターは稼働しておらず、地上に下りるには建物の外にある非常階段を使うしかないのだ。だが、パソコン上の青いポイントがそこへ移動すれば、敵は全員で階段を固めるだろう。

残る手段は一つだけだった。八神は部屋の中に駆け込み、ジャンパーを脱いだ。それからパソコンにつながれた島中の携帯電話を引き抜いた。敵の位置が分からなくなるが仕方がない。電源を入れたままの電話機を脱いだジャンパーのポケットに入れ、壊れないようにくるんだ。それからベランダの外へと思いきり投げ出した。

ディスプレイに浮かぶブルーの点が、猛烈な速度で屋外へと飛び出した。

八神は一階にいたのかと、彼は驚いた。探索の目を逃れ、窓から外に駆け出したのか。

地図上のブルーのポイントは、身を潜めるかのように、マンション外の敷地に停止した。

「ビースト」と、ヘッドセットから、リーマンの呼びかける声が聞こえてきた。「今の動きを見たな？」

「見ました」

「外へ出て様子を探れ。だが気をつけろ。バーグラーからの応答が途絶えた」

「了解」

マイクに小声で言って、ビーストは四階の部屋から真っ暗な廊下に出た。額の暗視ゴーグルを引き下ろした途端、目の前の黒い人影が視界に入った。左の二の腕に、小型のパソコンをバンドでくくりつけている。仲間かと思って目を上げると、闇の中でかすかに光沢を放つ銀色の仮面が見えた。

一瞬、ひるんだビーストの頬に、拳が叩き込まれた。床に転がりながら、仲間を呼ぼうと声を張り上げた。だが、息を継ごうとした時、上から降り注いだ消毒液のような液体が口と鼻孔に流れ込んだ。

激しく咳き込みながら、ビーストは男を見上げた。暗視装置の中で、まぶしい光が灯った。マッチの炎だった。その場から這い出そうとしたが遅かった。宙に投げられたマッチ棒が、すでに気化している液体燃料に引火し、視界を覆う大きな炎となって舞い降りてきた。

灼熱地獄の中で、ビーストは野獣のように咆哮《ほうこう》した。

叫び声が尾を引いて消えたので、二人目が殺られたのだと八神は悟った。残っているのは、『M』のメンバーが三人と、そしてグレイヴディッガーだ。

非常階段への扉を開けた八神は、息をひそめ、階下の様子を窺った。足音は聞こえていなかった。今、一気に階段を駆け降りれば、逃げ切れるかも知れない。

だが、と八神は腕時計に目を走らせた。午前四時四十五分。あと十五分だけここで持ちこたえれば、古寺たちが応援に駆けつける。待つべきか、それとも強行突破をするべきか。

八神は決断した。座して滅びを待つよりは、むしろ討つべし。

もはや足音を忍ばせるなどという悠長なことは考えなかった。八神は全速力で、十階から階段を駆け降り始めた。

足を踏み出すたび、鉄板を踏みつける重い音がマンション全体に鳴り響いた。踊り場を回り込むのが怖かった。すぐ目の前に、墓掘人が立っていそうな気がしたからだ。九階から八階、そして七階へと一段抜かしで降り着いた時、目の前の鉄扉《てっぴ》が勢いよく開かれた。

敵だ。八神はその場に踏みとどまった。屋内から飛び出して来たのは、見覚えのある男だった。フリーターだ。進路をふさがれた八神は後退しようとしたが、そこへフリーターが飛びかかった。少なくとも八神にはそのように見えた。しかし、相手の両手がこちらの肩を摑んだ瞬間、頬を煽《あお》る熱気に、八神は呻き声を上げた。フリーターの体は炎上していたのだ。

反射的に腕を振り払うと、相手は階段上でよろめき、半階下の踊り場まで転がり落ちた。胸元に矢が突き刺さり、淡く光る上半身が見る間に焼けただれていった。

グレイヴディッガーが、すぐ横のドアの向こうにいる。そう気づくと同時に、今度は階下から、別の複数の足音が駆け上がって来た。

逃げ道は階上しかない。八神は、降りて来たばかりの階段を上り始めた。残りはグレイヴディッガーを含めて三人。このまま殺し合いが続いて相手が一人になれば、勝機は十分にある。ただ一つ残った最大の問題は、両足が動かなくなってきていることだった。体力の限界がきたのだ。背後からの足音は、徐々に間隔を詰めてきていた。このままでは屋上に行くまでに追いつかれる。

階数表示が十二階になった。八神は屋内に入って、どこかの部屋に身を隠そうと考えた。ところがノブを回しても、扉は開かなかった。迫る靴音に追い立てられるようにして駆け出しながら、八神は思い出した。ビルの内装工事は、最上階から下に向かって行なわれる。十二階より上は、すでに工事が終わっているのだ。

追っ手の気配は、半階下まで迫っていた。八神は、踊り場を回り込んでから急停止した。

すぐ下まで近づいてきた足音が、止まることなくこちらに向かってきた。蹴りが見事に相手の顎を捉えた。スカラーが後方に吹き飛ばされ、背中から十三階に落下した。八神はふたたび階段を駆け上がり始めた。

少しは時間稼ぎになったようだった。八神は息も絶え絶えに十五階を通り過ぎ、さらに一階分を上がって最上階にたどり着いた。ドアは問題なく開いた。通り抜けた先は、屋上ではなく狭い資材置き場になっていた。ペンキ缶やビニールシートの向こうに、屋上へと出るもう一つのドアが見えている。

二つの足音が駆け上がって来た。喘ぐような声も聞こえている。はっとして振り返ると、『M』と思しき二人の男が、下の踊り場に姿を現したところだった。

八神は資材置き場を横切って、屋上に出ようとした。だが、扉は施錠されていた。ノブを摑んだまま、肩越しに視線を投げた。追いすがって来た二つの人影は、しかしすぐに足を止めた。彼らとは別のもう一つの足音が、一段、また一段と、非常階段を上がって来ていたのだ。

八神は凍りついた。

墓掘人が、その場の全員を皆殺しにしようと近づいて来る。

八神はポケットからライターを出し、火をつけた。オイルが切れかかっているのか、資材置き場を照らし出した光は弱かった。その明かりの中に、暗視ゴーグルをつけたまま立ち尽くす、二人の『M』の姿があった。リーマンとスカラーだ。

「死神が来たぜ」八神は小声で言った。「どうするよ？」

そう問いかける間も、墓掘人の足音は、階下からゆっくりと迫っていた。

スカラーが足音を忍ばせ、階段口に近づいて行った。そして階下を窺おうと身を乗り出した。

無謀な奴だと八神が心の中で罵った直後、矢が空を切る音がして、スカラーがもんどりうって倒れた。胸郭に上向きに刺さった矢が、根元から煙を上げていた。幸いにもスカラーは、心臓を貫かれて即死したようだった。ぴくりとも動かぬまま、目に見えない炎が放つ淡い光に包まれて火葬にされていった。

ただ一人生き残ったリーマンが、八神に向かって近づいて来た。

「君を殺すつもりはない」と、『M』の残党は言った。「私と協力して、ここから出ようとは思わないか？」

八神は聞いていなかった。リーマンの背後、階段の下から、黒いシルエットがせり上がって来たからだ。

八神は、すぐにその場に伏せた。グレイヴディッガーの放った火矢が、リーマンの腕を貫通して壁に磔《はりつけ》にした。

苦悶の呻きがリーマンの口から漏れた。スーツの袖が炎上しているのだろう、わずかな煙とともに、上着の布地がぼろぼろと崩れ落ちていく。

そこへ二本目の矢が放たれた。今度は大腿部に突き刺さった。

聞くに堪えない絶叫を耳にして、八神は早く殺してやってくれと心の中でグレイヴディッガーに訴えた。

「助けてくれ！」

リーマンが振り絞るようにして言った命乞いは、その一言で途切れた。開かれた口に、三本目の火矢が飛び込んだ。腕と左足、そして頭部を壁に釘付けにされ、リーマンは立ったまま絶命した。

これで十一名の『M』のメンバーは全滅した。

八神はその場にしゃがみ込んだまま、墓掘人が姿を現すのを待った。やがて、上半身しか見えていなかったシルエットが、階段を上がる足音とともに全身像へと変わった。重量感のある黒いマントに身を包んでいる。その手が動いて、弩《いしゅみ》に新たな矢をつがえた。顔を確認しようとした八神は、フードの陰に光る銀色の面鎧を見た。

墓掘人が、ゆっくりとボウガンを持ち上げ、目の高さに構えた。だがその動きには逡《しゅん》巡《じゅん》の気配があった。そうでなければリーマンたちを血祭りにあげた時と同様、八神に向けて問答無用に矢を発射したに違いない。

「峰岸だな？」八神は問いかけた。

墓掘人は動きを止めた。

「恩人の復讐をしたいんだな?」

顔が見えないので相手の反応を窺うことはできなかったが、八神を狙っていた矢の先端は、明らかに動揺し始めていた。

「堂本謙吾を殺したいなら、大森南診療所に行け。奴はそこにいる。おそらく、武装したお巡りに守られてな」

墓掘人は無言だった。だが、その場を支配していた緊迫した空気が、急速に鎮《しず》まっていくのを八神は感じた。殺戮者の全身から放たれていた殺気は、消滅してから初めてその凄まじさを印象づけた。

「だがな」と八神は続けた。「高飛びしたほうが無難だ。警察は真相に気づいている。お前の復讐なら、俺が代わりに遂げてやる。『M』は全滅したんだ。俺の骨髄が堂本に渡ることはないはずだ」

目の前の黒い影は、八神を狙っていたボウガンを下ろした。

「病院へ行け」と、かすれた声が聞こえた。

八神は驚いた。どういうわけか、相手が声を出すとは思っていなかったのだ。

「病院へ行け」と相手は繰り返した。「子供の命を救え」

八神は、はっとした。「立原亜美というのは子供なのか?」

墓掘人は口を閉ざし、うなだれるような格好で、自分が虐殺したばかりの二人の男を見つめた。鋼鉄の仮面の陰影が、光の加減で泣き顔を作った。しばらく立ち尽くしていた異形の男は、やがて踵《きびす》を返し、階段を下りて行った。

遠ざかる足音に、八神はしばしの間、これは本当のことなのかと自問していた。立ち上がって体をさすり、自分が生きていることを確かめた。

子供の命を救けるために、早く病院に駆け込まなくてはと考えた。しかしその前に、やらなければならないことがあった。八神は携帯電話を取り出し、古寺の番号を呼び出した。

「八神か？　どうなってる？」回線がつながると、すぐに古寺が言った。「こっちは大田区に入った。あと五分ほどでそっちに着く」

「待ってくれ。車を止めろ」

「何？」

「いいから車を止めるんだ！」

受話器の向こうから聞こえていたサイレンの音が消えた。

八神は言った。「大森南診療所へ行け。そこに堂本謙吾がいる。峰岸が姿を現すかも知れん」

「本当か？」と古寺が訊いた。「そっちは無事か？」

「ああ、無傷だ。だが、『M』の残党は皆殺しにされた。早く大森に行くんだ」

「今から急行する」サイレンの音が、ふたたび聞こえてきた。

「最後に一つ言っておく。堂本の野郎は白血病に罹っていた。ＨＬＡが俺と一致していたんだ」

驚きの声を上げた古寺を、八神は遮った。「あとは自分で考えてくれ。俺は疲れた。じゃあな」

八神は電話を切り、ゆっくりと非常階段を下りて行った。足がふらついたが、勝利は目前だった。五分だけ歩けば、六郷総合病院にたどり着ける。

建物の外に出た八神は、重い体を何とか持ち上げ、建設現場のゲートを乗り越えて路上に飛び降りた。東の空が、かすかに明るくなり始めていた。

立原亜美というのはどんな女の子だろうと考えながら、八神は歩き出した。

10

何から何までが異例ずくめだった。要人警護に、どうしてＳＰだけではなくＳＡＴが出動しているのか。どうして与党幹事長は守りを固めやすい大病院に移らず、町医者に毛が生えた程度の民間診療所に居座っているのか。そして目の前にいる政策秘書は、何を訳の分からないことを言っているのか。

警視庁警備部の安藤《あんどう》警部は、車道に面した病院の玄関前に立ち、声を荒らげていた。

「今はどなたも中に入れることはできません」

植村という政策秘書は目を剝いた。「どうしてです？　私の顔はご存知でしょう？」

「もちろん、存じています」

「先生に呼び出されたんです。他の病院に移るので、迎えに来て欲しいと」

「ですから、それは確認しました。堂本先生は、病室でずっとお寝《やす》みになっておられました」

「そんなはずはない。私は本人からの電話を受けたんです。先生に確認してください」

安藤警部は首を振った。「今、何時だと思ってるんです？　先生を叩き起こせというんですか？」

そこへ、商店の並んだ道の向こうから、一台のライトバンが走って来た。車の側面に書かれた『骨髄移植』という単語が目に入ったので、医療関係者の車両だろうと安藤は考えた。

運転席から降りた若い男が診療所に入ろうとしたので、安藤は止めた。「待ってください。どちらの方？」

「骨髄移植ネットワークの者です」と相手は答えた。

「え？」と、植村秘書が割って入った。「もしかして、ドナーが見つかったとか？」

安藤警部は、自分の関知していない事情があるのではと不安になった。「何のことです？」

「いえ」と植村は口を濁した。

骨髄移植ネットワークの男は、「そちらは？」と植村に目を向けた。

「植村といいます。堂本謙吾の政策秘書です」

「そうでしたか。私が伺ったのは、まさに今、そちらがおっしゃったような理由で」

植村は、SPを一瞥してから声をひそめた。「骨髄が？」

相手は頷いた。

安藤に顔を向けた植村は、先程とはうって変わった居丈高《いたけだか》な調子で言った。「我々を中に入れてくれ。重大事だ」

仕方がない。安藤は、腰に下げた小型トランシーバーを取り出して言った。「少しだけ待ってください。今、許可を取ります」

二人の男は頷いた。

そこへ、かすかにサイレンの音が響いてきた。安藤と植村の頭が、音の聞こえてくる方向に向いた。

「間に合ってくれればいいが」助手席の古寺が言った。

剣崎は、ハンドルを握りながら左肘を体に押しつけ、脇から下げた拳銃の感触を確かめた。「古寺さん、銃は持ってますね？」

「残念ながら」と古寺は言った。

「もうすぐ病院に着きます」

「しかし、どうして堂本謙吾は町医者なんかにいるんだろうな？」

「八神を拉致しようとしていたことを考えると、『M』の息のかかった病院かも知れませんね」

「なるほど」と古寺は頷いた。「骨髄移植をこっそりやるには好都合だな」

剣崎は車のスピードを落とし、診療所へと続く角を曲がった。商店街の向こうに、二台の車が止まっているのが見えた。

古寺が言った。「銃を抜くような事態になっても、銃口は上に向けるな。足を狙え」

「了解」と答え、剣崎は胸の中にわだかまっている疑問をぶつけた。「もしも峰岸の身柄を拘束したら、どうしますか？」

古寺が、怪訝そうに剣崎の顔を見た。「どうするとは？」

「逮捕しますか？」

車を運転しているので表情は窺えなかったが、古寺ははっとしたようだった。

「峰岸がグレイヴディッガーだと気づいているのは、我々と、そして八神だけです。捜査本部は何も知らない。このまま奴を死刑台に送り込むのは、気が進まないんですがね」

古寺の口から、かすかな吐息が漏れた。「監察係の主任が、そんなことを言うとはな」

「シャブ中を殺した堂本や『M』を捕まえることのできなかった法律で、峰岸だけを逮捕するのは不平等です」

「状況次第だ」と古寺は言った。「事前に奴の身柄を押さえることができたら、その時に考えよう」

「了解」

機捜車が、大森南診療所の前で停車した。車から降りた剣崎は、入口の横に二人の男が倒れているのに気づいた。「古寺さん！」

古寺も駆け寄って来た。剣崎は二人の頸動脈に指を当て、昏倒しているだけだと気づいた。

骨髄移植ネットワークの車を見つけた古寺が言った。「奴はここにいる」

その時、急にあたりが暗くなった。診療所に灯っていた明かりが、一斉に消えたのだった。

テロリストの出現は、診療所前面をカバーしている狙撃手からすでに報告されていた。

二階の病室に設置された作戦本部で、ＳＡＴの指揮官、速水《はやみ》警部が、一階に詰めた三名のSPからの報告を待っていた時だった。突如として院内の照明がすべて落ちた。

SPによる敵の制圧を期待していた速水は、連中が暗視装置を標準装備していないことを思い出した。下手をすれば、テロリストは一階の防御ラインを突破し、要人のいる二階へと上がって来る怖れがある。

速水は、無線マイクを通じて十人の部下に臨戦態勢に入ると伝え、自らもMP5サブマシンガンの安全装置を解除した。暗視装置を使って部屋の外を窺うと、廊下両側に並んだ病室の戸口に、銃を構えた部下たちの姿が確認できた。

それにしても守りにくい。速水は、ベッドで横になっている堂本幹事長を振り返った。この部屋は二階の一番奥にあり、敵が現れるとすれば、細い廊下を行った突き当たり、十五メートルほど離れた階段かエレベーターだ。交戦に当たっては、同士討ちを避けるために、一度に攻撃できる隊員が前衛にいる二名に限られてしまう。

一階のSPに様子を訊こうと、速水は無線で呼びかけた。しかし応答はなかった。代わりに聞こえてきたのは、階下からの散発的な銃声だった。

速水は、エレベーターと階段を監視している前衛の隊員、ラインAの二名に、一階へ応援に向かうよう指示した。

「了解《ラジャー》」と返答があり、黒いヘルメットと戦闘服に身を包んだ二名の隊員が、軽機関銃を構えながら廊下を走り出すのが見えた。

指揮官は、自分が守るべき要人に目を向けた。与党幹事長は、ベッドの中で目を開けている。しかし何も訊こうとはしなかった。かつて警視庁公安部の秘密部隊を率いていた男は、SATにすべてを任せるしかないと心得ているのだ。

速水は廊下に目を戻した。ラインAの二人が階段を降り始めるのと同時に、その横にあるエレベーターの上昇ランプが点灯した。

「ラインB、エレベーターに注意」

無線マイクに言うと、前衛に繰り上がった二名が、軽機関銃を目の高さに構えた。

エレベーターの階数表示が『2』を表示した。ゆっくりと開いたドアの向こうに、異形の人影が立っていた。全身を分厚いマントで覆っている。フードの陰の闇の中には、どんな顔が隠されているのか。

「武器を捨てろ！」ラインBの隊員が叫んだ。

おそらく一階のSPは真暗闇で襲われたのだろう、エレベーターの中の男は、警視庁警備部が制式採用している自動拳銃を握っていた。

「銃を捨てて壁に手をつけ！」隊員がもう一度怒鳴った。

男の手が動いた。銃を捨てるのではなく、廊下の左右に並んだ隊員たちに銃口を向けた。

ラインBの二人が同時に発砲した。二秒間のフルオート射撃により、数十発の銃弾を浴びせられて、男の体が後方に吹き飛ばされた。エレベーターは、その死体を呑み込むかのように、ゆっくりと扉を閉めた。

「ラインB、結果を確認せよ」

速水の指示を受けて、ラインBの二名が、互いを援護する陣形をとって、エレベーターに近づいて行った。一人が扉の外から銃口を箱の中に向け、もう一人が壁のボタンを押した。

ドアが開かれた瞬間、中から白い煙が噴き出し、銃を構えた隊員を呑み込んだ。消火器だと速水が気づいた時には、隊員は床に転がり、防弾バイザーに付着した消火液を拭おうと躍起になっていた。もう一人の隊員が箱の中にマシンガンを向けた。しかしそれよりもわずかに早く、自動拳銃を連射する火焔が走った。隊員の上半身は防弾ベストで守られていたが、両足を撃ち抜かれてはひとたまりもなかった。床に向かって機関銃を乱射しながら、隊員はその場に崩れ落ちた。

廊下のラインCが銃撃を開始した。エレベーター横にいる仲間を誤射しないため、射撃モードはセミオートに切り替えられていた。しかし、断続的に襲いかかる銃弾を浴びながらも、男は倒れなかった。足元の隊員の首を蹴り上げ、機関銃を奪い取った。

速水は戦慄した。どうして奴は死なないのか。男は今、エレベーターの陰に隠してあった防弾楯を手にし、廊下の左右に展開した六名のSAT隊員に反撃しながら、こちらに向けて突き進んで来た。

ラインCの二名が、掃射を受けて室内に倒れ込んだ。それを見たラインDの二名が一斉射撃を開始した。男が手にしたポリカーボネイト製の透明な防弾楯に白煙が走り、変形した九ミリ弾が床にばらばらと落ちた。男はわずかに速度を落としたものの、目前の敵二名に銃撃を浴びせかけ、最終防衛線のラインEに迫った。

その時、一階に降りていた二名の隊員が廊下の奥に駆け戻って来た。二人は戦況を即座に把握し、銃をシングルモードに切り替えて、男の背後から精密射撃にかかった。背中に銃弾を受けた男が前につんのめった。すかさずラインA、Eの四名が男に殺到し、防弾楯を取り上げた。そこへ銃撃が炸裂した。倒れた男が床の上で体を回転させながら、フルオート射撃で隊員たちの足をなぎ払ったのだ。

その場の全員が被弾し、銃創《じゅうそう》から血を滴《したた》らせてその場にうずくまった。

病院の廊下を覆う苦痛の呻き声の中、男がゆらめくように立ち上がった。速水は目を見張った。地獄からの使者という形容がぴったりだった。SATの指揮官は銃口の向こうに男を捉え、引き金を引き絞った。

三発の銃弾が、男の胸に命中した。だが倒れなかった。男はこちらに向けて応戦しようとしたが、機関銃の弾が切れていた。速水は、もう一度セミオート射撃を浴びせかけてから気づいた。男の異様な装束は、単なる虚仮威《こけおど》しではない。全身を覆った黒いマント様の着衣は、ケブラーかスペクトラか、とにかく防弾仕様の繊維をつなぎあわせてあるのだ。

速水は、フードの陰に隠された男の顔面に銃口を向け、至近距離からフルオート射撃を見舞った。

甲高い金属音とともに、男の顔面に火花が飛び散った。金属製の仮面を装着していたのだ。サブマシンガンが使用する拳銃弾では、貫通させることはできない。速水は相手の目を狙って闇雲に発砲を続けたが、数秒と経たないうちに弾倉が空になった。そうしている間に、男が自動拳銃をこちらに向け、速水の右腕と右足を撃った。

SATの指揮官は、戸口にもたれるようにして倒れた。その横を、男の両足が通り過ぎた。

黒い人影は、一直線に堂本謙吾のいるベッドに向かって行った。

「今だ」

階段口に身を潜めていた古寺が、小声で言った。

剣崎は両手で銃を握り締め、病院二階の廊下を走り出した。通路には、銃弾を受けたSAT隊員たちが苦痛の中で身をよじっていた。彼らの間を走り抜け、剣崎は堂本謙吾のいる病室へと突入した。

「峰岸!」

銃を向けた時、グレイヴディッガーはベッドの横にいた。左手の自動拳銃を堂本に突きつけ、右手には先端に布を巻きつけた矢を握り締めている。室内にはアルコールの臭いが充満していた。堂本謙吾は処刑される寸前だった。

「やめろ！」少し遅れて飛び込んで来た古寺が叫んだ。

墓掘人がこちらに顔を向けた。銀色の面鎧には弾丸による条痕が無数に走り、受け続けた銃撃の凄まじさを物語っていた。

「武器を捨てろ！」

剣崎は言ったが、相手は従わなかった。左手で持った拳銃を、矢の先端に向けて発射した。銃口からほとばしった火が、金属製の矢を松明《たいまつ》に変えたようだった。目に見えない炎が燃え上がり、部屋全体を仄《ほの》かな光で照らし出した。

剣崎は、相手の足に向けて引き金を引いた。しかし弾丸は、重そうなマントの裾に阻まれた。グレイヴディッガーは倒れることなく、手にした火矢を堂本に突き立てようと、右腕を振り上げた。

その時、剣崎の背後で銃声が響いた。古寺が発砲したのだ。回転式拳銃から放たれた弾丸が、墓掘人の右手指先を砕いた。その勢いで火矢が窓辺に向かって弾き飛ばされ、炎の燃え移ったカーテンが瞬《また》く間に消滅していった。

グレイヴディッガーは被弾した右手を押さえ、壁際の矢に向かって足を踏み出した。ところが次の瞬間、銀の面鎧が爆発するように飛散した。同時にグレイヴディッガーの後頭部から血煙が噴き出し、首をがくんと後ろに折ったまま、背中から床に叩きつけられた。

剣崎は息を呑み、窓ガラスに残された弾痕を見つめた。道の向こうのビルの屋上から、SATの狙撃手が一撃で敵を倒したのだった。床に目を戻して峰岸の死顔を確認しようとしたが、殺戮者の顔面は、超音速で飛来したマグナム弾によって完全に破壊されていた。

「何てこった」古寺が、発砲したばかりの自分の銃を床に向け、呆然とした口調で呟いた。

「俺が撃ったんだ」

「気にすることはない。こいつは死んで当然だ」

嘲《あざけ》るような声が、暗闇から聞こえてきた。剣崎は顔を上げた。堂本謙吾がかすかに肩を震わせながら、二人の私服刑事を見上げていた。

「消火器を持って来てくれないか」

しかし剣崎は身じろぎもせず、腐りきった権力者を見下ろしていた。

## 11

「ハイ、ハニー、元気かい？」

八神が甘い声を出しても、電話の向こうの岡田涼子は乗ってこなかった。

「寝不足が祟《たた》って、それどころじゃないわ」女医は欠伸《あくび》を噛み殺すような声で言った。

「それより、今、どこ？」

「病院の玄関まで、歩いて三十秒ほどの所だ」

「え？　本当？」

八神は、六郷総合病院の正門横、生け垣の隙間から中を窺っていた。広い駐車場には、五台の車しか止まっていなかった。問題はその中の一台、水銀灯からもっとも離れた位置に停車している乗用車だった。運転席に人影が見えていたのだ。

「玄関まで迎えに行くわ」と女医が弾んだ声で言った。「鍵を開けなくちゃいけないから」

「待ってくれ。駐車場に止まっているのは、誰の車だ？」

「誰って、病院関係者よ」

「一台だけ人が乗ってる車がある。さっきから見てるんだが、一向に動き出す気配がない」

「だから、何？」と女医は苛立ったようだった。「見かけによらず、神経質なのね」

俺と喋る人間はみんな怒りっぽくなると八神は考えた。「岡田先生は、メールをやるか？」

「やるわよ」

「メールってのは、音声も送れるのか？」

「やろうと思えば。これ、何の話？」

「声を録音するような機械は持ってないか？」

「学会に持って行くICレコーダーならあるけど」

「よし、このまま電話を切らないでくれ。今から病院に入る」

「ちょっと待って。電話を切るなって、どういうこと？」

「移植を成功させたかったら、言われたとおりにするんだ」

八神は電話機を耳から外し、正門から駐車場に入った。

三十メートルほど向こうに、明かりの消えた正面玄関が見えていた。八神はゆっくりと歩いて行った。右手に止まっている乗用車に動きはなかった。『M』のメンバー十一名は、全滅したはずなのだ。八神の行く手を遮る者はいないはずだ。

思い過ごしかも知れないと八神は考えた。

駐車場の中ほどまで進んだところで、八神を迎え入れるかのように玄関に明かりが灯った。扉にはめ込まれたガラスの向こうに、Tシャツの上に白衣を引っかけた岡田涼子が現れた。

小柄な女医は、八神の姿を認めると、ほっとしたような笑顔になった。そのあどけない表情に八神の心はすっかり癒された。

涼子が、細い両腕で、玄関の重い扉を開けた。八神は気の利いた文句を言って病院に入ろうとした。だがその時、女医の顔が曇った。八神の背後で、車のドアを開閉する音が聞こえてきた。

八神が振り返ると、男が一人、ゆっくりとこちらに近づいて来るのが見えた。蒼白い顔に丸眼鏡をかけている。腺病質《せんびょうしつ》のその男に、見覚えはなかった。

駆け出して病院に飛び込もうかと考えたが、八神はその場に立ったままでいた。女医を巻き込むような事態は避けなければならない。今は、近づいて来る男の正体を見極めるのが先決だった。

「失礼」スーツ姿の男は言って、八神に警察手帳を見せた。「警視庁の者です」

その手帳は本物だった。古寺が差し向けたのだろうかと考えながら、八神は訊いた。

「名前は？」

「お答えできません」と言って、男は八神の腕を摑もうとした。

「冗談はやめてくれ」八神は自分に伸びてきた相手の手を振り払った。「名前と部署を言えよ」

「公務執行妨害で逮捕する」

「何だと？」

男は銃を抜いた。八神はようやく、最後に残った一人を忘れていたことに気づいた。

「貴様がウィザードか」

男はわずかに目を上げた。

「マカロニやジーパンの親戚か？　インチキ宗教の教祖だな？　本名は三沢といったかな」

しかし、公安部の刑事が動揺を見せたのは一瞬だけのことだった。三沢は銃を突きつけたまま、八神の着衣を探り始めた。そしてすぐに手錠の鍵を発見した。

八神は無念さを隠して言った。「凶器なんかは持ってないぜ」

「そのようだな」デイパックの中まで覗き込んだ三沢は、左手で手錠を出して、八神の両腕にかけた。「来い」

背後に回った刑事に追い立てられながら、八神は病院を振り返った。唖然としながらこちらを見送っている女医の姿があった。

あと十メートルだったのにな、と八神は残念に思った。自分に会えて喜んでいる彼女の顔を、間近で見られたのだが。

三沢は八神を車まで連れて行き、後部座席に乗せた。その車は覆面パトカーだった。運転席に乗り込んだ三沢がドアロックをかけたので、後部の扉は内側からは開かなくなった。

車が走り出した。八神はリアウインドウから病院を振り返った。不安げな女医の顔は、寂しそうにも見えた。二人は結ばれない運命なのかと、八神は舌打ちした。

まだ夜が明けきらないというのに、大森南診療所は戦場のような喧騒《けんそう》状態にあった。病院前の道路を埋め尽くした警察車両、そして事件発生を嗅ぎつけて集まったマスコミ、それから野次馬たち。

院内では、重傷を負ったSP、そしてSATの隊員たちが応急処置室で止血処理を施され、弾丸摘出手術のできるもっと大きな病院へと搬送されていった。

剣崎は、放心状態と言ってもいいような態《てい》で、一階のロビーに腰を下ろしていた。古寺も、長椅子の反対側に座って、ぽつねんと床を見つめている。

二階の病室では、峰岸雅也の検視と、その他の鑑識作業が続いているはずだった。

グレイヴディッガーは復讐を遂げる直前に、音速の三倍の速度で飛来した弾丸によって頭部を吹き飛ばされた。そして、墓掘人が倒そうとした仇敵、堂本謙吾は無傷で生き残った。権力者はすでに、マスコミの目から逃れるように、公設秘書に付き添われて裏口から姿を消していた。現場に集まった警察官全員には、事件に関する厳重な箝口令《かんこうれい》が敷かれた。

剣崎は、自分が警察官としての職務を全《まっと》うしようとしたことを後悔していた。墓掘人の復讐劇を、黙って見ていればよかったのだ。少なくとも、堂本謙吾だけが生き残った現在の状況よりも、そちらのほうが正しい結果のように思われた。

古寺の考えはどうなのかと横顔を窺ったが、機捜隊員は床に目を落としたまま身じろぎもしなかった。剣崎は相手の心中を察した。古寺がグレイヴディッガーに向けて発砲しなければ、復讐は成功していたのだ。

「剣崎主任」

名前を呼ばれて顔を上げると、越智管理官が立っていた。

「疲れているでしょうが、事情を説明してもらえますか」穏やかな口調だった。「東京拘置所に行ってから今までの間に、何があったんです?」

剣崎は、黙ったまま古寺に顔を向けた。

「管理官」古寺が言って、大柄な体を持ち上げた。疲労が重なって冷や汗をかいているのか、ハンカチで首筋を拭いながら二人の所に来た。「独断で動いて申し訳なかった。言い訳のしようもないが、最後に一つだけ頼みがあります。三分だけ、剣崎主任と二人だけで話をさせてもらえないだろうか」

「何のために、ですか?」

「不祥事の口裏合わせじゃない」と古寺は言った。「悪党を捕まえるための相談です。善人面した、本物の悪党を検挙するためのね」

越智は眉をひそめたが、「まあ、いいでしょう」と言った。「三分だけなら」

剣崎は、古寺に促されて廊下に出た。二人は人気のない場所を探し、外来患者の待合室に入った。

「ぶちまけよう」と古寺は言った。「堂本絡みの件を、全部」

「でも、証拠が」剣崎は、自分の食ってかかるような声の調子に気づいて、語調を改めた。

「今、ぶちまけても、立件はできませんよ」

「監察係で調べられないか。三沢の線から堂本までたどり着けば――」

「うちが追及できるのは雑魚だけです。公安部が本気で隠蔽《いんぺい》に乗り出せば、太刀打ちできません」

古寺は舌打ちした。「それなら残る方法は一つだ。公安部の責任者、警察庁の警備局長にすべてを話す。奴らの自浄作用に期待するんだ。立件は無理でも、堂本と『M』のラインは壊滅させられるんじゃないか？」

「法の裁きは受けさせられませんがね」剣崎は渋々言った。「それに、堂本の政治生命も生き永らえる」

その時、「失礼」と声がして、越智管理官が入口に姿を見せた。ぎょっとした剣崎と古寺は、今のやりとりを聞かれていたのかと顔を見合わせた。

「お二人の会話の内容は、あとでじっくり聞きます」越智は言った。「それより、緊急の連絡が入ったもので」

「何ですか」と剣崎は訊いた。

「監察係に、西川さんという方がおられましたね？」

「私の部下です」

「たった今、千代田区の公園内で、遺体で発見されました」

剣崎も、そして古寺も、驚きのあまり動きを止めた。

「刃物で首を切られていました。他殺です」

剣崎には、西川を殺した犯人が分かっていた。あいつは、三沢に会いに行くと言って剣崎と別れたのだ。

「ウィザードが、まだ生き残っていた」管理官が横にいるのも構わず、剣崎は言った。

古寺が頷いた。「八神の野郎はどうしただろうな？」

「何があったのか、そろそろ聞かせてもらえませんか？」管理官は言って、待合室に入って来た。

「すべてを話しますよ」古寺が言った。「公安部の責任者を、至急、呼び出してください」

八神を乗せた覆面パトカーは、サイレンを鳴らすこともなく、幹線道路を真っ直ぐに進んで行った。所轄署に連れて行かれるのではなさそうだった。

「どこに行くんだ？」と八神は訊いた。「インチキ宗教の礼拝所か？」

ウィザードは答えなかった。

「教えてくれないか」と八神は雑談を持ちかけた。「どうやって『M』の連中をたぶらかしたんだ？」

すると三沢は、片頬を歪めて笑った。「釈迦やキリストの言葉を並べたてたんだ」

「それだけか？」

「それだけだ。あとはこちらのカリスマ性じゃないか？」

「思い上がるなよ」八神は、宗教家を騙《かた》る詐欺師に言った。「偉いのは釈迦やキリストであって、お前じゃない」

「思い上がってなんかはいない」朗《ほが》らかともとれる口調でウイザードは言った。「実際のところ、奴らを手なずけるのは簡単だった。あいつらの頭の中にあるのは、何の役にも立たない知識と不安だけだ。耳当たりのいい癒しの言葉を与えればイチコロさ」

八神は胸糞が悪くなった。「人を見下しているようだな」

「指導者たる者は、みんなそうさ」と三沢は決めつけた。「操られるほうが悪いんだ。シャブ中を殺した時は、こちらが驚いたくらいだ。普通の顔をした奴らが、嬉々として権藤をなぶり殺しにしたんだからな。しかも、命乞いをする相手にナイフでとどめを刺したのは、商社勤めの女の子だった。自分の頭で物事の是非を判断できない連中の末路さ」

覆面パトカーが速度を落とした。到着した先は、蒲田駅前にあるホテルのようだった。

運転席から降りたウイザードが後部座席のドアを開け、上着の中に右手を突っ込んだ。銃を握ったらしい。

「おかしなことは考えるな」と八神を牽制してから、左手で手錠の鍵を投げて寄越した。

「自分で外せ。俺と一緒に来い」

「男とホテルにしけこむのは、今夜だけで二度目だ」八神は言って、手錠を外した。

三沢は、銃を握ったまま背後に回り込んだ。八神は肩を小突かれながらホテルに入った。ロビーを素通りし、エレベーターで最上階に上がった。スイートルームが並んでいると見えて、廊下の両側に並んだドアの間隔は広かった。

中央の一室の前で立ち止まった三沢が、扉を叩いた。中から眼鏡をかけた男が顔を出し、二人を招き入れてから、自分はそのまま退室した。八神はウィザードに引っ立てられるようにして、奥の寝室に入った。

「連れて来ました」ウィザードが言って、八神を部屋の真ん中の椅子に座らせた。

目の前のキングサイズのベッドに、毒蛙のような顔をした男が寝そべっていた。堂本謙吾だ。左腕には点滴針が刺さっている。八神を見て微笑を浮かべたようだったが、薄汚い目の周りだけは笑っていなかった。

「自分の犯した罪を知っているかね？」厚顔にも堂本は言った。ニュース番組でおなじみの、相手を恫喝《どうかつ》するような大きな声だった。「東京の至る所で大暴れをしたようだな」

「前置きはいい」と、八神は話を急いだ。「取り引きをしよう」

「取り引き？　何の取り引きだ？」

八神は、横に控えているウィザードに目をやった。部屋に入ってから、三沢は誰はばかることもなく、抜き出した拳銃を八神に向けていた。

「荷物を出していいか?」と八神は訊いた。

三沢は、銃の撃鉄を起こしてから言った。「いいだろう。ただし、ゆっくりとな」

八神は背中のデイパックを下ろし、中を探ってノートパソコンを取り出した。「島中の持っていた機械だ。ウイザードの指示が残ってる。それにドナーリストもな」

「それが何だと言うんだ?」つまらない冗談を聞かされたかのように、堂本が鼻白んだ。

「こいつと引き替えに、俺をここから出してくれ」

堂本は声だけで笑った。「それは駄目だ。断じて許すわけにはいかない」

三沢が近づいて来て、八神の手からノートパソコンを取り上げた。

「そいつはあとで処分しろ」

政治家の命令に、現職警察官は、「はい」と答えた。

「他愛のない奴だ」堂本は八神に顔を向け、呆れたように言った。「お前は自分の置かれた立場が分かっていないようだ。すでにこちらの言いなりになるしか、生き延びる道はないのだよ」

「言いなりになるとは?」

「骨髄を提供して欲しい」と堂本は言った。「私にだ」

「あんたにやるわけにはいかない。先約がある」

「その先約は、破棄せざるを得ない状況だ。このままでは、お前は即刻逮捕される。殺人、道路交通法違反、拉致監禁、恐喝、ありとあらゆる違法行為を行なってきたんだからな。一生を牢獄で過ごしたいか？」

「殺人に心当たりはないぜ」

「アーケードの上から、『スチューデント』を突き落としただろう」

「出来の悪い生徒だったんでな。それにあれは正当防衛だ」

「我々はそうは考えない。それに、目撃者を作り上げることも可能だ」

「権藤が殺された時のように、か」

「よく分かっているじゃないか」

八神は、少し考えてから訊いた。「骨髄をあんたにやると言えば、見逃してくれるのか？」

「そうだ」と堂本はきっぱりと言った。「それにこれは、国のためにもなることだ。私は民意によって国会議員に選ばれた。市井《しせい》の名もなき人間を救うより、こちらの命のほうが価値があるとは思わないかね？」

「あんたが逆の立場だったら、正反対のことを言うだろうよ。国会議員なら、名もなき市民のために死ねとな」

横から拳銃が振り下ろされた。銃把《じゅうは》で頬を打たれ、八神の目の前に火花が散った。

「馬鹿者！」堂本がウィザードに怒声を張り上げた。「この男を傷つけるな！」

「すみません」三沢はかしこまった調子で言って、元の位置に下がった。

「みんなが、俺の体調を気にかけてくれてる」八神は、血の混ざった唾を絨毯《じゅうたん》の上に吐いた。「嬉しくて涙が出るぜ」

「どうかね？　悪い話じゃないだろう？」

「話がおかしいと思っていたが、やっと分かった」八神は、部屋にいる二人の男を眺めて言った。「あんたたちは最初、『ミニスター』の連中に命じて俺を誘拐させ、骨髄を抜き取ろうとした。ところが連中が殺されてしまったんで、荒っぽい手段は取れなくなった。だから今、こうして取り引きを持ちかけてるわけだな？」

「そうだ。これが一番、手間のかからない方法だ。一応言っておくがね、別室に知り合いの医師を待機させてある。ここまで来た以上、君が拒《こば》んだとしても、強引にやるという選択肢が残されているんだ」

その言葉を受けて、ウィザードが八神のこめかみに銃口を突きつけた。

「私を嫌う気持ちも分かる」と堂本は理解を示した。「権力の場では、きれい事だけではやっていけない。それこそ泥にまみれ、万死に値する罪を犯しながら、階段を上って行かなくてはならないのだよ」

「言葉が軽いぜ」八神は政治家を叱った。「万死に値するなら、死ね」

「何だと？」堂本が気色《けしき》ばんだ。「この期《ご》に及んでも、あくまで抵抗するというのか？」

「仕方がない」八神は、観念した口調で言って肩を落とし、足元の荷物を見下ろした。堂本に向けて開いたままになっているデイパックは、集音マイクになっていたはずだった。八神は中から携帯電話を取り出し、言った。「おい、聞いてたか？」

堂本の表情が変わった。三沢は困惑したように、自分の飼い主と八神とを見比べていた。

「もしもし？」

八神が大声で問いかけると、岡田涼子の声が返って来た。「聞いてたわ」

「録音したな？」

「ええ。何だか、凄くエキサイティングな話ね」

「このまま録音を続けてくれ」八神は言って、電話機を堂本に向けた。「今の会話は、すべて録音された。俺の身に万が一のことがあれば、マスコミにメールで送られる」

堂本は黙り込んだ。ちっぽけな携帯電話を怖がっているのだ。

「逮捕されても同じだ。俺を監獄にぶち込むなら、テメエも道連れだ」

そこへ横から、三沢が電話機を取り上げようと襲いかかった。しかし八神にとっては、もはや怖れることなど何もなかった。相手が発砲できないのは分かり切っていたからだ。警察官の手をかわした八神は、相手の顔面にカウンターで拳を叩き込み、うずくまろうとした鼻先を思いきり蹴り上げた。

のけぞったウイザードが、鼻血を噴き出させながら床に倒れ込んだ。これほど痛快なこととは、人生でそうはないだろうと八神は満足した。

部下の体《てい》たらくに業を煮やしたのか、与党の幹事長は低い声で言った。「日本のマスコミなら抑えられる。新聞もテレビも」

「雑誌はどうだ？」八神は切り返した。「それに海外のメディアは？　アメリカで発覚した日本の政治スキャンダルがあったよな？　インターネットは世界を結んでいるんだぜ」

堂本の両目が、剃刀《かみそり》のように細くなった。頬に筋肉の筋が浮き上がり、歯ぎしりの音が聞こえてきた。

「おい、三沢。お前は現職の警察官だったよな？　何か言ったらどうだ？」

携帯電話を向けられた三沢は、床に尻餅をついたまま、十字架を突きつけられた吸血鬼のように後ずさった。

勝負はついた。八神は笑みを浮かべると、デイパックを肩に担ぎ、後ろ向きにゆっくりと戸口に近づいて行った。

「俺は正真正銘の悪党だ」部屋を出る時、八神は言い放った。「市井の名もなき悪党を、甘く見たな」

ホテルから駆け出した八神は、タクシーをつかまえると、岡田涼子に電話を切るように指示した。それから急いで古寺の番号にかけた。堂本の息の根を、完全に止めなければならない。さもなければ電話の通話記録から女医が割り出され、ウイザードが彼女の自宅を深夜に訪問するという事態も考えられるからだ。

呼出音三回で、頼りがいのある本物の警察官の声が聞こえてきた。「八神か？　古寺だ」

「急いでいるので用件だけ言う。堂本謙吾が陰謀の黒幕だった証拠を摑んだ」

「何？」と叫ぶ声がしてから、「警備局長、少しお待ちを」と受話器の外に言う声が聞こえた。「それで？」

「あんたか、あるいは剣崎にメールを送るにはどうしたらいい？」

「お前がパソコンを操作するのか？」

「いや、人に頼む」

「それならアドレスを伝えてもらえればいい。メモは取れるか？」

「ああ」八神は、タクシーの後部シートから助手席に身を乗り出し、ボールペンを摑み取った。「教えてくれ」

古寺は、自分と剣崎の、二つのメールアドレスを教えた。訳の分からないアルファベットの文字列を、八神は左手の甲に書き取った。「送るのは音声のデータだ。待っててくれ」

「分かった」

八神は電話を切って、岡田涼子にかけ直した。二つのメールアドレスを教えると、すぐに送ることができると女医は言った。「そのまま、ちょっと待って」

八神は電話機を耳に当てたまま、岡田涼子がメールを発信するのを待った。窓の外を、黎明《れいめい》の下町の風景が通り過ぎて行った。八神は腕時計を見た。あと数分で午前六時。夜は今、ようやく明けようとしていた。

「両方のアドレスに送ったわ」女医の声が返ってきた。「あとは何をすればいい?」

「病院が見えてきた」八神は、フロントガラスの向こうに見える六郷総合病院を見上げていた。「玄関まで迎えに来てくれ」

「分かった」女医は快活な声で言った。「一晩中、文句を言って悪かったわね」

「こっちこそ、約束の時間に遅れて申し訳なかった。東京がこんなに広い町だとは思わなかったんでな」

「じゃあ、今度こそ一分後に」

「ああ。ちょうど十二時間の遅れだ」

電話が切れた。

八神は窓ガラスに自分の顔を映して、髪形の乱れを直した。それから、自分の笑顔も満《まん》更《ざら》ではないと考えを改めた。

車が病院の敷地に入った。正面玄関の向こうに、白衣を翻して駆けて来た岡田涼子の姿が見えた。

これぞ感動のフィナーレだ。車から降りたら、疲れた振りをして彼女に抱きつこうと八神は画策していた。それぐらいの報酬なくして、男は何のために頑張れるというのか？

タクシーが正面玄関の前に止まった。

涼子が駆け出して来た。その姿は、八神を迎え入れる勝利の女神のように見えた。

さあ、今だ、と車から降りようとした八神を、運転手が止めた。「お客さん、料金」

八神は、目の前に来た勝利の女神に、借金の申し込みをしなければならなかった。「五百円でいいんだが――」

# エピローグ

剣崎は消耗しきっていた。これほどの疲れは、三十数年の人生で感じたことはなかった。警察庁警備局長への口頭での報告は、夜明けまで続いた。最初は信じられぬような顔をしていた局長も、八神からの音声メールを聞かされると表情を一変させた。

そのファイルがCD－ROMに焼き込まれた後、剣崎と古寺は自分たちのパソコンからメールを削除するように厳命された。剣崎は同意したが、実際に削除する気などなかった。それは事件が最終的に決着するまで、魔除《まよ》けとなるはずだった。公安部が事件の揉み消しを謀《はか》った場合、剣崎と古寺だけが処分される可能性があったのだ。

午前八時を過ぎてから、剣崎は古寺と別れ、千代田区内の所轄署に向かった。そこの霊安室で、遺族とともに西川の遺体を確認した。死者に与えられた最後の名誉は二階級特進。かつての部下は、剣崎と同じ警部補となって、別の世界に旅立っていった。

西川の妻と小学生の息子は、夫であり父でもあった男の遺体にすがりつき、親子で泣き崩れた。二人の背中を見つめながら、剣崎は、自分に仇が討てるかどうかを考えた。

それから本庁舎に戻り、報告書の作成に追われた。全身が疲れきっていて、文面はなかなかまとまらなかった。その間、墓掘人事件を担当する専従捜査員たちが、死亡した被疑者、峰岸雅也の身辺を洗い出していた。

峰岸は五歳の時、自宅の火災現場から権藤武司によって助け出された。しかし、この時の火事で両親を一度に喪ったため、その後は祖父母の元で育てられた。苦学して大学を卒業してからは、フリーランスの記者として、政治や経済に関する記事を月刊誌などに寄稿していた。そして稼いだ金の中から、命の恩人である権藤への生活費を捻出していたのであった。

最後に残った謎は、第三種永久死体となって発見された権藤の亡骸が、どこにあるのかという一点だった。考えられる可能性は二つ。虚偽の目撃証言が死体所見と食い違っていたため、『M』が証拠隠滅のために盗み出したというもの。もう一つは、イングランドの伝説を再現するために峰岸がやったというもの。だが、どちらが真実なのかは永遠に謎のままだろう。盗み出された遺体は、すぐに埋めるなどして処分されたであろうし、当事者は全員が死亡したのだ。

日が暮れる頃、剣崎はようやく報告書の作成を終え、長時間の勤務から解放された。越智管理官から、非公式の電話がかかってきたのはその時だった。墓掘人事件の処理に対し、公安部主導での捜査が決定したというものであった。

「これで、すべては闇の中に？」

剣崎が訊くと、「その可能性は高いですね」と越智は答えた。「ただし、剣崎主任と古寺巡査長の処分は回避されました。それから、八神俊彦の逮捕も」

それはおそらく、三人が堂本の音声データを握っているからだと考えられた。

剣崎としては、残る可能性に期待するしかなかった。堂本謙吾の自滅である。「代議士の病状は、正確にはどうだったんです？」

「慢性骨髄性白血病という病名らしいです。通院での治療も可能だったので、周囲には悟られなかったようですね」そこまで言って、越智は声を落とした。「それから、例の骨髄移植ですが」

「もちろん、八神が逃げ切ったとあっては無理でしょう？」

「ところがそうじゃないんです。完全に一致しないまでも、ＨＬＡ型のよく似た第二候補が用意されていた」

「何ですって？」と剣崎は訊き返した。

「移植の成功率は多少は低くなるものの、堂本謙吾には治癒の可能性が残されてます」

そして今――

剣崎は、朦朧とする頭をなだめすかしながら、覆面パトカーを東京の南部に向けて走らせていた。堂本謙吾が、大森南診療所に戻ったことは越智から聞かされていた。そして剣崎の脇には、まだ五発の銃弾が残った拳銃が吊り下げられていた。

判断力が鈍っているのかも知れないと、剣崎は自分でも気がついていた。しかし、心の奥底にある何かの意思が、彼を与党幹事長の元へと向かわせていた。

車が大森界隈に入った。ごみごみした道路を進み、診療所が近づいた頃、剣崎は、対向車線を走る車に目をとめた。

あっという間にすれ違ったので確認はできなかったが、運転席にいた童顔の男は、自分の部下の小坂のようだった。元公安部員だった小坂は、裏付け捜査に動員されているのだろうか。

それからほどなくして、覆面パトカーは目的地に着いた。

グレイヴディッガーの襲撃から十三時間が経過した診療所は、『本日休診』の札がかかっているだけで、外観からは未明の凄絶な戦闘を窺い知ることはできなかった。

車を止めた剣崎は、病院の周辺にSPの姿が見えないのを不審に思った。それに玄関の扉は、施錠されていなかった。すでに危機は去ったとの警備局の判断で、堂本謙吾への警護は解除されたのだろうか。いずれにせよ、剣崎にとっては好都合だった。人気のない受付前を通り、階段を使って二階に上がった。

廊下には、一面に弾痕が残されていた。目を上げると、奥の病室から明かりが漏れていた。堂本はそこにいる。

　剣崎は歩き出した。これから何が起こるのか、自分でも見当がつかなかった。ただ、謝罪の言葉だけは聞きたいと思った。たとえ銃で脅しつけても、あの腐った権力者に土下座をさせてやりたかった。

　そこへ病室から、看護婦が駆け出して来た。剣崎は足を止めた。この時になって初めて、奥の病室が騒がしいことに気づいた。

　看護婦は剣崎を見ると、驚いたように立ち止まった。それからすぐに、「警察の方ですか？」と訊いてきた。

　少し躊躇《ちゅうちょ》してから剣崎は言った。「そうです」

「ちょうどよかった。連絡しようとしてたんです。堂本先生がお亡くなりになりました」

「え？」と剣崎は、目を見張って立ちすくんだ。「何ですって？」

「たった今、死亡が確認されました。午後六時十二分です」

　天の裁きかと剣崎は考えた。堂本は、半日のうちに病状を悪化させたのだろうか。ところが、看護婦の言葉がそれを裏切った。

「死因は、急性心不全でした」

「待ってください。白血病ではないんですか？」

「違うんです。急に心臓発作を起こされたようです。詳しくは病理解剖をしなくてはなりませんが――」

剣崎は凍りついた。古寺から聞かされていた話が頭をよぎったのだ。一九七〇年代に起こった戦後最大の疑獄で、四名の関係者が、いずれも急性心不全で死亡――

剣崎は外を振り返った。さっき車ですれ違った男は、元公安部員の小坂ではなかったか？　しかも警察庁警備局が主担する病院の警護は、まるで侵入者を歓迎するかのように、何もなされてはいなかった。

「今日になって、堂本幹事長を訪ねた者はいませんでしたか？」

剣崎が訊くと、看護婦は怯えた顔になった。

「いたんですね？」

看護婦は頷いた。

「どんな人物でした？　子供っぽい感じの、童顔の男ではありませんでしたか？」

するとなぜか看護婦は、束の間ほっとしたような表情を浮かべた。「警察の方ですね。その方なら、一時間ほど前に見えました」

堂本の容態が急変する直前に、小坂がここを訪れたのは間違いない。剣崎は看護婦に視線を戻した。先程の怯えた素振りは何だったのか。この看護婦も、堂本が謀殺されたと感じているのだろうか。

「その男に、何か不審なところはありませんでしたか？」

「いいえ。短い間、病室に入られただけです。特に不審なことは」

剣崎は、ようやく言外の意味を悟った。「他にも誰か？」

「はい」と言って看護婦は視線を落とし、強張《こわば》った顔に戻った。「廊下の奥に、中年の男性が立っているのを見たんです。面会は制限されてましたから、不思議に思ってナースステーションに確認しました。そうしたら、誰も入れてないと言うんです」

「その男はいつの間にか、病室の前にいたということですか」

「そうです。しかも私が戻ってみると、姿が消えていたんです。その方がいつ、何のためにいらっしゃったのか、誰にも分かりませんでした」

「その中年の男ですが、年齢はどのくらい？」

「五十歳くらいです」

「どんな人相でした？」

するると看護婦の顔が、すうっと蒼ざめた。「顔色の悪い、こう言っては何ですが、まるで死人のような」

「死人？」

「はい。職業柄、お亡くなりになる方を普段見てますが、まさにそんな感じでした。その人を見た途端、見てはいけないものを見てしまったような怖さを感じました」

剣崎の全身を、目に見えない氷が包み込んだ。まさか、と思ったが、背中一面に張りついた寒気は消えなかった。剣崎は上着の下に手を入れ、警察手帳を出した。そこには、犯歴データからプリントアウトされた一枚の顔写真が挟み込まれていた。「この男ではないでしょうか？」

写真を見た看護婦は、びくっと肩を震わせ、頷いた。

それは権藤武司の写真だった。

八神の入院には、個室が用意されていた。そこは、八神が今まで暮らしてきたどんな住居よりも快適だった。

前日の早朝に病室に入った八神は、岡田涼子医師の特別の計らいで病人食三食分を平らげ、それから清潔なベッドに入って、ひたすら眠り続けた。

次に目が覚めたのは夜になってからだった。食事を運んで来た看護婦は、「よく眠れるのは体力がある証拠」と言って笑った。

岡田先生はすでに帰宅したということだったので、八神は失意のあまり、また寝込んだ。

そうやって睡眠と食事だけを繰り返しているうちに、移植当日の朝を迎えた。

目覚めは爽やかだった。体力が完全に戻ったのを感じた。手術室に入るのは午前十時、八神が生涯で初めての善行を積む時は、三時間半後に迫っていた。

朝食を食べてから、時間潰しにテレビをつけると、与党幹事長死亡のニュースでもちきりだった。驚いた八神は、食い入るように画面に見入ったが、死因は急性心不全という以外、詳しくは報道されなかった。

峰岸はどうなったのだろうと八神は考えた。奴は、堂本代議士への復讐を遂げたのだろうか。

ワイドショーが終わる頃になって、部屋のドアがノックされた。

八神が返事をすると、扉が開いて、大柄な機捜隊員がのっそりと個室に入って来た。

「おう、久しぶりだな」

少しの間、二人の男は、お互いの顔を見やっていた。

やがて八神は言った。「おっさん、老けたな」

「今や人生のベテランさ。お前もいい年になったようだな」古寺は笑って言うと、見舞いのつもりか、果物籠をベッドサイドのテーブルに置いた。「これでも食え」

「俺は病人じゃないんだぜ」

「警察を代表して、あらぬ疑いをかけたお詫びだ。お前が逮捕される心配はなくなったから、安心してくれ」

八神は満足の笑いを漏らした。「面会時間でもないのに、よく入れたな」

「警察手帳をちらつかせたのさ」古寺は、壁際からパイプ椅子を持ち出して来て、ベッドの横に座った。「ところで、堂本が死んだのを知ってるか？」

八神は頷いた。「今、テレビで観た。峰岸がやったのか？」

　すると古寺は黙り込んだ。

「違うのか？」

「違う。峰岸は、その前に死んだ」

「そうか」八神は落胆した。予想された事態とはいえ、残念でならなかった。だがそうなると、堂本代議士は病死したことになる。

「堂本の死因は、マスコミの発表どおりだ。心臓停止による突然死、つまり他殺でなく自然死だ。それから」と古寺は声を落とした。「今朝、分かったが、公安部の三沢もな」

　八神は目を上げた。「ウィザードも？」

「堂本と同じ、急性心不全だった」

「あいつは、心臓に毛が生えたような奴だったぜ」八神は、怪訝に感じて言った。「何があったんだ？」

「それが分からんのだ」少し苛立ったように、古寺は言った。「事情を探ろうにも、公安部のガードが固くて手が出せない」

「天罰かな」と八神は言った。「いずれにせよ、奴らは全員、地獄に堕ちたんだな？」

「ああ。結果的には、グレイヴディッガーの目的は達せられたんだ。蘇った死体の復讐がな」古寺は視線を泳がせ、続けた。「もしかしたら奴らは、自分たちの罪に恐れおののいて死んだのかも知れん」

「あの厚顔無恥な連中が？」

八神は自分を棚に上げて一笑に付したが、古寺の真剣な表情は変わらなかった。「お前、神だの悪魔だの、そういう話を信じるか？」

「いいや」と八神は首を振った。「ああいうのは人間が創り出したんだ」

「ほう？」と、古寺は意外そうに八神を見た。

「誰かのことを祈りたいから人間は神を創った。誰かのことを呪いたいから人間は悪魔を創った。そうじゃないのか？」

「お前、自己開発セミナーとか、そんなのを始めるんじゃないぞ。みんなが騙されそうだ」

八神は笑った。「神がいるかどうかは、神のみぞ知る、さ」

古寺は、笑い声を漏らし、椅子に座り直すと、病室を見回して言った。「それにしても、お前が骨髄ドナーとはな。こんなことを考える奴とは知らなかった」

「自分でも驚いた」

「金はあるのか？」

「素寒貧《すかんぴん》だ」

古寺は、尻のポケットから札入れを出して、八神に三万円を差し出した。「いろいろと入り用だろう。受け取れ」

「いいのか？　安月給だろう？」

「もうすぐ退職金が手に入る」

八神は驚いて、伸ばしかけた手を引っ込めた。

「峰岸を撃ったのは俺だ。始末は自分でつける」

「潔いな」

「それだけが取り柄さ」

八神は古寺の手から、一万円だけ抜き取った。「残りは寄付でもしてくれ。骨髄移植事業にでも」

「分かった」古寺は言って、二枚の札を財布に戻した。

このおっさんは、本当に寄付をするつもりだろうと八神は考えた。

そこへ、「おはようございます」と明るい声がして、看護婦と、それから岡田涼子が病室に入って来た。

八神は女医に向けて色目を使ったが、通じなかったようだ。

「何だか楽しそうね」と言いながら、女医はベッドのそばに来た。「そろそろいいかしら？」

「ああ」

八神が頷くのを見て、古寺が腰を上げた。「じゃあ、俺は失礼する。せいぜい頑張ってくれ」

「おっさんもな」

古寺は笑みを浮かべると、部屋を出て行った。

「じゃあ、八神さん」と看護婦が言った。「別室へ行って、手術着に着替えていただきます。それから、腰の筋肉を柔らかくする注射を打ちますからね」

「痛いのか？」

「男の子なら大丈夫でしょ」女医が冷やかすように言った。「あとは、麻酔で寝てるうちに全部終わるから」

八神はベッドから下り、訊いた。「その前に、トイレに行ってもいいか？」

「どうぞ。病室の外で待ってます」

女医と看護婦は、連れ立って廊下に出て行った。

一人になった八神は、ベッドの横にあるバスルームに入った。

鏡に映る悪党面を眺めながら、自分が救うのはどんな女の子だろうと考えた。幼稚園児だろうか、それとも小学生だろうか。よく笑う子だろうか、それとも泣き虫の女の子だろうか。たくさんの友達に恵まれた優しい子だろうか。

しばらく思いをめぐらせているうち、そんなことはどうでもいいと八神は気づいた。その子が、親からちゃんと愛されているのであれば。

八神は洗面台に手をかけて跪《ひざまず》き、腕の上に額を載せて祈り始めた。祈らずにはいられなかった。

神様、どうかその子を助けてください。移植を成功させてください。何も悪いことをしていない、小さな無垢《むく》の命を奪わないでください。

何一つ報われることのなかった人生で、初めて八神の心が希《のぞ》みだけで満たされた。

自分だけの神、自分の善意が創り上げた神に向かって、悪党は一心に祈りを捧げていた。

# 解説――真面目で誠実な法螺吹きが生んだ
## 極上のワンナイトサスペンス

村上貴史

■ジェノサイド

高野和明の『ジェノサイド』がすごいことになっている。

角川書店の特設サイトを見ると、《このミステリーがすごい！》二〇一二年版国内編、《週刊文春》週刊文春ミステリーベスト10国内部門、《本の雑誌》二〇一一年上半期ベスト10、《日経おとなのOFF》二〇一一年上半期ミステリベスト10で、この作品が一位を獲得したことがでかでかと記されている。また、この作品が第二回山田風太郎賞を受賞したこともだ。そこには、芸能人や、作家、評論家、そして書店員などから寄せられた絶賛の言葉も数多く並べられている（私が行った高野和明へのインタビューも掲載されている）。テレビCMもうたれているというから、尋常ならざる扱いの書籍である。

販売部数も爆発的に伸びている。『ジェノサイド』はハードカバーの大長篇であり、お気楽に手に取れるタイプの外見ではないが、それでも数多くの読者を惹《ひ》きつけているのだ。異例と呼ぶべき状況だが、それはまったく不思議な出来事ではない。なにしろ作品自体の力が圧倒的なのである。傭兵《ようへい》に対する奇妙な依頼と、死んだ父から送られてきた謎めいたメールという冒頭を読んだが最後、読者は、高野和明が構築した壮大なスケールの物語に捕らわれ、時間を忘れてページをめくり続けてしまうのである。寝食を忘れ、いつしか夜が明けてしまおうとも、結末まで読み続けることとなるのだ。そして結末に至って深い満足を味わう。こうした一人ひとりの読書体験が、『ジェノサイド』を取り巻く今のヒートアップした状況を作り出しているのだ。

高野和明がデビューしたのは、『ジェノサイド』刊行の一〇年前、二〇〇一年のことである。『13階段』で江戸川乱歩賞を受賞したのだ。それも選考委員の一人である宮部みゆきが同書講談社文庫版に寄せた解説によれば、議論の必要もないほどの圧勝だったという。そして今世紀初のこの受賞作は、私見ではあるが、これまでのところ、今世紀最高の江戸川乱歩賞受賞作でもある。

それに続く江戸川乱歩賞受賞第一作として、つまり高野和明のプロ作家としての第一作として刊行されたのが『グレイヴディッガー』だ。この作品はその後、〇五年に文庫化され、今回さらに角川文庫に収録されることになった。

■グレイヴディッガー

明日から四日間の入院だ。八神俊彦はボストンバッグに着替えなどを詰め込み、部屋を出る。まず、赤羽の友人を訪ねて小遣いを借り、その後病院に向かう算段だった。だが、その友人は彼に金を貸してはくれなかった。彼は裸にされて浴槽で茹《ゆ》でられて死んでいたのだ。胸には大きな刺し傷もあったし、奇妙なかたちで縛られてもいた。太腿《ふともも》に十字形の切り傷も残されていた。一体誰が彼を殺したのか。それについて思案している最中に、ドアをノックする音が聞こえてきた。警察か？

八神にはこれまでに犯してきたいくつもの悪事があった。今警察に捕まるわけにはいかない。なんとしても病院に行かねばならないのだ。部屋から逃走した八神を、ノックの主が追う。三人組の彼等は、だが、様子がおかしかった。どうみても警察ではない。なにしろナイフを振りかざすのだ……。

第三種永久死体というそれはそれで印象的な死が登場するプロローグに続き、『グレイヴディッガー』の第一部はこうしたかたちで幕を開ける。そして物語はそのまま八神の逃走というかたちで突き進んでいく。そう、軸となるストーリーは実にシンプルなのだ。一六時過ぎに友人の暮らす赤羽の部屋を訪れ、そして死体を発見した八神が、翌日の朝九時までに大田区の六郷土手にある病院に辿《たど》り着けるか。それだけなのである。

東京の最北端から最南端まで移動するのに八神に与えられた時間は約一七時間。普通に移動できればまったく問題がないのだが、謎の追っ手たちがいるし、さらに、死体があったことから警察も動き始める。それも八神を重要参考人としてだ。おまけに、友人に小遣いさえも借りなければならないほど金に困っていた八神の所持金は一万円にも満たない。こうした状況では、赤羽から六郷土手への旅が実に達成困難な冒険行へと姿を変える。それも、一夜というタイムリミットによって、作品がこの上ない疾走感を有するかたちでだ。高野和明の問題設定のなんと巧みなことか。

しかもだ。その日の東京ではもう一つの事件も起きていた。奇妙な殺人が連続していたのである。短い時間間隔で、場所を変えながら。警察は被害者の関連をつかめずにいるが、それでも連続殺人であることは、死体の特殊な状況から明らかであった。そしてこの連続殺人事件が八神の逃走劇に絡んでくるのである。この演出が実に心憎い。この連続殺人の捜査が(そして捜査に参加する巡査長が)、八神という悪党の人物像を深彫りするうえで実に効果的に機能しつつ、しかも、八神を取り巻く闇の奥深さを読者にきっちりと認識させる役割も果たしているのである。

そしてまた警察の捜査は、ある伝説を浮かび上がらせた。中世イングランドでの異端審問に関連したある伝説、「グレイヴディッガー」の伝説である。

その伝説の内容や、それと事件との関連については本書の一〇〇頁あたりから記されているのでそちらを参照して戴《いただ》きたいが、驚くべきは、その伝説が、まったくの創作であるということだ。いかにも実際にあったような伝説なのだが、これは高野和明が一から作り上げたものなのである。かつて黒澤明の『隠し砦の三悪人』の英語字幕で見た「グレイヴディッギング」という言葉に惹かれ、いつかこれをタイトルに使おうと思っていた彼が、その言葉の響きに合わせてでっち上げたものなのだ。デビュー作『13階段』からは、こうした大胆なでっち上げをやるような作家とは思えなかったが、いやいやどうして、この高野和明という作家は、まだまだ懐に武器を隠していたのである。

ちなみにこのでっち上げの才能は『ジェノサイド』でも遺憾なく発揮されている。物語を牽引《けんいん》する肺胞上皮細胞硬化症という不治の病にしても、一九七〇年代の米国政府の秘密研究の結果を記したというハイズマン・レポートにしても、高野の創作なのだ。

それらを通じて感じるのが、高野和明が、本当に起こっていても不思議ではないことや、これから本当に起こるかもしれないことを想像する能力の高さである。単に思いつきを思いつきのまま作品に投げ込むのではなく、調査を重ね、現実をしっかりと把握したうえで、そこにひとしずくの、しかしながら常人には思いつけないような想像を加味することで、グレイヴディッガーの伝説や肺胞上皮細胞硬化症やハイズマン・レポートを十二分な説得力で生み出し、そして物語を動かしていくのである。ちなみに、こういうかたちで題材に没入していったうえで自分の作品世界を生み出していくせいで、自殺を題材とした『幽霊人命救助隊』を書く際には、高野自身の心も危うくなりかけたそうである。

『グレイヴディッガー』でいえば、その能力は、伝説だけでなく八神の逃走ルートにもしっかりと表れている。舞台は東京。多くの読者になじみのある土地である。その土地を舞台に、その土地に暮らす人々が思いもよらないような逃走ルートを見つけていくのだ。このルートを見つけるにあたっては、実際に現地に足を運んで取材を行ったという。結果として、当初地図を見ながら考えていた構想――高野和明のお気に入りの場所を巡っていくという構想――からは懸け離れたルートになってしまったそうだ。その幻のルートがどんなものだったかは知らないのだが、本書において、高野和明が入念な取材に想像力を加味して生み出したルートが魅力的なことは、一読すればしっかりと体感できる。もちろん、ルート選びの妙に加え、なぜ八神がそのルートを選んだか（選ばざるを得なかったか）についても、数多くのエピソードを重ね、リアリティをもって、かつ迫力満点に語っていることはいうまでもない。

高野和明の現実に立脚したうえで飛躍する想像力の高さは、もちろん人物造形にも表れている。八神にしても警察官たちにしても、あるいは八神が逃走中にほんのわずかに接点を持つだけの人々にしても、それぞれ作中の役割を果たしつつ、人としてしっかりと生きているのだ。これもまた読者を作品に没入させる一因となっていよう。

もう一点言及しておきたいのが、語りのうまさだ。高野和明は、過去の映画において、上映中の時間の経過と、それぞれの時間を費やして描かれる内容の関連を分析したことがなんどもあるという。時間配分や、そこで何をどんな順序で観客に見せていくかについて分析したのだ。そうした経験があるせいか、本書にも実に印象的な〝見せ方〟が登場している。例えば、一〇二頁から一〇六頁にかけて、学者の話を聴く警察官、帰宅途中のOL、夕飯の支度をする主婦という三人の視点によって、ある事実を描きだしている場面だ。これら三つの視点はそれぞれ独立しているが、本書のようなかたちで描かれることで、その間にしっかりとバトンのリレーが行われ、単に事実をそのまま語るより何倍も何十倍も印象的なかたちで、その出来事が読者にぶつけられるのである。

## ■グレイヴディッガーができるまで

こうしたかたちで事実と想像を組み合わせ、非常に巧みに語られた『グレイヴディッガー』だが、一朝一夕で完成したわけではない。

そもそもこの作品のアイディアは、高野和明が作家になる前からあったという。作家になる前、すなわち映画の仕事をしていた頃のアイディアだった。その当時のアイディアと、現在の『グレイヴディッガー』で共通しているのは、グレイヴディッガーなる伝説の怪人が登場すること、連続殺人が起こること、主人公が病院を目指すこと、の三点だけだという。それ以外は、小説という媒体を意識して変更したというのだ。また、映像では悲鳴を上げて逃げまどう若い女性を想定していた主人公を、小説化にあたっては八神という悪党に変えたりもした。いってみれば、一〇〇のうちの九九は新たに作ったようなものだろう。

さらに、『13階段』という江戸川乱歩賞の受賞第一作というプレッシャーもあった。下手なものは書けないという思いで、それこそ目の前にナイフを突きつけられた気持ちになり、金縛りに遭ったかのように筆が止まることもあったという。

そうした状況を打破するうえで意識したのが、とにかく作品に勢いを出すことだった。勢いを出すには数多くのアイディアが必要になる。そう考えた高野和明は、知恵を絞ってアイディアを作品に盛り込んだ。外務省の役人との接点もそうだし、秋葉原のある店で買い物をする場面もそうだ（この買い物の場面、なんでこんなことをするのだろうと首を捻《ひね》ったが、後にその理由を知って狂喜したものだ）。連続殺人を追う警察の側の物語にも多くのアイディアが盛り込まれている。事件の全体像を鑑《かんが》みるに、刑事警察と公安警察がむりやり共存させられている監察係を捜査に巻き込む点からして、秀逸なアイディアだ。

そうやってアイディアをてんこ盛りにした結果、原稿は一〇〇〇枚ほどのボリュームになった。これを削って磨いて六〇〇枚に仕上げたのである。だからこそ、この密度が生まれたのだ。

ちなみに、一〇〇〇枚にする段階でなのか六〇〇枚に削る段階でなのかは不明なのだが、高野和明は、前半だけで三回書き直しているそうだ。本書を読み終えた方ならきっと古寺という警官が印象に残っているだろうが、この人物は、この三回目の書き直しの際にようやく生まれてきたキャラクターなのである。つまり、骨格のレベルからなんども練り直した結果として完成したのが、『グレイヴディッガー』なのだ。

だが驚くなかれ。高野和明は、〇五年の文庫化にあたり、作品にまた手を入れた。結末を変えたのだ。最も大きな変更点は、本書でいえば三九七頁にある。〇二年にハードカバーで刊行された時点では、最後の行のあとに、更に三行の続きがあったのだ。この三行があるとないとでは、物語の全体像がまったく異なってしまう。にもかかわらず、高野和明はその改変を断行した。結果としては、ハードカバー版の逃走劇が備えていたサスペンスを一切損なうことなく、物語の切れ味がいっそう鋭くなった。ハードカバーにあったエピローグの若干の〝濁り〟も解消されている。作品を執念深く磨き続けた著者の大英断だったといえよう。

## ■グレイヴディッガーと他の作品と

本書についてはまだまだ語りたいことが数多くあるが、紙幅の都合上、そういつまでも語り続けていられるわけでもない。なので、いくつかのポイントについて軽く触れて本稿を締めくくるとしよう。

まずは『13階段』とのちょっとした関連についてだ。本書の一三六頁に八神があるかたちで現金を補充する場面がある。ここで追加されるのが、一万円札と千円札がそれぞれ二枚である。『13階段』で死刑囚となった青年が奪ったとされる現金も、紙幣としては一万円札と千円札がそれぞれ二枚である（それと一〇円玉が四枚）。八神が置かれた状況からして、彼が硬貨には目もくれず紙幣だけを補充するという動きは極めて自然であるのだが、さて、この金額の一致はどこまで高野和明が計算した結果なのだろうか。本書の八神のルートから逆算して彼のそのときどきでの所持金を決めたのだろうとは思うが、高野和明の心の中に二万二千円へのこだわりがあったと想像するのもまた愉《たの》しい。

また、本書には八神が過去にオーディションに関与したことの記述もある。これをふまえて『6時間後に君は死ぬ』の「ドールハウスのダンサー」を読んでみるのも一興だろう。派手なドラマに仕立てることなく、ヒロインの幸せをじんわりと読者の心の奥底に染み込んでくるかたちで仕上げたこの佳篇の味が、さらにもう一段奥行きのあるものに感じられることだろう。

高野和明の正義への想いもまた、論じてみたい題材である。『13階段』でも語られているし、大ヒットした『ジェノサイド』でも語られている。何が正義で、正義の名のもとに人は何をするのか。高野和明は、この題材を多面的に掘り下げ続けてきている。もちろん、この『グレイヴディッガー』でもだ。

本書における正義のあり方とも関連するのだが、『グレイヴディッガー』で描かれたタイムリミットもまた特徴的である。タイムリミットを誰が設定し、その刻限に最もこだわっているのは誰か、それは他でもない八神なのである。彼は考え方を変えるだけで、この呪縛《じゅばく》から逃れられるのだが、決してそうやって逃げだそうとはしない。そうしたかたちのタイムリミットという設定、及び一夜の物語としての魅力から思い出すのが、ウィリアム・アイリッシュの『暁の死線』である。四四年発表と古い作品だが、主役を務める若い男女の意志がタイムリミットを定める様や、そのタイムリミットの説得力などは本書と共通しているし、一夜の物語としてのサスペンスも、本書と共通している。こちらも御一読をお勧めしたい。

最後は駆け足になってしまったが、高野和明という作家はそれだけ多くを語りたくなる魅力を備えた作家であり、彼の作品もまた多くを語りたくなる魅力を備えた作品なのである。一作毎に全力で取材し、全ての想像力を注ぎ込むというスタイルのため作品点数は必ずしも多くはないが、四年ぶりに発表した『ジェノサイド』が示したように、完成すれば必ず読者を満足させてくれるのである。それも期待以上に。

それ故に、だ。何年後になるか判らないが、高野和明が真面目に、そして誠実に吹くであろう次の法螺《ほら》に期待するのである。

本書は二〇〇二年七月に講談社より単行本として刊行され、〇五年六月に講談社文庫より刊行された作品です。

# グレイヴディッガー

高野《たかの》和明《かずあき》

角川文庫 17265

JASRAC 出 1115800-101

平成二十四年二月二十五日　初版発行

発行者—井上伸一郎
発行所—株式会社角川書店
東京都千代田区富士見二—十三—三
電話・編集（〇三）三二三八—八五五五
〒一〇二—八〇七八
発売元—株式会社角川グループパブリッシング
東京都千代田区富士見二—十三—三
電話・営業（〇三）三二三八—八五二一
〒一〇二—八一七七
http://www.kadokawa.co.jp
印刷所—旭印刷　製本所—BBC
装幀者—杉浦康平



た 63-2　ISBN978-4-04-100164-6　C0193

# 角川文庫発刊に際して

角川源義

第二次世界大戦の敗北は、軍事力の敗北であった以上に、私たちの若い文化力の敗退であった。私たちの文化が戦争に対して如何に無力であり、単なるあだ花に過ぎなかったかを、私たちは身を以て体験し痛感した。西洋近代文化の摂取にとって、明治以後八十年の歳月は決して短かすぎたとは言えない。にもかかわらず、近代文化の伝統を確立し、自由な批判と柔軟な良識に富む文化層として自らを形成することに私たちは失敗して来た。そしてこれは、各層への文化の普及滲透を任務とする出版人の責任でもあった。

一九四五年以来、私たちは再び振出しに戻り、第一歩から踏み出すことを余儀なくされた。これは大きな不幸ではあるが、反面、これまでの混沌・未熟・歪曲の中にあった我が国の文化に秩序と確たる基礎を齎らすためには絶好の機会でもある。角川書店は、このような祖国の文化的危機にあたり、微力をも顧みず再建の礎石たるべき抱負と決意とをもって出発したが、ここに創立以来の念願を果すべく角川文庫を発刊する。これまで刊行されたあらゆる全集叢書文庫類の長所と短所とを検討し、古今東西の不朽の典籍を、良心的編集のもとに、廉価に、そして書架にふさわしい美本として、多くのひとびとに提供しようとする。しかし私たちは徒らに百科全書的な知識のジレッタントを作ることを目的とせず、あくまで祖国の文化に秩序と再建への道を示し、この文庫を角川書店の栄ある事業として、今後永久に継続発展せしめ、学芸と教養との殿堂として大成せんことを期したい。多くの読書子の愛情ある忠言と支持とによって、この希望と抱負とを完遂せしめられんことを願う。

一九四九年五月三日

# 角川文庫ベストセラー